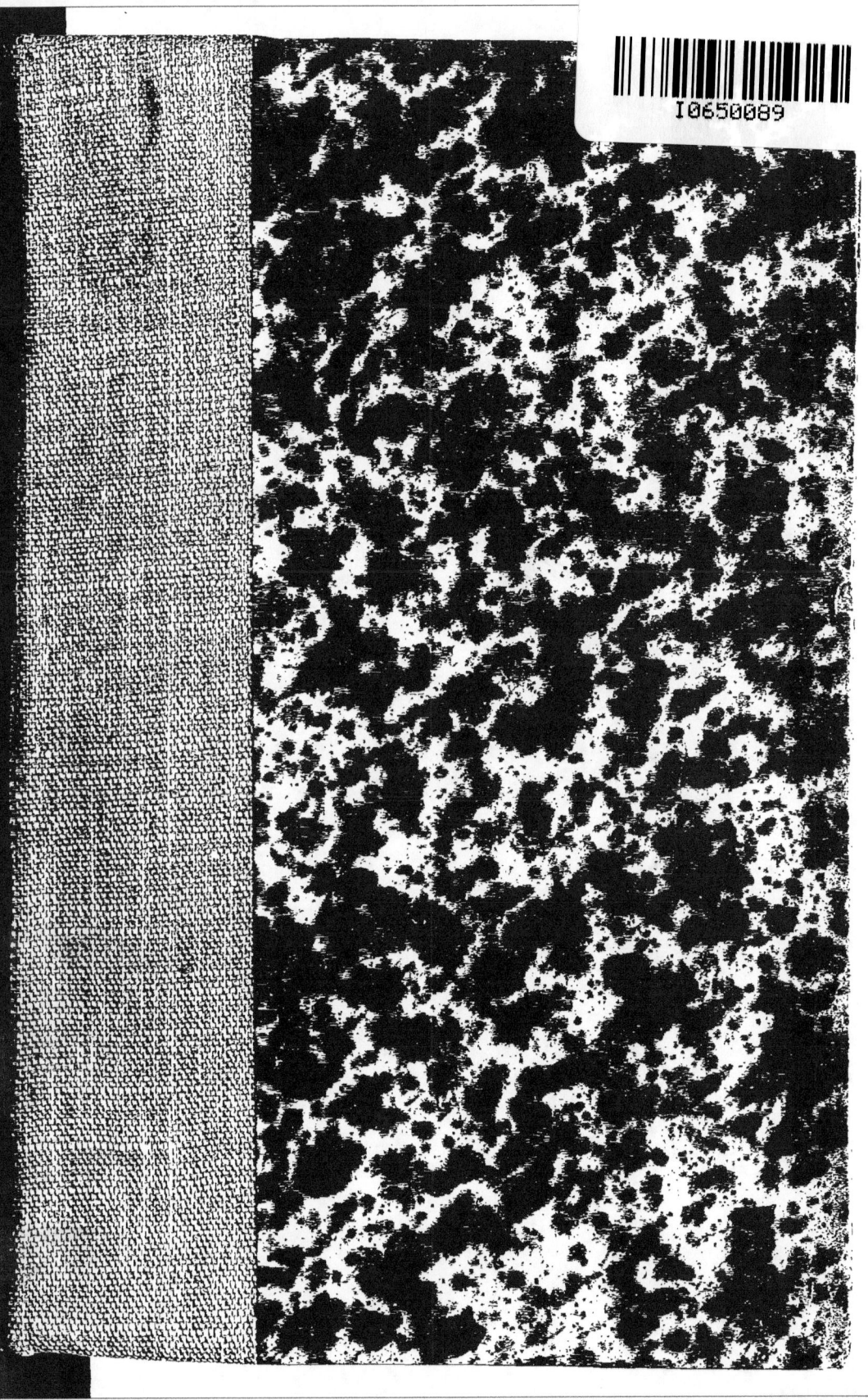

P.L. MARTIN

ARIANE

DU MÊME AUTEUR

ET A LA MÊME LIBRAIRIE

Pascarel. Roman imité de l'anglais, avec l'autorisation de l'auteur, par **J.** Girardin. — 1 vol in-18 jésus broché.   3 fr.

1392. — Paris, Imp. Laloux Fils et Guillot, 7, rue des Canettes.

OUIDA

ARIANE

ROMAN TRADUIT DE L'ANGLAIS

AVEC L'AUTORISATION DE L'AUTEUR

PAR

B. BUISSON

TOME PREMIER

PARIS
LIBRAIRIE HACHETTE ET Cie
79, BOULEVARD SAINT-GERMAIN, 79

1879

©

ARIANE

I

C'est une Ariane, il n'y a pas de doute! Un Bacchus, quelle idée! voilà ce que je me redisais, assis tout seul devant un buste de marbre, pendant une chaude journée d'été, à l'heure accablante de midi; le gardien de la salle était un de mes amis et me laissait souvent entrer quand la galerie était fermée au public, sachant bien que ce que je pouvais faire de pis était d'adorer les beaux marbres qui la peuplaient.

Un calme profond régnait autour de moi. Au dehors, le soleil éclairait de ses rayons éclatants les vieilles terrasses et les marches de pierre couvertes de mousse, et pas une branche ne s'agitait dans la demi-obscurité des cèdres et des grands pins.

Une des fenêtres grillées était ouverte. Je pouvais contempler le gazon d'un vert sombre tout tapissé de fleurs, l'ombre épaisse que formaient les branches entrelacées des yeuses, et les formes blanches des troupeaux assoupis au milieu des parfums, à l'ombre des rameaux verts.

Les oiseaux ne chantaient plus, les lézards mêmes se tenaient immobiles dans ces retraites moussues aimées des faunes du palais des Borghèses. C'est là que Raphaël errait souvent au lever du soleil, en sortant de la petite chambre où son pinceau avait si brillamment représenté de joyeux amours, des dieux cachés dans les fleurs, des nymphes avec leurs corbeilles de roses, et les images de sa Fornarina.

C'est une Ariane, répétais-je, tout entier à mes pensées, assis dans la galerie des Césars, cette longue salle si pleine de lumière et si ravissante, à fenêtres grillées, d'où la vue s'étend sur la verdure des bois et sur les eaux brunes aux reflets chatoyants.

Connaissez-vous le buste dont je parle? Ce buste en bronze sur une plinthe d'albâtre. Les cheveux bouclés sont ceints d'une épaisse couronne de feuilles de lierre. Ici, à la villa Borghèse, on n'appelle pas ce buste Ariane, on dit que c'est un Bacchus, mais c'est absurde. Ce pourrait être tout au plus une Perséphone, ou Libera; mais à mon avis, c'est Ariane.

Allez le voir, ô voyageur, dans cette salle où il se tient, entouré de tous ces empereurs de porphyre à la figure bestiale, et tout près de l'Hercule enfant revêtu de sa peau de lion; regardez-le bien et vous verrez que j'ai raison : c'est une Ariane; mais, entendons-nous, Ariane avant son abandon dans l'île de Naxos.

Il y a aussi un Bacchus dans cette galerie, il y en a plusieurs même; mais celui de la salle des Césars est le plus magnifique idéal du Dionysios homérique. Ne le confondez pas avec le Bacchus du vestibule : cette statue est plus belle et plus célèbre sans doute, mais c'est une divinité inférieure ; le Bacchus dont je parle, quoique plus jeune, est aussi plus divin. C'est le véritable Dionysios, avant que les Asiatiques et les Latins eussent altéré l'idée que s'étaient faite les Grecs de son caractère et de son rôle symbolique. C'est l'incarnation de la jeunesse sous les pieds de laquelle s'épanouissent toutes les fleurs de l'imagination et de la passion ; mais de la jeunesse avec la force du génie.

En le regardant, on sent combien il devait être plus doux d'être vieux quand le monde était jeune, que d'être, comme nous maintenant, jeunes quand le monde est vieux.

« Vous restez toujours enfants, » disait un Égyptien à Solon ; nous au contraire le poëte nous appelle : *vieillards nés d'hier ;* cette critique est la plus amère, mais aussi la plus vraie qui puisse nous être appliquée.

Alors le dieu même le plus puissant était enfant ; maintenant les enfants mêmes ne sont plus jeunes.

Ce Bacchus et mon Ariane se tiennent l'un près de l'autre sans se regarder, comme des amants qu'ont séparés des torts irréparables.

C'est une Ariane, dis-je en les regardant tous deux. Maryx, le grand sculpteur, s'était moqué de moi quand je lui avais dit cela ; mais il m'avait quitté sans me convaincre.

La chaleur était accablante, le calme profond ; l'air était parfumé de l'odeur des bois et de l'haleine des troupeaux. Je n'avais pas dormi la nuit précédente, ayant découvert la veille les fragments d'un livre que je soupçonnais être sorti des presses des Aldes. J'avais donc passé une partie de la nuit à examiner mon trésor, en compagnie d'un vieux moine que je connaissais. J'avais veillé jusqu'au moment où les premières heures de l'aube venaient à éclairer la terre ; les rossignols se turent, et les merles et les grives entonnèrent, au-dessus de moi, leurs bruyants concerts dans les bois qui couronnent la colline de Janus.

Dans les contrées méridionales, midi est l'heure du sommeil : le calme et des rêves profonds enveloppent alors la création. Le lézard se repose et se chauffe au soleil, et la cigale, cet hôte inséparable du soleil d'été, a honte de faire tant de bruit avec le petit grelot que lui a donné la nature, et se tient presque silencieuse sur les arbres, ne lançant qu'à de longs intervalles sa note criarde, comme pour rappeler à l'humanité qu'elle ne l'a pas tout à fait oubliée, car la cigale, comme chacun de nous, du reste, se croit le pivot du monde.

Tout était si calme, il faisait si chaud et pourtant si frais, l'air était si plein de doux parfums et de quiétude dans cette galerie Borghèse, qu'une espèce de sommeil s'empara de moi, sans toutefois m'ôter la faculté de sentir la douce haleine du zéphyr qui m'arrivait par la fenêtre ouverte, et d'entendre les carillons bruyants de la ville, qui parvenaient doucement à mon oreille, affaiblis en passant à travers l'épaisseur des bois touffus.

Les yeux à demi fermés, à travers le grillage de la fenêtre ouverte, je voyais les rameaux sombres, presque noirs des yeuses, et le gazon épais sur lequel reposaient les troupeaux, et le beau ciel bleu qu'aimait tant Raphaël ; et devant moi je voyais le dieu de marbre et la tête couronnée de fleurs de mon Ariane.

C'est une Ariane, murmurai-je. On se complaît tant dans sa propre opinion! C'est une Ariane! Comment peut-on être assez aveugle pour ne pas le voir?

La jeune fille qui va bientôt devenir femme est là, dans les moindres contours. — Mais elle ne connaît pas encore Naxos.

Tandis que je la regardais, elle parut s'agiter et m'entendre; les lèvres de bronze s'entr'ouvrirent, semblèrent sourire et me répondre :

« Oui, je suis Ariane; mais comment le sais-tu, toi, vieillard, assis tout le jour durant au coin d'une rue, loin de tout commerce avec les dieux? »

Il me sembla voir alors le buste se transformer; le frémissement et la flamme de la vie semblèrent circuler dans le bronze et l'albâtre, le granit de la colonne se fondit, puis se déplia peu à peu comme les pétales d'une fleur, et enfin devint une draperie délicate et transparente à travers laquelle se montraient la chair rose et les membres arrondis de la jeune fille; le métal dans lequel le sculpteur avait emprisonné sa pensée, sembla s'échauffer et s'animer, jusqu'à ce qu'enfin la gorge, le cou, les joues, le front se colorèrent d'une vie soudaine.

Les yeux devinrent humides et brillants comme les eaux d'un lac à la clarté des étoiles; les feuilles de lierre parurent vertes et fraîches comme si la rosée les eût touchées; les boucles épaisses prirent des teintes dorées et s'agitèrent comme sous l'influence de la brise : Ariane devint vivante, en un mot, et contempla tous les dieux blancs et silencieux qui l'entouraient.

« Je suis Ariane, dit-elle tristement. Oui, j'ai connu

Naxos. Quelle femme aimante échappe à ce destin ?
Me voilà revenue sur la terre pour y souffrir. J'avais
prié Idoneus de me laisser là où j'étais, perdue dans
l'ombre avec Perséphone. « Non, m'a-t-il dit, monte
« plus haut, vers la lumière et vers la douleur.
« Achille n'a-t-il pas pleuré, lui, et n'a-t-il pas envié
« le sort du plus misérable des vivants, plutôt que
« de régner parmi les immortels ? car ne vaut-il pas
« mieux voir le soleil et marcher avec peine dans la
« poussière, recevoir un baiser sur les lèvres et être
« frappée au cœur, que de vivre dans une nuit sans
« fin et dans un calme que nul orage ne vient jamais
« troubler ? »

    « Maintenant, ajouta-t-elle, comme les morts, j'ai
oublié toutes les choses de la vie ; seulement je n'ai
point oublié Naxos. »

    Les dieux restèrent silencieux.

    Les empereurs dissolus baissèrent la tête, sans oser
lever vers elle leurs regards impurs.

    Celui qui l'avait trahie parla le premier, et sourit
d'un sourire mélangé de compassion et de cruauté.
Naxos n'était pour lui qu'un lieu de tristesse, qu'il
avait quitté avec joie, laissant la mort derrière lui,
pour passer les mers dans son vaisseau ceint de guirlandes de fleurs.

    « Theseus et moi t'avons donné un amour pas-
sionné sans lequel tu n'eusses jamais connu le soleil.
Remercie-nous, Ariane ! »

    Alors il frappa de son thyrse le pavé de marbre, et
sur la surface blanche et stérile s'éleva une grenadille
pourpre, dont un aspic dévora le calice étoilé.

    Le jeune Hercule se dépouilla de sa peau de lion et
la jeta aux pieds d'Ariane.

« Les forts seuls connaissent la passion, dit-il; leurs souffrances valent mieux que le calme des faibles. » Et ses lèvres roses prirent le pli de la tristesse. On eût dit qu'il prévoyait sa honte lorsque, assis et filant aux pieds d'une femme, il estimerait le rire de mépris de cette femme bien au-dessus du divin sourire de Zeus ou des louanges des divinités de l'Olympe.

Il me sembla aussi entendre Io et Daphné se plaindre des douleurs que l'amour leur avait enseignées.

Mais Apollon sourit sans qu'aucune expression de pitié vînt altérer son beau visage entouré d'une auréole de rayons.

Artémis vint regarder Ariane à son tour : Artémis qui frappait toujours de ses traits légers, mais sûrs, le mortel trop inconstant ou trop audacieux.

« Ma sœur Perséphone a été plus cruelle que moi, dit-elle avec un sourire. Vous renvoie-t-elle encore à vos îles de Dra ? Et où donc était votre père dans ce sombre royaume où il exerce la justice, qu'il vous a laissée revenir pour me braver encore une fois de plus ? Oh ! pauvre folle de trop d'amour et de trop de sagesse ! à quoi bon avoir levé le poignard ? à quoi vous a servi d'avoir trouvé le fil ? Les dieux punissent toujours le mortel trop hardi ou trop parfait. »

Parmi les divinités de la salle du haut apparut une mortelle, une femme sans pudeur qui avait mis à nu ses charmes pour vivre à jamais dans le marbre comme la Vénus Pandemos.

« Il n'y a point de Naxos pour les femmes qui aiment l'amour et non l'amant, dit-elle avec un sourire folâtre. Les dieux et les hommes ne restent fidèles qu'à celles qui manquent de foi. Celle qui n'a

de culte que pour la beauté et la volupté est la seule
forte. Aphrodite, qui m'a donné le jour, me l'a enseigné. »

Bacchus fit un geste de reproche, et la courtisane
impériale s'enfuit.

La femme romaine, couchée dans une salle éloignée,
sur son tombeau de marbre, tenant dans ses mains
les pavots, emblème du dernier sommeil, glissa alors
dans la galerie comme glisse une ombre échappée aux
prairies couvertes d'asphodèles, séjour des ombres, et
elle tendit à Ariane les pavots rouges comme la guerre,
qui pourtant sont les emblèmes de la seule paix véritable, celle de la tombe.

Mais Psyché, qui jouait avec Eros dans une niche où
les rayons du soleil semblaient danser au son du cha-
lumeau d'un satyre, Psyché déploya ses ailes roses
comme les pétales de la fleur du grenadier, et prenant
le papillon qui voltige toujours au-dessus de sa tête,
elle allait le présenter à Ariane et lui offrir ainsi
l'immortalité, quand l'Amour, les boucles de ses cheveux tout inondées des rayons du soleil, arriva près
d'elle et lui arrêta la main :

« Non, dit-il, si c'est bien là Ariane, elle doit savoir
que si je l'abandonne, c'est la mort et non l'immortalité qu'il lui faut. »

Ariane se tenait debout, irrésolue et silencieuse ;
elle avait porté à son sein la grenadille pourpre, à ses
pieds gisaient le laurier et les pavots qui donnent la
mort.

Sa main se posait tantôt sur l'un, tantôt sur l'autre,
comme l'oiseau indécis sur la branche hésite avant de
prendre son vol entre l'orient ou l'occident.

L'Amour choisit pour elle et lui présenta la fleur
rouge de la mort.

« Sois sage ! lui dit-il, et quand je t'aurai quittée, mange cette fleur et endors-toi... »

Je m'éveillai. Ce n'était qu'un rêve, il n'y avait plus de dieux autour de moi, je ne voyais plus que des statues dont la blancheur se dessinait vaguement dans l'ombre, car les gens du palais venaient de fermer les fenêtres.

Mon Ariane était redevenue bronze ; Psyché et Eros, Daphné, Apollon, tous avaient disparu. Bacchus seul était resté et semblait sourire.

Mon ami le sculpteur sortait de la galerie où il avait été étudier la frise qui représente les travaux d'Hercule et les bas-reliefs de la nymphe Agé et de Téléphus.

« Vous voilà encore devant votre Ariane, qui n'en est pas une ! dit Maryx. Et quand même c'en serait une, à quoi bon ? La vraie Ariane est au Capitole ou au Pio-Clementino, comme vous voudrez. Allons-nous-en ; il fait trop chaud et je suis fatigué. J'étais à l'ouvrage à quatre heures ce matin, pendant que mes rossignols chantaient encore. Venez prendre avec moi votre vin de midi. »

Nous passâmes de la salle des Empereurs dans ces allées ombreuses où les artistes aiment à errer, et rêver à Raphaël, passant à travers les rosées du matin, sous les chênes éternels.

« On est toujours heureux de venir ici, dit Maryx ; l'habitude ne diminue pas le charme de ces vieux jardins, non plus que le temps ne diminue nos regrets pour le papillon de Raphaël que nous avons détruit ; nous qui parlons des Huns et des Visigoths, et qui méprisons les Grecs pour avoir renversé les statues du Mausolée !

« Raphaël devait tant aimer ces lieux! Sans doute son violoniste favori venait souvent le charmer ici de ses mélodies, par une belle matinée de printemps, là où les violettes croissent avec le plus d'abondance! On regrette que Raphaël n'ait pas eu une autre nymphe que la Fornarina. Ses petits yeux si durs, si rusés, n'ont jamais dû aimer les violettes : ce qu'elle aimait, c'étaient les bracelets qui ornent ses bras, et les ducats qui remplissaient sa bourse.

« Je suis entré par hasard dans la salle de la Vénus Pauline aujourd'hui ; je vais avoir de l'amertume dans la bouche toute la journée. Qu'elle est vénale, *fastueuse* et vile au milieu de toutes ses dorures et de ses bijoux, cette Vénus! C'est du marbre gaspillé! elle n'est pas même sensuelle. Mais la Vénus de Canova ne dit rien, si ce n'est pourtant qu'elle nous montre la folie des hommes et quelles sortes de femmes ils ont aimées, depuis que les dames romaines achetaient de faux cheveux et se fardaient dans la voie Sacrée! »

Après avoir franchi les grilles, nous nous trouvâmes bientôt au grand soleil. Nous traversâmes la grande place, alors presque vide. On n'entendait que le murmure de l'eau qui s'élançait de la gueule des lions qui servent de base à la colonne du cadran solaire d'Héliopolis, qui se détachait comme une épée de flamme sur l'azur éclatant du ciel.

J'aimais et je respectais Maryx. C'était un grand artiste, qui menait la vie des hommes des anciens jours, dans sa villa de la colline Sabine, au milieu de ses myrtes et de ses statues, et des rossignols qui chantaient sous les fenêtres de son atelier.

Mais je refusai de traverser le fleuve pour aller

prendre avec lui mon repas de midi ; j'étais encore
trop plein de mes rêves et trop endormi pour cela ; je
m'arrêtai donc devant chez moi, au coin de la rue qui
conduit au pont Sixte, et où l'eau s'élance du mur
pour se rendre ensuite dans la fontaine construite par
Fontana, pour le pape Paul.

II

La fontaine du pont Sixte est habitée par un faune.
A cette époque je l'entendais souvent rire, et souvent
même je distinguais aussi le son de sa flûte.

Dans chacune des fontaines de ma Rome à moi se
cache une naïade, un satyre, un dieu ou un génie, qui
dans cette retraite profonde rêve des temples ruinés
et des grands bois, reste caché dans sa retraite
fraîche et moussue pendant la chaleur du jour, puis,
quand la nuit tombe, s'éveille et appelle tout haut.
L'eau est la joie perpétuelle de Rome. Quand le ciel
est jaune comme du cuivre, que l'air est chargé des
miasmes de la fièvre, quand le visage de tous est
livide et abattu, et que les animaux se couchent partout sans force, accablés par la sécheresse, c'est la
mélodie de l'eau, murmurant jour et nuit à travers
un désert de briques et de pierres, qui nous donne la
force de vivre. Ici les hommes ont *écrit leurs noms*
dans l'eau, et l'eau les a conservés plus longtemps que
ne l'eussent fait le bronze et le marbre. C'est ce qu'a
dit avec raison un voyageur venu de l'Occident qui a
écrit sur le Faune du Capitole.

Quand on est bien loin derrière les montagnes et

qu'on ne peut plus voir les ailes dorées de l'archange briller au soleil couchant, ce n'est ni de statues, ni de palais, ni de Césars, ni de sénateurs que l'on rêve, ce n'est pas pour toutes ces choses que l'on soupire, mais pour l'eau que l'on trouve partout à Rome, pour l'eau qui coule, retombe, brille, s'élance et réfléchit les nuages et les hirondelles qui rasent sa blanche écume.

Ici l'eau est comme Protée, souveraine et esclave, sorcière et servante : tantôt étanchant la soif de la mule, tantôt ruisselant dans le porphyre sur la terrasse du prince ; là remplissant le puits dans l'humble jardin planté de choux, et plus loin, s'élançant bien haut devant le palais du pape.

On aime les fontaines de Rome comme ceux qui sont nés près de la mer aiment la mer. Allez où vous voudrez, vous trouverez de l'eau partout : soit qu'elle écume près de Trevi, où croît la mousse verte comme les algues croissent aux pieds du dieu de l'Océan, soit qu'elle s'échappe, rougie par les teintes du couchant, de la gueule d'un vieux lion qui autrefois peut-être a vu Cléopâtre, soit qu'elle s'élance en jet hardi comme si elle voulait atteindre la croix dorée de Saint-Pierre, ou qu'elle retombe en triple cascade sur le granit ; soit qu'elle jaillisse d'un grand tonneau dans un vieux mur du Transtévère, ou jette dans l'air une poussière fine comme la toile d'Arachné dans un jardin ombragé où courent les lézards, ou dans un coin encombré où se tiennent des marchands de fruits appuyés contre le mur ; partout, sous toutes ses formes, on aime l'eau qui remplit Rome d'une mélodie constante pendant toute l'année. Par-dessus tout, j'aime mon torrent, celui qui tombe des pierres tout près du pont de Sixte : il a deux courants qui se croisent comme des sabres et brillent sur les pierres humides et sombres toutes couvertes de mousse. Il y a à Rome tant de splendides et magnifiques fontaines, s'élevant bien haut vers le ciel, que personne ne fait grande attention à celle-ci ; et quand la foule venant de la via Giulia passe rapidement sur le pont, bien peu, je le crains, prient, comme le demande l'inscription, pour le repos de l'âme de celui qui l'a bâtie.

Je traversai le pont avec Maryx ce matin-là, mais je m'assis à l'ombre de ma fontaine, si fraîche et si bienfaisante pendant cette chaude après-midi de juin. C'était là que vingt ans auparavant j'avais établi mon échoppe et l'avais dédiée à Apollon Sandaliarius et aux grands saints Crespin et Crespinien, avec un mélange de paganisme et de catholicisme qui est tout ce qu'il y a de plus romain. Mon Faune chantait à l'abri de son mur couvert de mousse. Les faunes ne sont pas morts. Ils ne sont que cachés dans l'eau ou sous les feuilles : c'est là qu'ils rient ou pleurent comme des enfants... alors on dit : les fontaines jouent, ou bien : les feuilles tremblent. Les oiseaux ne peuvent point chanter à midi. Ils ont peur de réveiller le dieu Pan, qui dort toujours à cette heure et veut du silence. Les faunes des fontaines s'occupent peu de ce que veut Pan ; on l'a chassé de toutes les villes, et ils savent que le grand dieu ne se plaît que médiocrement dans un monde qui a abattu ses bois sacrés. Les oiseaux sont plus fidèles ; et ils sont conduits par le pivert, qui fut autrefois l'ami de Mars et le père de Faunus, et qui rassembla une fois tous les rois de la terre dans son palais, que Virgile nous a dépeint.

Folies ! direz-vous. Eh bien, si ce sont des folies, soyez certain que pour vous Rome est morte et que vous foulez ses pierres, les yeux bandés et les oreilles bouchées.

C'est une Ariane, dis-je au Faune de la fontaine, car c'est un plaisir de s'en tenir à son idée, et c'est un plaisir qui ne coûte rien ; et comme Winckelmann affirmait que l'Ariane du Capitole était une Leucothoé, moi j'étais sûr que le Bacchus du palais Borghèse était une Ariane. Je ne connais rien de l'art, sans doute, mais je l'aime passionnément, de même que les hommes qui aiment le plus les femmes sont ceux qui connaissent le moins leurs idées et leurs caprices.

C'est une Ariane, dis-je aussi à ma chienne Palès, que j'avais laissée de garde, sur un peu de paille, sous mon tabouret ; Palès était blanche, avec une tête de renard et, joint à cela, un grand nombre d'idées fort originales.

Il n'y avait pas une âme sur la place. Le soleil inondait le Tibre de ses rayons et donnait à ses eaux une couleur chaude et cuivrée. Selon Eusèbe, c'est là que l'on jeta de nombreux martyrs, et il n'y a pas si longtemps, au siècle des Borgia, qu'un batelier auquel on avait demandé pourquoi il n'avait pas donné l'alarme en voyant jeter à l'eau un cadavre, il n'y a pas bien longtemps, dis-je, qu'un batelier répondit qu'il en voyait tant jeter toutes les nuits qu'il n'y avait point fait attention.

Personne ne bougeait, pas une ombre ne se dessinait sur les pierres chaudes et blanches ; sur le pont et le long de la via Giulia, tout était tranquille et solitaire ; tous les volets étaient fermés. Seulement dans la maison du coin où je demeurais, je vis mon ami Peppo, le cuisinier, passer du balcon sur le pont, avec un de ses pigeons apprivoisés perché sur son

front. Il me cria de toute la force de ses poumons
qu'il venait de préparer une étuvée délicieuse, pleine
d'oignons et de piments.

Mais une étuvée en plein midi et par un jour d'été
est une de ces abominations que repoussent les sens
et la raison, et je ne lui répondis pas : il se retira alors
avec son pigeon, et la place redevint parfaitement
calme. Le silence n'était troublé que par le bruit de
l'eau, dont le murmure était si frais et babillait si
bien des feuilles de la forêt et des roseaux, que quiconque l'entendait ne pouvait souffrir de la chaleur.
Quant à moi, je n'enviais presque pas Marÿx dans sa
cour de marbre sur la colline, au-dessus des cyprès
du Tasse et sous les chênes de Galba.

J'avais sur la tête une belle feuille de chou bien
mouillée, et au-dessus de moi, supporté par quatre
bâtons, s'étendait, un carré de cuir non tanné, que
j'avais aussi arrosé d'eau ; sur mon établi, parmi mes
outils et des morceaux de vieux cuir, se trouvaient
une poignée de feuilles de vigne, la moitié d'une pas-
tèque, un flacon de vin ; je vous demande un peu quel
est celui qui eût pu avoir chaud avec tout cela ?

Je n'avais rien de bien pressé à faire : je n'avais que
les grosses bottes du boucher, qu'il m'avait apportées
le matin, en sortant de sa boutique, près de l'église
de Saint-Crespin ; je les laissai de côté avec une paire
de jolis petits souliers rouges que j'avais recousus pour
la belle Déa, qui demeurait un peu plus loin. Déa adorait le bal des étudiants, mais son père avait l'œil
aussi prompt et le cœur aussi dur que le juif Shylock.
Je bus un peu de vin et m'étendis par terre comme
Palès, et le Faune de la fontaine commença à célébrer
et à chanter les jours où les hommes, plus sages, ado-

raient Sylvain sur le mont Aventin, et, dans les verts
jardins, les prairies et les forêts, l'invoquaient sous le
nom de *Sanctus Salutaris*.

Et au son de ces chants et du murmure de l'eau,
le sommeil s'empara de moi, et je rêvai que j'étais
encore dans la galerie des Césars et que j'entendais
les dieux, les poëtes et la courtisane discuter autour
d'Ariane.

Ariane étendit la main et toucha la mienne.

Je m'éveillai. Palès aboyait, et entre le grand soleil
et moi se tenait une ombre.

Était-ce celle d'Ariane?

Je me remis sur mes pieds.

« Mon enfant, ne prenez pas le pavot, murmurai-je
tout hébété. L'amour est cruel : il l'est toujours. »

Je m'éveillai alors tout à fait et me sentis de plus
en plus perdu. Je ne pouvais bouger; les aboiements
de Palès et le bruit de la fontaine me rendaient
sourd, je ne faisais que cligner des yeux et regarder
devant moi comme un vieux hibou qui, dérangé dans
son somme de midi, verrait tout à coup une belle ap-
parition et une vive lumière sur les branches de son
vieux tronc couvert de lierre.

La forme qui se tenait entre moi et la villa Giulia
était l'Ariane de Borghèse vivante.

Elle tenait à la main des pavots et une fleur de grenadille rouge; les draperies qui l'enveloppaient me
paraissaient être d'albâtre aux mille couleurs. Elle
avait la tête petite, les cheveux bouclés, les yeux con-
fiants comme celle qu'Idoneus avait envoyée sur la
terre pour y chercher la lumière et la vie, et que
l'Amour avait réclamée.

« Ne prenez pas ces pavots, ils sont les emblèmes

de la mort, » murmurai-je encore, tout en clignant des
yeux comme un hihou ; et alors je vis que c'était,
non le bronze de Borghèse, mais une créature vivante,
une jeune fille fatiguée, dont les vêtements portaient
les traces d'un long voyage, et qui tenait dans ses
mains des fleurs que la chaleur avait flétries.

Elle s'approcha et posa ses deux mains sur mon établi, et Palès cessa d'aboyer et vint la flairer presque
tendrement.

« Les pavots ne peuvent faire de mal, dit-elle avec
un peu d'étonnement. Voulez-vous me dire où est le
Ghetto ? Je veux aller au portique d'Octavie. »

En l'entendant parler, je reconnus que ce n'était
pas mon Ariane avec sa tunique d'or et de rose et sa
couronne de lierre, mais une simple créature humaine
qui se tenait là devant moi.

Elle portait des vêtements blancs, il est vrai, mais
de la plus grosse toile qui se tisse dans les villages, et
ce que j'avais pris pour les nuances de l'albâtre, n'était
qu'une vieille écharpe romaine aux mille couleurs,
telles qu'en portent les femmes du Transtévère. Ses
pieds, petits et délicats, étaient emprisonnés dans de
gros souliers, couverts de la poussière grise des grandes
routes et des rues. Les pavots qu'elle tenait étaient
de ceux qui croissent à profusion dans les champs de
blé, et elle avait sans doute arraché la grenadille aux
murs d'un jardin ou aux haies qui croissent sur le
bord des routes.

Mais dans ses traits, bien que son teint fût doré
par l'ardeur du soleil et que ses yeux fussent lourds
de fatigue, je reconnus les traits de mon Ariane. Cette
fois-là je n'avais pas tout à fait rêvé.

« Je viens de la mer, me dit-elle, en s'appuyant des

deux mains sur la planche de mon établi. Je me suis égarée et je ne sais où aller. Vous avez l'air bon, voulez-vous bien me dire où se trouve le portique d'Octavie ? »

C'était une belle jeune fille, presque une enfant. Je me levai en chancelant avec un instinct du respect dû à son sexe et à sa jeunesse. Bien qu'elle fût pauvre, ainsi que l'annonçaient ses vêtements, il y avait en elle une grâce étrange, tandis qu'elle se tenait là sous les rayons du soleil, qui inondaient ses cheveux bronzés. Elle avait l'air fatigué, mais non timide, et sur son visage on lisait une expression d'attente à la fois ardente et joyeuse.

« Le portique d'Octavie, lui dis-je en répétant ses paroles. Savez-vous ce que c'est maintenant, mon enfant ?

— Oui, je l'ai lu dans de vieux livres latins. »

Dans de vieux livres latins ! grands dieux !

« Et vous voulez aller au Ghetto !

— Oui, c'est bien cela.

— Savez-vous ce que c'est ?

— Non...

— Pourquoi voulez-vous y aller alors ?

— Parce que c'est là que demeure un vieillard, le père de ma mère, et je me rends chez lui. »

Un vieillard du Ghetto, et je la prenais pour mon Ariane ! Cela s'accordait mal.

Comment cette jeune fille à qui les dieux avaient parlé et qui tenait entre ses mains les pavots que lui avait donnés l'Amour, comment, dis-je, pouvait-elle se rendre dans ce quartier impur, autrefois l'asile de la bassesse dorée de la Suburra, et maintenant l'asile de la bassesse fangeuse du Ghetto ? Elle s'aperçut de mon étonnement et de ma répugnance, et le mouvement de chagrin que je ressentais dut se peindre sur mon visage, car elle eut l'air désappointé.

« Je puis m'adresser à un autre, dit-elle avec un peu de tristesse. Il vous faudrait quitter votre échoppe et c'est un peu loin peut-être. Pardon ! »

Mais je n'aimais pas la laisser s'en aller ainsi. Je ne la reverrais peut-être jamais. Rome est si grande et l'on respire dans le Ghetto un air si impur pour le corps comme pour l'âme.

« Non ! non, lui criai-je, car elle s'en allait déjà. Ce n'est pas cela ; ce n'est pas loin, et quand même, mon échoppe ne craint rien tant que mon chien est là ; mais la chaleur... un lieu si dégoûtant... Ce n'est pas que je ne veuille pas aller avec vous, mon enfant ; attendez seulement que la grande chaleur soit passée.

— J'aimerais mieux ne pas attendre, » reprit-elle ; puis elle s'arrêta, me regarda d'un air de doute, causé sans doute par mon hésitation. Je fus touché par ce regard.

Déjà elle se dirigeait vers le pont, et vers le penchant de la colline de Janus, asile chéri des rossignols.

« C'est le mauvais chemin, lui criai-je. Vous n'avez pas besoin de traverser la rivière. Ma chère enfant, quand vous m'avez vu hésiter un instant, vous avez dû me prendre pour un butor. Je me suis endormi à la chaleur, et j'ai la tête aussi creuse qu'un melon que des gamins auraient vidé au soleil ; attendez ici que l'ardeur de la chaleur soit passée ; il y a de l'ombre, et personne ne viendra. Je vous accompagnerai, car on peut se perdre dans les rues quand on ne les connaît

pas : ce n'est pas qu'elles m'aient jamais été étran-
gères, à moi, les dieux en soient bénis ! »

Elle leva vivement les yeux vers moi avec confiance.

« Vous aimez Rome !

— Quel est celui qui n'aime pas sa mère? Et notre
mère à nous est la mère du monde. »

Ma réponse parut lui plaire, et elle prit le tabouret que je lui avais offert à l'ombre de la tente de cuir
qui l'abritait du soleil.

Palès alla lui lécher les mains, Palès qui détestait
les étrangers, surtout ceux qui avaient les mains
vides !

Elle laissa échapper un léger soupir de fatigue
quand elle se fut assise, puis porta ses regards sur l'eau
qui jaillissait du mur, et sur les dômes et les temples
qu'elle apercevait au loin. Sous mes feuilles de vigne
se trouvait un petit panier plein des premières figues
de l'année. Je les avais gardées pour la belle Déa ; mais
Déa aura ses souliers rouges, me dis-je. Et j'offris les
figues à la jeune fille. Elle me remercia par un sourire,
et en prit une pour étancher sa soif. Après cela, elle
me parut plus humaine, car je la craignais toujours un
peu, comme un de ces êtres mystérieux que l'on voit
en rêve.

« Vous avez parlé de la mer ; venez-vous de la Maremme? lui dis-je ; car quiconque passe sa vie assis au
coin d'une rue n'aime pas à garder le silence, comme
elle eût sans doute voulu le faire.

— Oui, répondit-elle ; je viens de la côte.

— Mais vous paraissez connaître Rome.

— Mon père était Romain. »

Un éclair de fierté accompagna ces paroles.

« Il est mort il y a un an, reprit-elle ; et je vis ses belles lèvres pâlir et trembler. Il m'avait dit, quand l'argent serait épuisé, de venir ici et de chercher le vieillard près du portique d'Octavie. Je n'ai plus d'argent, alors je suis venue.

— Que faisait votre père ?

— Il était sculpteur en marbre, et en bois aussi.

— Et ce vieillard, que fait-il ?

— Je l'ignore. Je crois qu'il a été cruel envers ma mère, mais je n'en suis pas bien sûre, on ne m'a jamais dit grand'chose ; seulement, avant de mourir, mon père me donna des papiers en me disant de venir à Rome. Mais j'y serais même venue s'il ne me l'avait pas dit ; car il n'y a pas de ville qu'il aimât autant, et il disait souvent qu'il ne demanderait qu'une chose : la voir, et puis mourir.

— Il en demeurait bien près pour être mort sans la voir !

— Il a toujours été pauvre et malade, » murmura-t-elle bien bas. Ces mots me firent sentir la légèreté irréfléchie de ma remarque.

« Et ce vieillard qui demeure au Ghetto est tout ce qui vous reste ?

— Oui. Je crois qu'il sera bien heureux de me voir. Et vous ?

— Bien certainement, s'il a des yeux, » répondis-je ; et je sentis l'émotion me gagner : il y avait en elle une telle expression de solitude et d'abandon ! Et pourtant elle n'avait pas peur.

« Et comment vous appelez-vous, mon enfant ?

— On me nomme Giojà.

— Giojà... Et pourquoi ?

— Parce que ma naissance causa beaucoup de joie à ma mère sans doute. C'était son idée.

— C'est un fort joli nom, mais bien païen ; savez-vous que ce nom-là n'est pas dans le calendrier des saints ?

— Je le sais bien, je n'ai pas de patronne et je ne connais presque rien des saints J'ai lu les écrits de saint Jérôme, la *Cité de Dieu* et Chrysostome ; mais je ne les aime pas. C'étaient des hommes durs et cruels, ils ont méprisé les dieux, et brisé leurs statues. C'était Julien qui avait raison et non pas eux : seulement il détruisit des milliers de jolis oiseaux. A sa place, je n'aurais pas fait cela. »

Je pensais comme elle ; mais à Rome, où fourmillent les moines et les prêtres, on ne peut dire ces choses-là ; on n'aurait plus de sandales ecclésiastiques ni de souliers sacerdotaux à faire.

« Non, reprit-elle, je n'ai pas de patronne. » Elle dit cela avec un peu de tristesse, et les regards fixés vers le ciel bleu, comme si elle eût compris que les autres jeunes filles avaient chacune leur gardien céleste sur les autels dorés, et là-haut dans les régions du ciel, et qu'elle était toute seule ici-bas.

« Cela ne fait rien, » dis-je en païen que j'étais, comme le père Trillo, qui était gros, lourd et usait beaucoup de souliers, me disait quelquefois en clignant de l'œil d'un air malin.

« Cela ne fait rien, repris-je. Espérons que les dieux de la joie, que les chrétiens ont tués demeurent en vous. Ils vous garderont aussi bien que les saints. Ils ne sont pas réellement morts. Vous les retrouverez partout à Rome, si vous avez la foi : attendez seulement la tombée de la nuit. »

Elle restait silencieuse, sans manger ses figues, et contemplait l'eau qui jaillissait du mur. Elle y avait trempé ses pavots pour les rafraîchir, la passiflora était déjà fanée. Ses yeux rêveurs avaient une expression d'incertitude et d'espérance comme si, ainsi qu'Ariane, Perséphone l'eût envoyée sur la terre malgré elle.

« Êtes-vous arrivée de la mer aujourd'hui ? lui dis-je afin de la garder un peu plus longtemps à l'ombre. De quelle partie de la côte venez-vous ?

— Je viens de plus loin qu'Ortebello, répondit-elle. J'ai fait à pied une partie du chemin, et ensuite je suis venue par les bateaux qui suivaient la côte. Les pêcheurs sont toujours bons, et il y en a beaucoup qui me connaissent.

— Vous avez dû être bien triste en quittant la mer?

— Je l'aurais été sans doute, mais je venais à Rome ! C'était ravissant où nous demeurions : il y avait de grands rochers tout couverts de thym, sur lesquels broutaient les chèvres et les moutons; plus loin, dans les marais, c'était affreux : partout des roseaux, des joncs, des marécages, des mares d'eau salée, des oiseaux qui poussent des cris étranges, et des buffles noirs. Et pourtant, là il y a encore des villes mortes, et les tombeaux des rois étrusques. Je n'ai perdu de vue la mer qu'hier, car on m'a dit qu'il fallait entrer dans l'intérieur des terres, et je le savais, du reste, par les cartes, mais je n'ai pu retrouver les oiseaux et les bosquets qu'a chantés Virgile, ni les bois qui bordaient le fleuve : il n'y a plus que du sable maintenant. Il y avait une grande barge, chargée de pins qui remontait la rivière; je donnai quelque argent aux bateliers, et ils voulurent bien me prendre avec eux; j'étais si fatiguée ! Nous avons passé deux nuits et un jour tout entier sur l'eau. Je n'étais pas triste. Je cherchais toujours Rome, mais le fleuve est mélancolique; il ne ressemble pas du tout à ce qu'en a dit Virgile.

— Il y a deux mille ans que Virgile a écrit. N'y avez-vous jamais pensé?

— Je croyais que ce serait la même chose, dit-elle avec un soupir. Pourquoi tout changer? Ils n'ont pas rendu le fleuve plus beau. Les forêts et les roses devaient être bien plus belles que le sable, n'est-ce pas? La nuit dernière, il a plu et il a tonné. J'ai été bien mouillée et j'ai eu un peu peur. Les grands pins avaient l'air si désolé; eux qui autrefois s'élevaient si haut près des vagues, maintenant abattus et chargés de liens, voguaient sur l'onde pour aller servir à la construction d'échafaudages, ou bien être brûlés dans le four, et ne reverraient plus ni la mer, ni les mouettes ni la pêche au corail! Mais rien ne me rend malade, comme vous voyez; la pluie cessa au lever du soleil; et quoique nous eussions encore bien des lieues à faire, je vis une croix d'or briller à travers les nuages qui s'étaient dissipés, et l'un des bateliers me dit: C'est la croix de Saint Pierre. — Je crus alors que mon cœur allait se briser de joie, et quand nous débarquâmes sur le quai où sont les têtes de lions, je m'agenouillai et baisai la terre, et remerciai Dieu, car enfin je voyais Rome. »

En l'écoutant, je sentais mes yeux se mouiller, et ma sympathie pour elle s'augmenta, car pour moi, comme pour tous ceux qui l'aiment réellement, Rome est à la fois la mère et le temple du monde.

« Je te remercie, toi qui m'as conduit des ténèbres dans la lumière, murmurai-je comme le poëte hébreu. C'est ce que dit Maryx quand ses pieds touchèrent

pour la première fois le sol de Rome. C'est bien
dommage que Maryx soit retourné près de ses rossignols.

— Qu'est-ce que Maryx?

— Un grand homme.

— Et vous!

— Un homme de rien, comme vous voyez.

— Et pourquoi avez-vous Apollon ici? »

Elle regardait une petite statue, haute d'un pied,
placée au-dessus de mon échoppe, et que Maryx avait
faite pour moi, il y avait bien des années, alors qu'il
étudiait à la villa Médicis.

« C'est Apollon Sandaliarius. Les cordonniers de
Rome avaient aussi leur part du dieu du soleil. Il est
vrai que ce ne fut que lorsque Rome devint corrompue,
ce qui obscurcit un peu sa gloire; mais on le représente toujours avec des sandales, voyez-vous? Au-
dessous de lui sont Crespin et Crespinien, dont l'église
est là tout près; c'étaient deux saints qui faisaient
pour rien des souliers pour les pauvres : on dit que
les anges leur apportaient du cuir. Cette peinture est
faite sur verre ; regardez-les avec leurs palmes et
leurs alênes : c'est toujours ainsi qu'on les représente.

— Vous êtes Romain?

— Oh! oui. Vous savez sans doute quelque chose de
ce cordonnier dont nous parle Pline ; il avait une
échoppe au milieu du forum, et possédait un corbeau qui haranguait les Romains du haut du rostrum,
et que les Romains adoraient. Il tua son corbeau
dans un moment de colère parce qu'il avait déchiré
un morceau de cuir, comme si le pauvre oiseau eût
pu s'empêcher de détruire quelque chose après avoir

concerté avec des législateurs et des hommes d'Etat!
Les Romains tuèrent le cordonnier et enterrèrent le
corbeau dans la voie Appienne, avec les honneurs
divins. Eh bien! je suis l'ombre de cet homme si
malheureux. Je l'ai toujours dit au peuple, et il croit
toujours ce qu'on lui répète souvent et assez haut.
N'a-t-il pas cru aux vertus des rois, et ne commence-
t-il pas à croire maintenant aux vertus des républiques? Mais il y a de l'ombre d'un côté de la via
Giulia; voulez-vous nous en aller maintenant? Mais
d'abord mangez un morceau de pain avec vos
figues. »

Elle ne voulut pas manger, et nous nous rendîmes
au Ghetto en suivant la rivière.

Pendant la route, elle me parla un peu plus d'elle-
même, et il me fut facile de deviner le reste.

Son père, alors qu'il n'était guère plus qu'un
étudiant, avait été exilé de la cité pour une insulte
réelle ou imaginaire contre l'Église. A vingt-cinq ans,
ruiné dans son art et dans ses espérances, brisé par
le chagrin, il s'était rendu dans un triste petit village de la mer Ligurienne, emmenant avec lui la fille
du juif syrien Ben-Sulim, qu'il avait épousée et qui
avait changé sa foi pour la sienne. Je ne pouvais
savoir au juste quelle sorte d'homme il avait été, car
la fille de Ben-Sulim l'aimait, et quand les femmes
aiment, elles mentent innocemment, et presque sans
le savoir, en célébrant les louanges de celui qu'elles
aiment; mais je devinai sans peine qu'il avait du
talent et une imagination classique plutôt que du
génie; qu'il avait dû être d'un caractère faible et facilement abattu, trouvant plus simple de se coucher
au soleil et de se plaindre de son sort que de se lever

et de lutter contre la destinée, et il y en a beaucoup
comme lui.

La jeune fille me dit qu'il sculptait des bustes,
des frises, des panneaux dans le bois de l'arbousier ;
que quelquefois aussi il sculptait le marbre, qui se
trouve en grande abondance sur la côte, qu'il modelait aussi en terre glaise, et qu'il envoyait vendre
ses ouvrages à la ville et en recueillait un peu d'argent, qui suffisait aux besoins de la simple vie qu'ils
menaient.

On vit à bon marché sur ces rives silencieuses que
le soleil baigne de ses rayons : quatre murs de pierre,
un toit de bruyère et de broussailles; pour nourriture
des poissons, des fruits et du pain de millet, un feu de
bois mort qu'on se procure facilement. Tout cela ne
coûte pas cher, et l'on trouve rarement rien de meilleur.

Sentir les caresses du zéphyr après qu'il a passé sur
la mer azurée, tout chargé du parfum des îles environnantes; se coucher dans le creux des rochers où,
bien des siècles auparavant, de pauvres mariniers ont
placé l'image de la Madone pour le repos de l'âme des
naufragés; gravir les hautes collines à travers les
branches entrelacées des myrtes et des tamaris et
des touffes de romarins, tandis que les chevreaux
bêlent à des hauteurs que l'on ne peut voir; contempler, quand vient la nuit, la lumière des phares briller
sur les bas-fonds et dans le creux des rochers, et
regarder la lune à travers les rameaux briller comme
de l'or dans l'azur du crépuscule; se baigner au point
du jour et rester de longues heures dans les eaux
transparentes, s'élancer dans les vagues, se coucher
sur leur sommet et voir dans les profondeurs im-

menses glisser les poissons aux ailes argentées, croître
les rameaux de córail et flotter les coquillages comme
autant de feuilles de rose : oh! quelle vie! c'est celle
que la nature avait faite pour toutes les créatures
avant que le diable vînt donner aux hommes l'idée
de bâtir des villes; et c'était la vie que cette fille de
la mer avait quittée pour venir au Ghetto.

Nous traversâmes les rues tortueuses; nous par-
courûmes ces routes poudreuses et mélancoliques où
passaient autrefois les molles litières, fermées par des
rideaux à franges d'or, qui renfermaient des femmes
dont la beauté avait rendu célèbre les quartiers du
Velabrum. Elle était digne d'être aussi portée en li-
tière pour aller charmer les yeux de César, et s'appuyer ensuite sur des coussins à cette fenêtre d'où
les femmes pouvaient voir jouer les fontaines pendant
le festin. De cette fenêtre il ne reste plus maintenant
que quelques briques sur le mont Palatin, et elle, mon
Ariane, se rendant au Ghetto.

Qu'elle était belle! Il me semblait que si on eût
tressé une couronne de lierre et qu'on l'eût posée sur
ses cheveux, au lieu du capuchon qui les couvrait, elle
eût été en tout semblable au bronze du palais Borghèse. Pour moi c'était Ariane caressée par la mer,
qui l'avait faite à la fois douce et forte; mais un
amant quel qu'il fût, homme ou dieu, ne s'était pas
encore approché d'elle.

Pendant qu'elle traversait les rues, une expression
de bonheur se peignait dans ses yeux rêveurs, comme
si elle eût revu une amie bien-aimée après de longues
années d'absence.

« Vous avez déjà vu Rome? lui demandai-je.

— Je ne l'ai jamais vue de mes yeux, et je n'y suis

jamais entrée, me répondit-elle. Pourtant je la con-
naîs bien. Mon père possédait Pline, Pausanias, Strabon, et tous les ouvrages des anciens; il avait aussi
des tableaux, des dessins et des plans qu'il avait faits;
il me les montrait et m'en parlait jour et nuit. Une
fois, quand j'étais toute petite, je partis à pied pour
Rome. On me trouva endormie au milieu des myrtes,
sur la colline, à une lieue de la maison. Mon père
s'asseyait souvent sur le rivage et regardait l'orient
avec des yeux ardents. « La lune la baigne de ses
rayons, disait-il. Oh ! si seulement avant de mourir je
pouvais voir la colonne d'Aurelius se détacher sur le
bleu du ciel ! » Mais ce fut en vain. Tous les Romains
doivent penser ainsi. Je suis sûre que vous seriez
comme lui.

— J'ai été comme lui, seulement je suis revenu.

— Lui n'en eut pas la force. Mais il aima toujours
Rome avec passion. Il l'aimait plus que ma mère, et
même que moi. »

Elle se tut et parut triste d'avoir dit en parlant de
lui quelque chose qui ressemblait à un reproche.

Nous passâmes sous l'arche de Janus et, de là, près
de la source de la fontaine Argentine.

« C'est sans doute la source des Dioscuri, » dit-elle
en me regardant vivement.

Qui eût eu le courage de lui dire que cette opinion
avait été bien souvent disputée?

« C'est ce qu'on dit, lui répondis-je. Vous voyez,
mon enfant, que nous autres Romains, nous sommes
bien différents des autres hommes : les conducteurs de
bestiaux abreuvent leurs bœufs là où les divins
Tyndarides abreuvaient autrefois leurs coursiers.

— Vous croyez aux Dioscures? » reprit-elle en fixant

sur moi ses yeux sérieux. Et je vis bien que si je ne
lui disais pas oui, il me serait impossible de faire un
pas plus avant dans sa confiance.

« Naturellement, répondis-je. Qui consentirait à les
perdre, eux, les frères de la Lumière des bords du lac ? »

Elle sourit et s'arrêta, et son visage conserva
l'expression de bonheur de celui qui revoit sa patrie
après une longue absence.

Quant aux saints, elle n'y tenait pas plus qu'ils ne
tenaient à elle. Je vis qu'elle s'arrêtait rarement
pour regarder les madones peintes à fresque ou les
martyrs placés derrière des grilles à tous les coins de
rue ; mais partout où se montrait une vieille colonne
entourée de briques ou bien une arcade couverte de
mousse, elle s'arrêtait pour les contempler, et peu à
peu je vis une ombre de désappointement et d'étonnement faire place à l'expression d'attente passionnée
qui s'était peinte sur son visage.

« J'ai vu Rome dans mes rêves toutes les nuits, dit-
elle enfin. Je croyais qu'elle était toute de marbre,
d'or et d'ivoire, que les lauriers et les palmiers croissaient partout, et que dans les temples les cours
étaient ouvertes à l'azur du ciel ; mais ce n'est que
poussière partout, de la poussière et de la boue.

— A Rome, il n'y a ni boue ni poussière, repris-je.
C'est la cendre de ceux qui sont morts. Vous oubliez,
mon enfant, que les oiseaux de Virgile sont silencieux et que les roses d'Ostie sont fanées. Rien ne
peut vivre deux mille ans, excepté peut-être de
temps en temps une figure de femme dans le marbre. »

Elle soupira.

« Quelle idée vous faites-vous du Ghetto ? lui

demandai-je; car il me semblait cruel qu'on l'eût laissée grandir ainsi dans ces illusions.

— Oh oui ! je sais ce que c'est, me dit-elle ; mon père me l'a dit souvent, quand je le lui demandais, car c'est là que naquit ma mère ; et je m'imaginais que ce devait être magnifique ; j'étais si petite quand elle mourut. Mon père me montrait souvent les dessins qu'il avait du portique d'Octavie, et j'aimais à lire les livres qui en parlaient. Ils racontaient tous qu'il y avait dans Rome peu d'endroits qui pussent le surpasser en beauté, que c'est là que se trouvent les Amours de Praxitèle et d'autres statues ; que tout près de là sont situés le théâtre de Marcellus et le temple de Junon. J'ai souvent vu le Ghetto dans mes rêves, blanc comme la neige, plein de fontaines, et bien haut, au-dessus des dômes, les hirondelles qui passent, et quelquefois un aigle qui traverse le ciel comme le fait un grand nuage. Dites-moi, est-ce bien vrai ? le Ghetto est-il ainsi que je me le figure ? Oh ! dites-le-moi. »

Je détournai la tête et je sentis mon cœur se serrer. Pauvre enfant ! nourrie de ces gracieuses et cruelles visions ! et se rendre au milieu de la fange de Peschiera et de Fiumara !

« Mon enfant, vous oubliez toujours les roses d'Ostie, lui dis-je. Rome est changée. Rappelez-vous les sièges qu'elle a subis, rappelez-vous aussi qu'elle a eu des maîtres qui ont été plus cruels que des ennemis envers ses arts et ses antiquités. Cette grande masse noire que vous voyez là-bas (et qui est ancienne pour nous), c'est le Farnèse, bâti des débris de l'amphithéâtre de Flavien. La Rome que vous rêvez n'est plus à nous. Octavie ne reconnaîtrait pas un des lieux que ses pieds

ont foulés, si elle revenait ici en plein jour ; la nuit on
peut encore se faire illusion. Mais malgré cela Rome
est toujours la capitale du monde ; il n'y a point de
cité au monde qui lui ressemble.

« Pourquoi vous dépêchez-vous tant? Restez ici, près
de la source de vos Dioscures, et mangez vos figues; le
soleil est si chaud !

— Non... laissez-moi tout voir, » dit-elle vivement
et avec un soupir. Une crainte étrange s'était emparée d'elle.

Si seulement j'avais été prince, ou cardinal, ou même
Maryx, ou mon ami Hilarion ; mais je n'étais que
Crispin, le savetier, ne gagnant que juste ce qu'il me
fallait pour moi et Palès, ma chienne, et ne possédant
qu'une seule chambre dans une maison située sur le
Tibre, maison que partageaient avec moi bien d'autres
locataires. Je ne pouvais donc rien faire pour elle, rien
que marcher derrière elle par les rues solitaires du
quartier de mes amis les tanneurs.

Quant à elle, elle avançait d'un pas si libre et si
élastique à travers la poussière épaisse et blanche, bien
qu'elle fût fatiguée, qu'il me semblait qu'elle eût pu,
au lever de l'aurore, fouler le gazon humide sans en
effacer la rosée qui le couvrait.

Nous approchâmes en silence des piliers doriques des
arcades inférieures du théâtre de Marcellus. Là où les
courtisans d'Auguste virent en tremblant se briser la
chaise curule, on ne voyait que des mules mâchant
leur fourrage ou se traînant avec peine sous les coups
de fouet ou de couteau de leurs conducteurs ; des
paysannes allaitant leurs gros bébés criards, et des
colporteurs juifs s'arrêtant de stalle en stalle, leur
yeux rusés de lynx brillant à l'espoir d'un bon marché,

ou d'un échange avantageux. Les murs d'Orsini, laids et bizarres, s'appuyaient sur les piliers et semblaient les écraser; des jalousies aux différentes couleurs, ornées de haillons de toutes sortes, se montraient entre les colonnes ioniques les plus élevées; des corridors sombres laissaient voir des tas de grossière marchandise, du vieux cuivre, des vêtements déchirés, des vieux pots, des choux et des chaudrons, des morceaux de fer rouillés et des étuvées fumantes. Le *Tu Marcellus eris* semblait soupirer à travers le tapage étourdissant des cris et des jurons, de la joie et de la colère, des chansons bruyantes et des malédictions des vendeurs.

Elle s'arrêta dans ces rues boueuses, au milieu de la foule qui nous poussait, et je vis se peindre une vague terreur dans ses grands yeux, qu'elle leva vers les miens avec une certaine expression de doute.

« Êtes-vous bien sûr que c'est le chemin ? » me dit-elle.

Je me serais presque volontiers coupé la main droite pour pouvoir lui répondre non.

Mais que faire ? Ce n'était pas moi, avec mon cuir, qui pouvais lui bâtir... la Rome de marbre et d'ivoire de ses rêves.

Je lui répondis un peu brusquement, — les hommes sont souvent brusques quand ils souffrent :

« Oui, c'est le chemin, mon enfant; Rome a vu deux mille ans de sac et de siège, de feu, de sang, de pillage depuis les jours dont vous parlez. Je vous dis qu'Auguste ne reconnaîtrait pas une seule des pierres qu'il a posées. Son magnifique tombeau n'est plus qu'une ruine mal étayée, sur laquelle le peuple rit à gorge déployée en voyant jouer des petites co-

médies pendant les belles soirées d'été. On va admirer
Arlequin là où s'est assise Livie folle et échevelée.
Adrien a pu tuer Apollodorus pour avoir osé être d'une
autre opinion que la sienne à propos de la hauteur
d'un temple ; mais il n'a pu assurer sa propre tombe
contre la profanation et la destruction. Le voilà son
tombeau, il sert maintenant de forteresse au Pêcheur
de Galilée ; il a été un peu mieux traité que celui
d'Auguste ; voilà tout. Passons par le marché... prenez
garde ! ces écrevisses-là mordent. Vous voyez ces
colonnes corinthiennes crevassées et noircies. C'est la
flamme qui les a traitées ainsi du temps de Titus.
Oui, c'est bien cela. Celles qui sont encloses dans les
constructions de cette vilaine église, et écrasées par
ces cabanes, voilà tout ce que vous et moi verrons jamais du portique d'Octavie. »

Je lui dis tout cela brutalement, je le savais bien
tout en parlant, et pourtant je continuais.

Les hommes se servent souvent de dures paroles
quand leur âme est le plus remplie de tendresse et de
pitié.

Nous étions au milieu de la Peschiera.

C'était vendredi, et il y avait encore une énorme
provisions de poissons : des mulets roses, des soles
blanches, de grosses sèches, des ombres, des homards
noirs. Tous les poissons de la mer Tyrrhénienne na-
geaient partout et remplissaient la place de l'odeur
forte et salée de la marée.

Elle s'arrêta au milieu du passage étroit. Autour
d'elle la foule criait, les poissons se tordaient ; au-dessus de sa tête s'élevait l'arche restaurée par Septime
Sévère, barbouillée maintenant de fresques crevassées
de l'église chrétienne ; à côté d'elle était un trou im-

monde, dans lequel une femme poussait une anguille vivante. Au-dessus de sa tête, se voyait une sombre fenêtre sans vitres, où se tenait un vieux juif examinant des serrures et des barres de fer rouillées.

Elle s'arrêta et regarda de tous côtés, elle qui était venue voir la Vénus de Phidias et les Amours de Praxitèle. Une pâleur subite couvrit ses traits, et elle frissonna, comme s'il eût fait froid, sous l'ardeur du soleil de Rome.

J'attendis silencieusement.

Quand il s'agit d'une souffrance physique, on peut essayer de certains remèdes. Mais quand on se trouve comme moi en face d'une imagination qui croit aux dieux et vient de découvrir que ces dieux ne sont que des fables, et qui cherchant leurs autels ne trouve plus que des ruines, qui avait rêvé de la Rome impériale et ne rencontre que le Ghetto, en présence d'une telle douleur, un seul sentiment me restait, celui de mon impuissance à l'adoucir.

III

•

On eût dit que ses pieds s'étaient soudain fixés au sol ;
elle restait là, immobile et calme.

Au bout de quelques minutes, elle se tourna vers
moi.

J'essayai de la consoler de mon mieux, bien mala-
droitement encore.

« Courage, mon enfant, lui dis-je, n'ayez pas
l'air si abattu. C'est tout ce qu'il en reste, c'est
vrai : des colonnes dans le mur, une arcade, quelques linteaux et des chapiteaux, et là, au-dessus de
nos têtes, la corniche où vous voyez cette femme
si occupée de son poisson, et personne ne sait où sont
allés la Vénus et les Amours, c'est vrai ! Le monde
a perdu bien des trésors ; il se peut qu'ils soient
cachés sous nos pieds. Je ne m'étonne pas de votre
surprise, car ce lieu est dégoûtant, et ceux qui l'ha-
bitent sont cruels. Mais ne croyez pas que ce soit
partout comme cela. Oh non ! Rome est toujours
belle ! vous direz comme moi quand vous la con-
naîtrez. Vous ne rêvez qu'au passé, mais il faut
prendre patience ; c'est comme une statue qui est
restée enterrée pendant des siècles : il faut en effacer

la poussière pour voir les nobles contours de l'art
antique. Vous croyez retrouver la Rome d'Auguste!
Et votre cœur se brise en voyant la misère et les
ruines que l'on rencontre partout, et devant les pertes
irréparables que le monde a faites; mais les siècles
passent, les cités s'élèvent et tombent. Prenez patience, Rome ne peut vous dévoiler ses secrets au
premier abord. Attendez seulement une ou deux nuits
que la lune la baigne de ses rayons, et vous apprendrez à l'aimer, cette ruine colossale, plus encore que
vous n'avez jamais aimé votre Rome de marbre et
d'ivoire. Car ici il n'y a rien de petit ni d'étroit;
les voûtes, les dômes, les escaliers, les cours, les eaux,
les collines, les plaines, la lumière même, tout y est
vaste et noble, et l'homme y devient plus grand. Mais
je parle follement... et nous voilà au Ghetto. »

Je ne savais trop que dire. Elle était restée immobile, les yeux tout grands ouverts, regardant tantôt
le passage étroit du marché aux poissons, tantôt les
colonnes noircies encloses dans le mur de l'église de
Notre-Dame des Poissons. Elle n'avait pas entendu un
mot de ce que je lui avais dit.

« Voilà Rome! » murmura-t-elle, puis elle retomba
dans le silence. Sa voix était changée d'une manière
étrange : elle ne résonnait plus des joyeuses notes de
l'espoir qui la faisaient ressembler au chant matinal de
la linotte dans les jardins du prieuré du mont Aventin.

« C'est le quartier des juifs de Rome, » lui répondis-je. Il me semblait que je lui disais : oui, c'est l'enfer, et que je l'y conduisais. Elle avança sans dire
un mot et entra sur la place des Larmes.

« Est-ce ici que demeure un vieillard nommé Ben-
Sulim ? » demanda-t-elle à un jeune garçon qui battait

sur les pierres un vieux tapis de Perse rouge et blanc.

L'enfant fit un signe affirmatif, secoua ses boucles noires, et la regarda fixement de ses yeux brillants comme des diamants.

« Ah! c'est lui que vous voulez, dit-il ; il demeure là à gauche, au cinquième, sous les toits ; là où vous voyez ce morceau de brocart qu'il a mis là pour faire peur aux papillons!

— Est-il pauvre? » demanda la jeune fille rêveuse, tout en contemplant les petits enfants au teint olivâtre qui se roulaient dans la poussière. La bouche du jeune garçon se fendit jusqu'aux oreilles, dans un ricanement expressif.

« Nous sommes tous pauvres ici, » répondit-il. Et il continua de battre son tapis, et les petits enfants de se rouler dans la poussière, comme s'ils trouvaient un plaisir immense dans la saleté et dans leur nudité.

La jeune fille se dirigea vers l'endroit que l'enfant lui avait indiqué, vers l'endroit où le brocart qui avait autrefois peut-être été porté par Vittoria Colonna recevait sur son or terni autant de rayons de soleil qu'il en pouvait pénétrer à travers les toits rapprochés. Elle paraissait m'avoir oublié.

Je la saisis par sa robe et essayai de la retenir.

« Arrêtez, ma chère enfant, arrêtez, lui dis-je, ne sachant trop comment m'y prendre. Laissez-moi y aller le premier : ce lieu n'est pas fait pour vous. Arrêtez! voyez, je suis pauvre aussi, moi, je suis vieux, mais il vaudrait mieux venir chez moi que de rester ici, au milieu de ce tas de voleurs, d'usuriers et de nécromanciens, et de mauvaises femmes qui com-

posent des philtres pour corrompre l'âme des jeunes
filles. Revenez, je vous en prie. »

Elle me regarda avec étonnement, me croyant fou
sans doute; car elle ne savait pas le rêve que j'avais
fait. Mais la douleur qui l'accablait était trop profonde
pour que toute autre émotion durât longtemps chez
elle. Elle s'échappa de mes mains et se dirigea vers
la porte sombre qui ressemblait à l'entrée d'un gouffre.

Deux vieilles femmes étaient assises sur les marches,
occupées à trier des chiffons. Elles étaient grasses et
jaunes ; des boucles d'oreilles et des colliers de verro-
terie pendaient à leurs oreilles et à leur cou.

Elles la regardèrent en ricanant quand elle se trouva
près d'elles.

La jeune fille se retourna et me tendit la main.

« Vous avez été bien bon pour moi, et je vous remercie, dit-elle. Mais laissez-moi entrer toute seule.
Ce vieillard est pauvre, dit-on; raison de plus : il a
besoin de moi peut-être. Laissez-moi maintenant; si
j'ai besoin de quelque chose, j'irai vous trouver près
de la fontaine; adieu. »

Et l'ouverture du gouffre noir sembla l'engloutir, et
les pavots qui se mouraient dans ses mains disparurent
à mes yeux.

Les deux vieilles femmes, qui pendant cette scène
avaient été tout yeux et tout oreilles, ricanèrent et me
firent signe.

« Une belle fille en vérité ! Est-ce qu'elle va chez
Ben-Sulim ? Elle ressemble à Zourah ! n'est-ce pas ? vous
rappelez-vous ? Il n'y a pas bien longtemps de cela, seize
ans à peu près, que Zourah était la plus belle fille du
Ghetto ! Et quelle voix ! quand elle chantait, c'était
comme une pluie de diamants. Elle chantait   sou-

vent là-haut, où vous voyez ce morceau de brocart,
et dans les allées il se faisait un silence de mort
pour l'écouter. Ben-Sulim venait de la vendre à un
homme d'un théâtre de Milan, quand un beau matin
l'oiseau disparut; il la chercha partout dans Rome,
mais ce fut en vain : elle était partie avec un étudiant, un Transteverino, un sculpteur, qui avait été
banni de Rome pour quelque insulte envers son Église,
l'Église des chrétiens. Mais personne n'a jamais bien
su ce que c'était. Est-ce là sa fille? elle est très-belle!
Mais elle ne sera pas bien reçue là-haut... Après tout,
il y a encore à Rome des princes et des cardinaux ! »

Et riant d'un rire épais, elles retournèrent à leurs
chiffons. Je cherchai à savoir des gens qui étaient dans
la cour quelle sorte d'homme était le Syrien ; mais
ils étaient tous trop prudents ou l'esprit de camara-
derie de leur religion était chez eux trop grand pour
que je pusse les faire parler. Ils me dirent seulement
qu'il était pauvre et qu'il était venu de Smyrne bien
des années auparavant.

Je les quittai en frissonnant.

J'avais à finir les bottes du boucher, à porter les
souliers du révérend père Trillo, j'avais mon manuscrit à examiner, et grâces aux dieux! bien d'autres
choses encore à faire. J'ai toujours trouvé assez d'oc-
cupations dans ma vie, et ceux qui en cherchent peuvent en trouver comme moi! Si notre bien-aimé
Leopardi, au lieu de se plaindre de son sort et de
languir dans son étroite maison, avait essayé de chercher combien de choses étranges et merveilleuses gisaient en dehors de chez lui, s'il avait essayé de s'intéresser aux chagrins des hommes qui pendaient leurs
filets aux arbres, aux innocentes peines de la simple

fille qui portait de l'herbe à sa vache, s'il avait songé
à l'obscur martyre de la maternité et du veuvage
qu'avait dû souffrir la vieille femme filant son rouet
au haut de l'escalier, il eût vu que le petit bourg qu'il
détestait tant à cause de sa monotonie, possédait, lui
aussi, ses tragédies et ses comédies, cachées sous le
son mélancolique de ses cloches. Il n'en eût pas été
moins triste sans doute, car, plus l'âme est grande, plus
elle souffre de l'humilité et des misères sans fin de la vie;
mais il n'eût jamais été mélancolique; il n'eût jamais méprisé et, en les méprisant, perdu les histoires
et les poëmes disséminés partout dans les champs de
millet et dans les jardins d'oliviers. La lampe qui
éclairera toujours les ténèbres de la nuit la plus
obscure et rendra le désert brillant comme le foyer,
c'est la sympathie.

J'avais le cœur serré en quittant le Ghetto. Je passai au milieu des rues tortueuses où se trouvent les
écoles où les enfants juifs apprennent la *lex talionis*
comme une vertu ; on n'y voit que tours ruinées, amas
de pierres et débris suspendus sur les rues comme un
nuage chargé d'orage. Je me rappelai que cet édifice in-
forme avait été autrefois le théâtre de Balbus : cette
masse qu'on avait bâtie de ses ruines, était le palais
Cenci.

Plus haut se voyaient les fenêtres grillées d'où Béatrice avait regardé pour chercher s'il y avait encore
pour elle de la lumière sur la terre et de l'espérance
au ciel; pour elle qui était née en enfer, et devait y
mourir. Derrière, plus profondes que les abîmes de la
mer, étaient les cavernes où s'étaient accomplis les
crimes de l'empire, où l'on avait étouffé les cris de
l'agonie, où l'on avait tiré les cadavres de la rivière à

l'aide de crochets, où des infamies sans nom s'étaient attaquées à l'innocence. Crimes innombrables qui n'avaient jamais été suivis ni par le jugement, ni par la vengeance.

Les crimes de l'empire, les infamies du Cenci, planaient sur le Ghetto. Et c'était à leur ombre que j'avais laissé la pauvre enfant!

IV

En approchant de mon échoppe, j'entendis les gens causer en sortant de leurs maisons à mesure que la chaleur diminuait.

« Crespin a été absent toute la matinée, disait Tutio le barbier, qui vous rasait si bien une tête humaine, qu'on eût pu ensuite la prendre pour un potiron.

— Et il n'a pas touché à mes bottes, disait en grognant Massimo le boucher. Voilà ce qui arrive quand on est si savant; un imbécile resterait à son établi.

— Il a toujours la tête dans un livre!

— Il est toujours à rêver avec des moines.

— Ou à perdre son temps avec les peintres.

— Ou à regarder de vieilles pierres bouche béante.

— Mais quand il travaille, son ouvrage est le plus parfait que l'on puisse voir à Rome; et ça dure! Un soulier que Crespin a raccommodé dure trois fois plus qu'un soulier neuf acheté dans une autre boutique. Et de plus il est honnête. » Cette phrase flatteuse venait de Lillo, le marchand de melons, qui a un certain faible pour moi.

« Oui, il est honnête, reprirent-ils tous en soupi-
rant, comme si l'honnêteté eût été un défaut.

— C'est vrai, dit le vieux Meluccio, qui vend des
livres à deux pas de là. L'autre jour il m'a acheté un
livre, un vieux bouquin moisi qui l'avait ravi pourtant. Je ne fais jamais attention aux titres des livres,
moi, je les achète au poids. A la nuit tombante, voilà
Crespin qui revient avec un billet qu'il avait trouvé
entre les pages : un billet de banque de vingt florins!
Que pensez-vous de cela?

— J'ai toujours cru qu'il avait le cerveau un peu
fêlé, dit Bimbo le rétameur, dont j'avais fendu la
tête avec un morceau de bois quelques années auparavant, parce qu'il maltraitait un pauvre cheval.

— Il est bon comme du pain : bien souvent je crois
que c'est le grand saint Crespin lui-même, revenu sur
la terre. Voyez un peu ce qu'il fait quand nous avons
la fièvre ou que l'un de nous ne peut payer son
loyer; » dit la pauvre Serafina, la blanchisseuse, s'in-
terrompant pour embrasser son gros garçon de deux
ans, qui dansait sur un tonneau de vin.

L'absent, dont mes voisins parlaient si généreuse-
ment, c'était moi. Je suis né à Rome, je suis le fils
du vieux Beredino Quintilio qui était roi des mendiants de la place d'Espagne, dans le bon vieux temps
où toute la ville était de notre avis : c'est-à-dire que
vous eussiez été un imbécile de vous courber et de
vous fatiguer à bêcher quand vous pouviez gagner
beaucoup, rien qu'à tendre la main ou à vous coucher
au soleil.

Naturellement le monde est toujours de la même
opinion, mais il ne permet la pratique de cette philosophie qu'aux mendiants qui portent des habits

noirs et des phylactères de pourpre. Les mendiants en haillons vont en prison maintenant, à Rome comme partout.

Nous vivions donc bien confortablement au Transtévère : toujours de bon vin, des fritures de toutes sortes et, quand venait le carnaval, assez de menue monnaie pour aller nous amuser follement. Beredino avait une belle tête, qui eût pu servir de modèle pour un Abraham ou un Agamemnon. De plus, il était vraiment impotent d'une jambe, ce qui, avec son talent, était pour lui la source d'une véritable fortune. Nous descendions de la « gens Quintilia », selon nos traditions; et pourquoi pas?

Naturellement, mon père, rejeton d'une aussi noble famille, ne pouvait travailler.

« Va mendier aussi, petit scélérat, » me dit-il, dès que je fus assez grand pour passer le pont et me rendre à la place d'Espagne : conseil, que je suivis jusqu'à l'âge de sept ans. Je ne gagnais jamais beaucoup; j'étais laid, et je ne savais pas l'art de pleurnicher.

Un jour donc, j'avais sept ans, je demandai l'aumône à une petite fille à peu près de mon âge. C'était une jolie petite étrangère, qui descendait les marches de l'église de la Trinità dei Monti. Elle ressemblait à un petit ange avec son auréole de cheveux dorés et les roses qu'elle tenait à la main. Elle me donna ses roses.

« Vous pouvez les vendre, me dit-elle, mais pourquoi mendiez-vous? Il n'y a que les voleurs et les paresseux qui mendient. »

Et elle courut vers ceux qui l'accompagnaient.

Ce soir-là Beredino me battit avec un gros bâton de frêne, parce que je n'avais rien rapporté. J'en fus tout

roide pendant trois jours, mais cela m'était égal. Je
gardai les roses, et quand je fus guéri, j'allai trouver
un vieux savetier que je connaissais et qui raccom-
modait des bottes et des souliers au Transtévère

« Voulez-vous me montrer votre métier? lui demandai-je. Je suis fatigué de la place d'Espagne, et je ne
veux plus mendier.

— Mon petit Ruffo, tu es fou ! A quoi penses-tu? Je
ne gagne pas tant en un jour que toi en une heure. »

Je baissai la tête.

« Mais je suis laid et je ne gagne rien en mendiant,
lui dis-je.

— Alors, c'est une autre affaire, reprit le savetier.
Si tu ne peux réussir par la fraude, tu fais bien d'essayer d'être honnête. Si tu ne peux rien gagner en ce
monde, il faut essayer d'amasser quelque chose pour
l'autre. De temps en temps on rencontre des gens qui
ne peuvent se décider à faire un mensonge, comme on
en voit qui ne connaissent pas les couleurs. Quand on
est fait comme cela, il faut dire la vérité, raccommoder le vieux cuir ou bien casser des pierres, car on ne
réussira jamais au milieu des hommes. C'est un malheur aussi grand que d'être né muet ou estropié, mais
auquel on ne peut rien faire. J'étais un de ceux-là, moi.
Ton père boit du vin toutes les nuits et se régale de fèves et de chevreau. Moi, je ne mange de viande qu'une
fois par an, le mardi gras, et je ne connais pas le goût
du chevreau. Si tu veux travailler pour gagner ta vie,
je serai ton maître; mais je te préviens d'avance qu'il
t'en coûtera quelque chose.

— Montrez-moi, » lui répondis-je. Et je m'accroupis
derrière son établi, et je perçai et je cousis le vieux cuir
au coin de la vieille rue d'où l'on pouvait voir l'ange qui

surmontait la tombe d'Adrien, et la foule allant et venant sur le pont Saint-Ange, et le Tibre roulant ses
eaux sombres et jaunâtres comme s'il était en colère que
les jours de Salluste fussent passés et que les jardins,
les villas, les lieux de plaisir qu'avait plantés Horace,
eussent disparu dans l'ombre et la monotonie, pour ne
laisser à ces ruines désolées que les soupirs du vent
dans les glaïeuls et le passage du renard dans les
fourrés.

Je cherchai bien souvent et partout la petite fille
blonde qui m'avait donné les roses, mais je ne la revis
plus. Seulement, quand la brûlante ardeur du jour me
tentait de jeter là mes outils et mon cuir, de ne plus
travailler, d'aller courir au grand soleil et de gagner
un lit et du pain en tendant la main et en larmoyant,
j'entendais résonner à mon oreille ces mots qui
l'avaient frappée : « Il n'y a que les voleurs et les
lâches qui mendient ! »

Quand mon père me rencontrait dans les rues, il me
frappait avec sa béquille et me maudissait, en me disant que j'avais avili la famille et que j'avais ap-
porté la honte dans la gens Quintilia. Idalo, qui était
beau comme un chérubin et qui avait le talent
d'avoir l'air affamé et malheureux après avoir mangé
un chevreau tout entier bourré de pruneaux, Idalo
était le fils de son cœur.

Idalo accourait me voir le soir ; il mettait alors de
côté ses haillons, sa saleté et ses blessures, et se
revêtait d'une veste brillante et d'une ceinture de soie
pour aller danser toute la nuit au cabaret, avec les
jeunes filles. Il m'aimait tout de même, bien que je me
fusse ainsi rabaissé jusqu'à travailler ; il me suppliait
de revenir à la place d'Espagne, et avec toute la verve

d'un Romain me raillait de rester assis à raccommoder de vieilles bottes, à mordre le cuir avec mes dents, pour gagner à peine de quoi me soutenir. Mais ni les baisers d'Idalo ni les coups de Beredino ne me firent retourner mendier. J'apprenais le métier de savetier, et j'y restai fidèle, ne quittant l'échoppe que les jours de fête, pour aller sauter, danser, chanter et manger des melons, en dehors des murs, comme le fait tout Romain, qu'il ait six ans ou soixante ans.

Je suis donc Crespin le savetier, rien de plus.

Avec cela, je suis un niais, naturellement. C'est toujours ce que Rome a pensé; un vieux moine m'a montré à lire et à écrire. C'était un frère mendiant, qui en savait plus que bien d'autres et qui, à sa façon, humble mais un peu désordonnée, était un savant, passant ses journées à rêver, un livre latin à la main, au milieu des vertes collines qui s'élèvent et s'inclinent, comme les vagues, au milieu de la vaste étendue de ruïnes que l'on voit au delà de la porte Laterane. C'est de lui que j'appris tout ce que je sais, et c'est de lui aussi que je tiens ma passion pour les lectures étranges, et mon amour pour Rome. Après tout, je n'étais qu'un ignorant; tous mes lambeaux de science se mêlaient dans ma cervelle, comme des morceaux de drap dans le sac d'un tailleur, bons tout au plus à faire un habit bariolé. Mais ces lambeaux de science charmaient les heures tandis que je rapiéçais mes bottes, et j'appris bientôt à trouver mon chemin dans la ville à la lumière de Dion Cassius et de Tite-Live.

C'est ainsi que je grandis à Rome. Savetier quand je voulais gagner ma nourriture et mon logement, joyeux compagnon, acteur, étudiant, improvisatore et antiquaire les jours de fête, qui, grâce au calendrier de l'Église, arrivaient au moins cinquante fois par an.

Et tout en rêvant à la Rome ancienne, ayant la tête pleine des républiques et de leur grandeur, je pérorais souvent dans un langage fleuri, du haut d'un tonneau de vin, dans les cabarets ou dans les foires ; et quand j'eus atteint l'âge de vingt ans, la garde papale avait les yeux sur moi comme sur un sujet dangereux, et il m'en aurait peut-être coûté cher, si je n'eusse fréquenté aussi souvent les églises et si je n'eusse eu de vrais amis dans deux ou trois joyeux moines pour qui je travaillais volontiers sans rétribution, quand les cailloux brûlants de Rome avaient fait des trous à leurs sandales. Une certaine année, je n'étais encore qu'un adolescent, un souffle brûlant passa sur Rome. La révolte tonnait comme Attila aux portes de la ville. Le vieux savetier était mort, mon père aussi. Je jetai là mon tablier de cuir, lançai d'un coup de pied mon tabouret dans la gouttière ; puis, saisissant mon fusil, je m'élançai dans la mêlée. Comme tout le monde le sait, rien ne résulta de cette révolte : il y eut des cadavres dans les rues, et ce fut tout. Le pape régnait encore ; l'affranchissement de Rome n'était qu'un rêve.

Je me sauvai pendant la nuit, me cachant sous les buissons. Je suivis le cours de l'Anio et passai le vieux pont Nomentana. J'avais une balle dans l'épaule, mes pieds étaient meurtris. J'avais deux sous dans ma poche, rien de plus. Je levai la tête et regardai le *mons Sacer*, et essayai de me persuader qu'il était noble et glorieux de souffrir ainsi ; mais je tombai dans un fossé, des buffles me heurtèrent de leurs sabots tandis que je gisais là, incapable de me soulever, et le patriotisme me parut alors quelque chose de bien lugubre, même à l'ombre du *mons Sacer*.

Un paysan de la Campagna, dont la cabane s'élevait sur le lieu où Annibal avait campé, me transporta chez lui et me soigna pendant de longs mois de maladie et d'abattement. Il était bien pauvre aussi, rongé par la maladie, et il gagnait avec peine de quoi se nourrir en gardant les troupeaux; mais il fut plein de bonté envers moi, pauvre enfant blessé et sans amis, qu'on eût fusillé comme rebelle s'il ne m'eût donné secours et abri.

Le monde est méchant, nous le savons bien; la nature humaine est basse, le plus souvent moitié singe et moitié renard; mais on y voit de temps en temps briller des rayons de soleil qui, comme les lampes qui éclairent les catacombes, brillent d'autant plus que la nuit est plus sombre.

Enfin, quand je fus sur pied, je compris que les portes de Rome m'étaient fermées. Retourner à Rome, c'était braver pour le moins les prisons du château Saint-Ange.

Il ne me restait donc qu'à mettre l'Anio entre le pape et moi, et à me glisser ensuite à travers les plaines jusqu'à la mer, avec espoir de me cacher dans une barque de pêcheur et de passer sur un autre rivage. Le reste m'inquiétait peu : j'étais jeune et fort, je ne craignais rien; je n'avais qu'un chagrin profond : les collines me cachaient Rome.

Allez où vous voudrez, votre cœur soupirera pour Rome, pour le bruit des fontaines, le profond silence des cours, pour les places où croît l'herbe, pour les rayons de la lune éclairant les autels en ruines, pour le chant du rossignol dans les temples solitaires. Je quittai ma patrie, comme le Dante, me

retournant souvent, toujours; comme lui les yeux
aveuglés par la douleur, et je traversai ainsi le Tyrol
et une partie de l'Allemagne.

Je m'arrêtai d'abord à Nuremberg, où je tombai
malade. Là je trouvai des amis, et je ne fus pas
trop malheureux. J'étais encore bien jeune, et je continuai à raccommoder des souliers, à ma petite fenêtre
entourée de feuillage, dans la rue qui avait vu naître
Albert Dürer. Je me fis des amis parmi les étudiants
et les philosophes : ils me prêtèrent des livres profonds, à l'aide desquels j'acquis des lambeaux de
science, comme une pie qui ramasse çà et là des chiffons, des brins de paille et des cuillers d'argent, et
les entasse pêle-mêle.

Il y en avait qui me disaient que j'aurais pu devenir
un savant si je m'étais donné un peu de peine.

J'ai dans la cervelle ce que possèdent presque tous
mes compatriotes, une intelligence rapide, qui, tout en
nous faisant bien faire les choses, nous empêche pourtant de les faire de notre mieux ; de même que nos
chevriers composent des sonnets parfaits et n'apprennent jamais leur alphabet.

Mais le magnifique paysage de l'Allemagne ne pouvait me consoler de la perte de l'Italie. L'Allemagne
est une contrée bien belle pourtant, si grande, si
verte, si fraîche, si silencieuse, avec son étendue infinie
de forêts et la mélodie continuelle de ses rêveries.

Cette vaste mer de feuillage ondoyant, ces grandes
plaines arrosées par de larges rivières, le silence profond qui règne dans les forêts de pins; ces grands
bois sombres qui s'étendent à perte de vue, ces coteaux
assombris par l'épaisseur des feuilles et tout pleins de
légendes; les petits bourgs cachés sous les feuilles de

vigne, rassemblés autour de leurs chapelles, assis au pied des montagnes couvertes de chênes ou des rochers brunis tout pleins des odeurs aromatiques des lauriers et des pins; les vieux ponts de pierre sous lesquels coule l'eau jaunâtre, les hautes tours bâties sur les rives des fleuves, les maisons blanches et noires, à pignons et à toits pointus, sculptées d'innombrables figures qui les font ressembler aux enluminures d'un musée ou d'un manuscrit; ces vieux foyers si calmes et si paisibles où les paysans naissent et meurent, passant leur vie à filer le lin ou à sculpter le bois et l'ivoire, inconnus au monde dans leurs nids de verdure, à l'ombre des collines grises ; tout cela est bien beau, et je le savais, mais pourtant au milieu de ces grandes scènes je n'étais toujours qu'un exilé.

Bientôt le besoin de changement s'empara de moi, et j'allai çà et là, essayant de tous les métiers, même de quelques arts, mais je ne pus jamais supporter la vie restreinte de l'atelier ou de la fabrique. Je fis partie d'une troupe d'acteurs ambulants, et en cela encore je ne réussis pas trop mal, car je pouvais faire rire ou pleurer les spectateurs, selon ce que je ressentais ; et à vrai dire, j'aurais pu m'arrêter à ce métier ; seulement je ne pouvais jamais m'empêcher de changer mon rôle, ce qui faisait tromper les autres, à ce qu'ils disaient. Et puis, quoique je sois un homme paisible, je donnai un jour un coup de couteau à mon chef, à propos d'une femme. Cela faillit me coûter cher, bien que je l'eusse fait dans un mouvement d'honnête jalousie et que je me fusse battu de bonne guerre.

Je recommençai donc ma course à travers le monde. Quand on a besoin de peu, qu'on sait parler, qu'on a le talent d'être gai avec les jeunes et triste avec les vieux, quand on sait prendre le temps comme il vient, qu'on porte sa philosophie comme une botte, sans marcher sur les pieds d'un homme ou sur la queue d'un chien ; quand on est fait ainsi, dis-je, on est indépendant du sort et on obtient facilement le peu que l'on désire.

J'errai çà et là pendant bien des années ; je vis bien des villes et bien des hommes, et, sans être saint, je pouvais me vanter de n'être ni menteur ni voleur.

Je me trouvais assez heureux, grâce aux dieux ou aux saints (à Rome on ne sait jamais trop quoi dire) ; je n'aurais pas voulu changer mon sort : seulement, j'étais en exil. Il y avait des moments où il me semblait que j'eusse vendu mon âme pour entendre seulement les sons d'un luth ou pour un melon rouge, à la lueur d'une lampe, dans un coin sombre du Transtévère.

Un jour, dans un petit village de France, triste et mélancolique et tout blanc de la poussière de l'été, au milieu des vignes de la Champagne, je rencontrai un petit Italien qui vendait des statuettes en plâtre, un enfant de dix à douze ans. J'avais vu des quantités d'enfants comme lui, et quand j'en rencontrais, je leur donnais soit un morceau de pain, soit quelque pièce de monnaie, au nom de notre patrie commune. Mais celui-là, par hasard, éleva devant moi en souriant la plus belle de toutes les madones du vieux Mino : celle que l'on voit dans la salle du chapitre de Sainte-Marie, au Transtévère, et qui, les mains jointes et enveloppée de longues draperies blanches comme la neige, semble prête à sortir de son tabernacle pour s'avancer au-devant de vous.

La connaissez-vous, lecteurs? Non, sans doute. Peu de personnes entrent dans la sacristie. Eh bien! si vous ne la connaissez pas, faites un pèlerinage rien que pour la voir.

A la vue de cette Madone, le mal du pays s'empara de moi. Cette douleur fut soudaine, comme il arrive souvent même chez les hommes les plus forts, rien qu'à entendre le chant d'un oiseau, ou bien à la vue d'une petite fleur ou d'un enfant allant à la rencontre de sa mère à travers les espaliers.

La petite statue blanche de la madone que j'avais tant aimée fit pénétrer dans mon cœur un ardent désir de revoir Rome. Il me semblait entendre retomber les fontaines dans l'air limpide, et les dix mille voix des cloches qui leur répondaient, tandis que le soleil s'abaissait derrière les pics bleus du Soracte.

Le pont sur lequel je me tenais, les peupliers de la rive et la figure du petit garçon m'apparurent à travers un voile de larmes : il y a de ces petites choses qui nous frappent ainsi quelquefois.

Cette nuit-là même je me mis en route vers Rome, emmenant avec moi le petit garçon, car il était malheureux et maltraité.

« Si l'on se souvient de ce que j'ai fait et si l'on me condamne à mort, tant pis, me dis-je; il me sera plus doux de mourir à Rome que de vivre autre part. »

Mais tant d'années avaient passé, j'étais si jeune au moment de la révolte, j'étais resté si pauvre et si humble, que je parvins à ne pas être reconnu, et avec un peu de soin et d'adresse j'entrai dans Rome sans être soupçonné; de plus, comme je conservai le nom que j'avais porté en France et en Allemagne, personne ne me reconnut. A cette époque, j'étais un homme de quarante ans, au teint brun, et dont les cheveux grisonnaient déjà.

J'en avais eu assez des batailles et des conspirations. J'aimais le son des fontaines, et je m'établis tout près de celle qui s'échappe de la gueule des monstres de pierre près du Ponte Sisto.

On me trouva donc à mon échoppe par un beau matin, au moment où les paysans arrivent en foule des fermes et des jardins du Janicule, avec leurs volailles et leurs chèvres, leurs vins et leurs fruits. Je savais toujours comment prendre l'esprit romain, et je pouvais tenir tête à une plaisanterie un peu rude ou même à un coup de couteau.

Je gardai un silence complet quand on me demanda d'où je venais, et les habitants du Rione se firent une foule d'idées étranges à mon sujet; cela valait mieux, ça les amusait; ils aimaient venir m'apporter leurs souliers à raccommoder, pour avoir le plaisir de dire qu'ils avaient causé avec ce drôle de bavard du coin de la via di Pettinari.

Maryx, qui étudiait alors à la villa Médicis, me fit mon bel Apollon Sandaliarius, et un autre étudiant, maintenant un grand homme, me donna la peinture sur verre qui représente saint Crespin et saint Crespinien, afin de satisfaire tous les goûts et de plaire aux bonnes sœurs et aux moines qui passent et repassent en si grand nombre et usent leurs souliers sur les pierres et les pavés de mosaïque.

Je n'avais confié qu'à quelques hommes d'église que j'étais ce Rufio Quintilio qui avait le premier fait la disgrâce de la gens Quintilia en travaillant pour vivre. Je m'étais rebaptisé du nom de Crespin, d'après le patron des cordonniers, dont l'église était tout

près ; et le peuple avait une idée vague que quelque
mystère planait sur moi : ce qui pour le vulgaire est
la même chose que du vin sucré pour les mouches.

Il était heureux pour moi qu'il n'y eût aucun mystère ; car même lorsqu'il n'y a rien à dire, on ne pourra
empêcher l'imagination de travailler, d'aller chercher bien loin, et de creuser le plus profondément
possible.

J'avais aussi un ami à la cour.

Il m'était arrivé, pendant mes voyages, de rendre
un service signalé à un monsignore voyageant pour
remplir les missions mystiques de l'Église.

Je me trouvais tout près quand il lui advint de
tomber dans une petite rivière rapide et profonde de
Transylvanie. Je l'en retirai, tandis que ses serviteurs criaient et que ses chevaux se noyaient. Pour
me remercier, il me demanda de réclamer sa protection, si j'en avais besoin, quand je serais de retour
dans ma ville natale. Bien des années s'étaient passées ; je le retrouvai puissant, et il ne fut pas ingrat.
Il m'obtint le pardon des fautes de ma jeunesse et
la liberté d'exercer mon humble profession en face
de la via Giulia : de sorte que je vécus là tranquille
et heureux, car j'avais mis quelque argent de côté
(nous autres Italiens sommes un peuple frugal), je
pouvais travailler à mes bottes pendant trois jours de
la semaine, et le reste du temps lire de vieux livres,
errer de place en place, rêver ou bien aller visiter
les divers ateliers. Les artistes, grands ou petits,
m'avaient pris en affection et aimaient à entendre
mon opinion, comme Apelles aimait à demander celle
de mon frère dans le métier ; mais n'importe, tout
cela me rendait la vie agréable, car l'art, après la

nature est la seule consolation que l'on ait de vivre.

Les artistes me disaient que j'avais du jugement et que je pourrais faire fortune si je voulais faire collection d'objets d'art et d'antiquités et les vendre. Mais je ne voulus songer à rien de pareil.

Pour moi, celui qui peut acheter une œuvre d'art et la revendre ensuite (excepté pourtant s'il est pressé par l'honneur ou la pauvreté), celui-là n'a pas en lui l'amour de l'art; s'il y pense dans l'espoir du gain, il ne peut en sentir la beauté : il est revendeur dans l'âme et il n'a pas d'autre dieu que le Mercure du commerce, auquel les Romains adressaient leurs prières quand ils voulaient voler quelqu'un.

L'art m'était cher. Après avoir voyagé dans tant de différentes contrées, j'en étais venu à sentir le charme des cloîtres paisibles, le plaisir que l'on a de trouver un livre rare et étrange; je comprenais l'intérêt qui s'attache à quelque vieille poterie, la beauté merveilleuse de quelque vision de peintre faisant rayonner de gloire une vieille église oubliée du monde; ainsi donc ma vie était pleine de joie à Rome, où le sabot d'un âne résonnant sur une pierre peut quelquefois vous prouver que Vitruve avait raison, quand vous doutez de lui; où le soleil qui éclaire le jardin de la chaumière et les morceaux de métal du chaudronnier peut luire aussi sur la bague d'une femme de la famille des Flaviens, et sur un vase brisé dans lequel a peutêtre bu l'infâme Tullia. Naturellement, à côté des savants, je n'étais qu'un ignorant, mais le peu que je savais servait à éclairer ma route et m'empêchait d'envier les riches; car, après tout, Rome n'était-elle pas à moi ?

On peut faire pis que de s'asseoir à l'ombre d'Apollon Sandaliarius et de saint Crespin, et d'entendre le
bruit incessant des langues romaines ; car les épi-
grammes de Pasquin et de Marforio ne sont, après
tout, que des vagues légères empruntées au courant
rapide de l'esprit romain. Et de plus, quelqu'un n'a-t-il
pas dit fort sagement : « S'il ne vous reste plus rien
ici-bas, allez à Rome ! »

C'est là qu'enfin vous apprendrez à connaître notre
propre petitesse et celle des dieux et des mortels ;
oui, Rome, qui a vu passer Jupiter et Aidoneus,
qui ne sont plus maintenant que des noms dans la
bouche des hommes ; Rome qui a vu l'Olympe disparaître comme un rêve de la nuit avec la gloire
d'Ida ; Rome qui a tué le Nazaréen, et qui a vu Borgia et Aldobrandini s'arroger en son nom des droits
souverains sur la terre et dans le ciel même ; Rome
qui a vu les nations périr sans laisser de traces, et les
divinités mourir comme des papillons ; Rome vit
encore et charme toujours le monde par la magie
éternelle de son nom.

V

Telle était ma vie. Ce qu'on avait dit de moi près de la fontaine était assez juste. Seulement, Serafina faisait trop de cas d'une méchante paire de petits souliers rouges que j'avais donnés à son bébé et qui ne m'avaient rien coûté.

Il y avait près de vingt ans que je vivais ainsi à Rome. Quelquefois, l'été, je me rendais dans les nombreux villages éparpillés sur les montagnes sabines et volsques, à l'ombre des bois de châtaigniers et de chênes-lièges. C'est là que le soir on voit les femmes danser gaiement au son de la musette et de la mandoline. Mais je ne m'éloignais jamais assez pour perdre de vue la croix d'or qui surmonte Saint-Pierre; et bien souvent, pendant les beaux jours d'été, quand Rome était plus silencieuse qu'un cimetière et qu'on ne voyait dans les rues que quelques capucins psalmodiant à demi-voix en portant un mort à sa dernière demeure, bien souvent, dis-je, Palès et moi nous restions dans la cité, ne parlant qu'aux dieux qui peuplent encore les fontaines. J'étais content de mon sort : ce dont ne peuvent se vanter la plupart des grands hommes; j'aimais à rêver et me trouvais heureux

de gagner assez pour acheter des fèves et un flacon de
petit vin pour mes repas ; de plus, je possédais cette
intelligence qui nous fait apprécier les grandes choses,
sans jamais arriver à rien faire. Après tout, celui qui
possède un tel caractère n'est pas à plaindre.

Je menais donc cette vie heureuse et insouciante
depuis vingt ans dans mon petit coin du Ponte Sisto,
d'où je voyais les collines verdoyantes qui s'éten-
daient au delà des eaux jaunes du Tibre.

J'appartenais au quartier comme les lions qui or-
naient la place, et le peuple, avec ce talent de bavarder
qui caractérise mes compatriotes, me célébrait dans
des traditions qui auraient pu s'appliquer à un saint
décapité plutôt qu'à un pauvre pêcheur sans cervelle.

Mes jours s'écoulaient calmes et paisibles, jusqu'au
moment où mon rêve s'empara de moi, à l'heure pa-
resseuse de midi.

Je rêvais toujours, il est vrai : tantôt de vieilles mé-
dailles mises au jour par le soc de la charrue, tantôt
d'une chapelle sous une arche sombre, dans laquelle
souriait la tête divine de l'Enfant Jésus; quelquefois
aussi à ces millions de merveilles et de souvenirs pul-
lulant comme les fleurs qui tapissent les gazons sous
les rayons du soleil d'avril.

Mais ce rêve de midi ne ressemblait pas aux autres :
il planait sur moi pendant cette journée étouffante,
tandis que Palès dormait si fort dans un coin, qu'elle
ne se serait pas éveillée pour attraper une mouche ou
faire la chasse à un chat.

Ma conscience me reprochait quelque chose; il me
semblait que je n'avais pas fait mon devoir. Pourquoi? je n'en savais rien ; mais quelque chose me

disait que j'aurais dû me rendre avec elle chez le juif syrien. Sa belle et pâle figure, pleine d'une douleur silencieuse, m'apparaissait sans cesse telle que je l'avais vue quand elle contemplait la Peschiera. C'est ainsi que je me représentais Béatrice.

Comme on l'aime cette Béatrice!

Si le palais Barberini m'appartenait, je ne laisserais pas son portrait dans cette misérable salle, avec celui de la Fornarina et de la femme de Sarto, mais je le transporterais dans une chapelle, je l'entourerais de draperies noires. Devant ce portrait brûlerait toujours une lampe, emblème de cette âme que rien ne put ternir.

Quinze ans à peine, et plus forte que ne le sont les femmes, Béatrice avait toute la force de la passion qui sait oser et souffrir.

Je rêvais donc à Béatrice et à cette autre jeune fille qui était allée la chercher à l'ombre des vieux murs de Balbus. Je prêtais l'oreille aux accords mêlés du violon et de la flûte, et je contemplais deux petits enfants, aux boucles en désordre, qui foulaient les pierres de leurs petits pieds roses.

On croit généralement, et Palès le croit aussi quelquefois, qu'il est triste de rester assis derrière une échoppe; mais pourtant, quand cette échoppe est située en plein air, près d'une fontaine et d'un beau pont, on peut y trouver des charmes. J'ai essuyé bien des tempêtes dans ma vie, et je sais qu'il n'y a rien comme le soleil et la brise pour écarter de nous la méchanceté et l'égoïsme.

Tout ce qui vit au grand air est heureux. De nos jours, les hommes s'enferment dans des chambres et dans des mansardes où le soleil ne pénètre jamais et d'où l'on ne peut voir les nuages ; c'est pourquoi le mécontentement et l'envie abondent dans les écrits des philosophes et des politiques contemporains.

Si je travaillais dans une mansarde, sans voir autre chose que le soulier qu'il me faudrait raccommoder, sans nul doute je me demanderais où il aurait été, à quelle intrigue il se serait mêlé, combien de fois il aurait franchi le portail de l'église et le seuil du cabaret, puis bien d'autres choses encore ; en un mot, je m'occuperais de mon voisin qui l'aurait porté, car, ne voyant pas autre chose, ce soulier absorberait toutes mes pensées et serait comme un point noir qui me cacherait la création.

Mais là où je suis, le soulier n'est pour moi qu'un soulier, parce que je puis contempler le ciel bleu, l'eau jaillissante, le grand soleil, la foule qui passe, les cheveux ondoyants des petits enfants, et les beaux pigeons aux ailes argentées.

Quand on pense à la vie des Grecs, qui se passait à jouer, à prier, à enseigner, à sculpter, à rêver au grand air, sous leur ciel limpide, et qu'ensuite on se reporte vers la civilisation moderne, dont le but principal est d'entasser des êtres humains dans une chambre où l'on ne voit jamais ni les feuilles ni les nuages, où l'on n'entend ni le murmure de la brise ni le chant de l'oiseau, on se prend à sourire de pitié devant ces hommes qui parlent de progrès ! Quel progrès que celui qui donne à chacun de ses enfants quelques mètres cubes d'air et appelle cela : la santé publique ! Mais je ne suis que Crespin du Ponte Sisto, je travaille pour gagner mon pain, et voilà de bien folles réflexions. Oublions-les ! En Italie, nous avons conservé l'amour que possédaient les anciens pour la vie au grand air; nous ne passons jamais dans nos maisons le temps que nous pouvons passer dehors; et bien que le progrès ait commencé à envahir nos rues et fasse tous ses efforts pour nous parquer comme des moutons, nous résistons *toto corde*, et notre vie se passe sous la voûte azurée du ciel.

Pendant cette radieuse après-midi, tout en frappant mes semelles et en me demandant comment ces petits enfants pouvaient trouver le courage de danser par une chaleur pareille, je ne pouvais chasser mon Ariane de ma pensée. Il me semblait voir une oriole aux ailes jaunes enfermée dans une de ces trappes dont se servent les enfants pour prendre les oiseaux dans les buissons qui bordent les rives du Tibre.

Cependant la journée s'avançait; les ombres s'allongeaient peu à peu; le ventiquattro sonnait partout et la foule commençait à peupler les rues.

La belle Déa vint toute souriante me demander ses souliers rouges; le gros Massimo jura en riant parce que ses souliers de boucher n'étaient pas prêts; le père Sylvio bougonna parce que je n'avais pas touché à ses sandales; Marietta vint ensuite me raconter que sa fille aînée allait se marier avec un tailleur de Veletti; Maryx, mon sculpteur, me parla d'un carton plein de dessins du Bramante qu'il avait découvert et acheté pour une chanson dans une vieille boutique du Transtévère; Hilarion même, en passant au galop de ses chevaux fringants, m'invita gracieusement à venir à sa villa pour y goûter ses vins de France, tandis qu'il composerait un sonnet au milieu des roses ou s'endormirait, la tête appuyée sur les genoux d'une femme, à l'ombre de sa terrasse de marbre.

Mais je laissai Hilarion passer son chemin en compagnie de la cantatrice aux cheveux noirs, sa favorite du moment. Je ne m'intéressai nullement aux portiques, aux ponts et aux dômes du Bramante, et je ne compris rien à ce que me disait Marietta sur le tailleur de Velletri. Je ne pensais qu'à la belle fille qui avait disparu dans l'ombre du Ghetto.

Giojà! Giojà! c'est Ariane qu'elle devrait s'appeler, murmurais-je tout en cousant ensemble des morceaux de cuir et en pensant à sa ressemblance avec la statue de bronze et à mon rêve! Et Marietta, et tous ceux qui étaient venus respirer l'air frais au son de l'Angélus, se fâchèrent contre moi parce que je ne les écoutais pas. Le Père Sylvio revint, et grommela encore pendant dix minutes à cause de ses sandales.

Quand il fut parti, un pêcheur que je connaissais s'avança vers mon échoppe, ses paniers vides sur la tête. C'était un robuste Romain aux cheveux noirs, qui passait sa vie à fouiller les eaux du Tibre pour y prendre quelques poissons, tandis que sous ces ondes gisaient peut-être les dépouilles de Jérusalem et les richesses de la maison de Néron. Il me jeta deux mulets aux écailles brillantes.

« Que faisiez-vous à Fiumara ce matin? me demanda-t-il. Je vous y ai vu tout en vendant mon poisson. Vous avez montré le chemin à une jeune fille? J'ai pris des renseignements. Elle est allée chez le vieux Ben-Sulim, n'est-ce pas? J'aurais bien pu vous dire ce qu'il allait faire, allez! C'est le juif le plus avare du Ghetto. Ce n'est pas bien de votre part de l'avoir abandonnée. J'aurais bien voulu la conduire chez moi; mais ma Candida est jalouse, et l'aurait certes reçue le couteau à la main!

— Qu'est-il arrivé? Qu'a-t-il fait? lui demandai-je avec un remords de conscience, car je n'avais à craindre ni Candida ni son couteau.

— Il l'a chassée en la maudissant. Au reste, elle ne pouvait s'attendre à autre chose, à moins qu'elle n'allât chez lui pour vendre ou acheter. Il est si pauvre, le coquin! Je ne sais pas au juste ce qu'elle voulait, mais voilà ce que j'ai entendu dire. A propos, qui est-elle?

— Sa petite-fille, m'a-t-elle dit. Ainsi, il l'a chassée !

— C'est ce qu'on raconte à Fiumara. Je ne l'ai pas vue, moi. Mais n'ayez pas peur; si elle a du sang syrien dans les veines, elle est sûre de faire son chemin : les vieilles sorcières de sa nation lui montreront cinquante routes pour arriver à la fortune. Toutes ces chanteuses dont on étouffe la voix avec de l'or et des diamants appartiennent à cette race maudite. De grands yeux, une voix éclatante comme celle de la grive, et un appétit de requin, voilà ce que sont vos juives! Oh! soyez tranquille, Crespin, elle réussira. »

Et il s'en alla avec ses paniers vides, et en chantant gaiement, ajouter quelques écrevisses à la cuisine de sa charmante Candida.

Après avoir réfléchi un instant, je me débarrassai de mon tablier et, disant à Palès de garder la place, je quittai mon échoppe quand l'heure agréable du bavardage que ramène le coucher du soleil allait sonner, puis je me dirigeai bien plus vite que je ne l'avais fait à midi vers les ombres noires que répandent les piliers du Cenci.

« Je ne suis qu'un âne, me disais-je. J'avais une

bonne petite friture qui cuisait pour moi sur le poêle de Peppo, un tonneau de bon vin de Véies qu'on m'avait donné pour avoir découvert une Vénus dans une vigne, Vénus qui avait rapporté des millions de scudi à son propriétaire, de plus une bonne partie de jecchinetto ; c'est toujours mon occupation du soir avec mes voisins, quand je ne me promène pas ! car nous savons passer agréablement notre temps dans le quartier des tanneurs, où les luths se font entendre toute la nuit. Voilà donc tout ce qui m'attendait, et bien d'autres choses encore, et pourtant, me voilà allant à la recherche de ce qui ne me regarde pas, dans le quartier du Ghetto ! »

J'envie ceux qui ne pensent jamais aux autres. L'égoïsme est la quintessence du bien-être. Quant à moi, je n'ai jamais pu m'empêcher de me mêler des affaires de mon prochain. Sans doute, l'habitude de raccommoder les trous que font les autres à leurs semelles, en foulant les pierres et la poussière de la route, nous donne, à nous savetiers, un peu de sympathie pour les pauvres pèlerins qui succombent sous la fatigue de leur pèlerinage ! Qui sait ?

Je m'avançais vers le palais ou plutôt vers la prison de la pauvre Béatrice. J'arrivai bientôt à la Peschiera, et là je retrouvai les deux vieilles sorcières qui triaient des chiffons ; elles me regardèrent en ricanant.

« Vous cherchez la jolie fille ? me dit l'une d'elles. Nous ne savons ce qu'elle est devenue. Elle a descendu l'escalier comme elle l'avait monté ; elle est à peine restée une seconde là-haut. Nous aurions bien voulu la garder : vos princes de l'Église sont friands de ces fins morceaux, mais elle n'a pas voulu nous écouter ; elle s'en est allée par là, ajoutèrent-elles en montrant du doigt le nord-ouest.

— Elle est peut-être allée me voir, » pensai-je. Mon premier mouvement fut d'aller voir le vieil avare dans son repaire ; réflexion faite, je préférai le laisser tranquille jusqu'à ce que j'eusse retrouvé la jeune fille, car déjà le soleil se couchait et la nuit arrivait à grands pas.

Je parcourus les rues environnantes, interrogeant çà et là les passants. Mais il ne m'était pas facile de donner son signalement, car elle avait remis son capuchon sur sa tête en traversant les rues, et il y avait des centaines d'autres jeunes filles en robe de toile dans la ville.

J'eus la chance pourtant de m'adresser à une ou deux personnes qui l'avaient vue passer, et à l'aide de leurs renseignements, je suivis ses traces jusqu'au Forum, ensuite au Capitole, et enfin vers la petite église qui recouvre les ruines du vieux Tullianum tant redouté.

En passant devant cette église, on pense généralement à saint Pierre et à saint Paul ; moi je pense à Jugurtha et à Vercingétorix : ceux-là sont morts sans espoir. Il eût mieux valu pour César pardonner à ce noble ennemi que de monter à genoux les degrés du temple de Jupiter Feretrius.

Ce soir-là pourtant, tandis que les ombres s'allongeaient dans les rues et que toutes les cloches de la cité sonnaient l'heure des vêpres, ce soir-là je ne pensai pas à César, car sur les marches de l'Ara-Cœli je la vis assise, le corps affaissé sous le poids de la fatigue, de l'abandon et de la douleur.

Là se trouvaient les arcs en briques que les artistes

aiment tant ; au-dessus de sa tête souriait une madone
en mosaïque ; le crépuscule empruntait des teintes
roses au soleil couchant ; dans l'église les chantres
psalmodiaient les chants sacrés, et il y avait dans
cette harmonie solennelle et dans cette heure mélancolique du soir quelque chose de triste et de mystique.

Giojà ne pleurait pas, comme bien d'autres l'eussent
fait à sa place ; ses bras s'appuyaient languissamment
sur ses genoux ; elle devait être bien fatiguée, la
pauvre enfant, car, en m'approchant d'elle, je vis
(un savetier regarde tout de suite aux pieds), je vis
qu'un de ses pieds saignait un peu, à l'endroit où son
pauvre soulier avait été percé par une pierre.

C'était à cause de mon métier peut-être, mais cette
tache de sang sur les dalles me toucha plus profondément que ne l'auraient fait les larmes les plus
abondantes.

Toute seule sur les marches ! la place déserte !
Les Romains avaient bien autre chose à faire, pendant cette belle nuit d'été, que d'errer sous le portique du Capitole !

Il y avait nombre de jeux sur les grandes places,
des bavardages sans fin à écouter au bord des fontaines ; des figues et du poisson à manger à tous les
coins de rue, des courses en voiture pour se rendre
au cabaret à travers la campagne fleurie : en un mot
on avait mille choses à faire plutôt que de venir à
vêpres dans la vieille église sombre ou d'aller plus
loin à Saint-Joseph des Charpentiers !

Je m'approchai d'elle et la touchai doucement. Elle
leva la tête et me regarda d'un air étonné.

« Est-ce vrai ? lui demandai-je ; il vous a chassée ?

— Il ne me croit pas, dit-elle simplement.

— Il ne vous croit pas ? Mais vous avez des preuves, des papiers ?

— Il n'a rien voulu voir !

— Mais on peut l'y forcer ! criai-je avec emportement.

— Je ne le voudrais pas, reprit-elle avec un frisson de dégoût. J'aime mieux croire qu'il a raison, que je ne lui suis rien, que l'on s'est trompé. — Voilà les marches sur lesquelles Gracchus fut frappé mortellement, n'est-ce pas ?

— Oui, et après lui Rienzi, lui répondis-je, ne m'étonnant pas beaucoup qu'elle parlât de ces choses dans un pareil moment, car j'y songe aussi, moi, presque toujours. — Mais qu'a-t-il dit ? qu'a-t-il fait ? Vous a-t-il maltraitée ?

— Oui, il a été cruel envers moi ; mais puisqu'il ne me croyait pas, c'était tout naturel !

— Pourquoi n'êtes-vous pas venue me trouver ?

— J'ai été voir le Faune du Capitole.

— Le Faune ? Il ne pouvait rien faire pour vous ?

— Oh si ! cela donne du courage de voir les choses dont on a toujours rêvé. Comme il sourit ! Peu lui importe que Praxitèle soit mort. »

Elle avait dans la voix une langueur rêveuse, comme ceux qui parlent dans le délire de la fièvre et de la faim. Elle était si calme, ses yeux étaient si secs, qu'elle me fit peur.

Seize ans ! et dans cette grande ville elle n'avait pas un toit pour abriter sa tête ! Et au milieu de son abandon elle parlait de Gracchus et de Praxitèle !

« Qu'allez-vous faire, mon enfant ? lui dis-je, en essayant de lui montrer les dangers et les périls de

sa position. Voulez-vous que j'aille voir le Syrien et
essaye de l'adoucir ? »

Elle tressaillit et fixa sur moi son regard triste et
passionné.

« Non, fit-elle ; il a insulté ma mère, je n'irais pas
chez lui, même s'il m'en suppliait. Oh Dieu ! que sa
maison était vile ! Et dire que j'étais si heureuse en
venant à Rome ! » Et enfin elle sanglota, la tête pen-
chée sur ses genoux. Dans sa douleur, elle pensait
plus à Rome qu'à elle-même.

Les chants sacrés se faisaient entendre dans l'é-
glise, les chaudes lueurs du soleil couchant avaient
disparu, la nuit était venue ; on ne voyait dans
la rue qu'un chien égaré et la solitaire figure d'un
moine. Tout était calme là où venaient autrefois les
vainqueurs, au bruit retentissant des armes et des
acclamations de joie, tandis que leurs captifs dis-
paraissaient dans l'ombre éternelle des prisons pélas-
giques.

« Venez avec moi, mon enfant, » lui dis-je. Elle était
si faible maintenant et paraissait si jeune que j'ou-
bliai, comme pour l'Ariane animée, la crainte qu'elle
m'avait d'abord inspirée. « Venez avec moi, repris-
je ; vous êtes bien fatiguée et vous avez besoin de
nourriture. Ne craignez rien, je ne vous ferai point
de mal ; ma petite maison est propre, bien que je sois
pauvre. Chez moi, nous pourrons mieux causer de
vos chagrins qu'ici. Je suis Crespin, le savetier, pas
autre chose. Venez ! »

Il lui fallut quelque temps pour se calmer et me
comprendre ; elle me suivit quand ses sanglots eurent
cessé, avec une docilité passive.

Seize ans ! et elle avait pensé venir voir la Rome

d'Octavie! Je la conduisis chez moi presque sans lui
parler.

En arrivant du Janicule par le pont du pape Sixte-
Quint, on peut voir à main gauche, bien haut dans le
mur de la dernière maison, une fenêtre sur le balcon
de laquelle s'épanouissent des œillets en fleurs ; des
plantes grimpantes y entrelacent leurs branches flexi-
bles. Cette fenêtre est située juste au-dessus du fleuve
et quiconque s'y assied peut voir se dessiner bien loin les
coudes que forme le Tibre, et les vieilles maisons con-
fondues avec les ruines des temples épars sur les rives.

C'est la fenêtre de ma chambre. Bien que je passe
ma vie au grand air, il faut bien que je couche quelque
part ; de plus, toutes mes curiosités, mes vieux marbres et mes vieux livres ne peuvent rester dehors.
C'est donc là que je demeure. Peppo, qui loge sur le
même palier, fait ma cuisine, et Ersilia, qui demeure
au-dessous, est ma femme de ménage. A l'étage au-
dessus de moi on trouve le vieil aveugle Pipistrello,
qui joue si bien du violon, qu'en l'écoutant les chardonnerets et les rossignols des jardins de Galba se
forcent la voix en voulant l'imiter. Le vieillard vient
quelquefois jouer à ma fenêtre, ses regards sans lumière tournés vers l'eau jaunâtre, le temple de Vesta,
l'île Sacrée, et vers les ruines du temple de la Guéri-
son. Ce fut dans cette chambre que je conduisis
Ariane... je veux dire Giojà, qui s'était languissamment traînée le long du chemin. Que faire ? Pouvait-
on laisser une jeune fille comme cela marcher vers
la mort ou vers un sort pire que la mort dans les
rues d'une ville qu'elle ne connaissait pas, où elle
n'avait pas un ami, et où elle ne cherchait que des
dieux qui n'étaient plus ?

Comme je me retournais vers elle, sur le seuil de la porte, je la vis pâlir, chanceler, puis d'un geste faible étendre ses mains devant elle. Sans moi, elle serait tombée. La faim, les longues heures qu'elle avait passées au soleil pendant la journée, lui avaient fait perdre connaissance. La vieille Ersilia, qui filait devant la porte, poussa un cri et vint à mon secours. Elle avait bon cœur en dépit de son mauvais caractère. A nous deux, nous transportâmes la jeune fille dans la maison, sur le lit d'Ersilia, puis je la laissai aux soins de la vieille et sortis tout triste dans la rue.

Là j'allumai ma pipe. La pipe est un philosophe de poche plus vrai que Socrate même, car elle ne nous fait pas de questions. Entre nous, Socrate devait être quelquefois bien ennuyeux.

Ma pipe m'aida bientôt à prendre une résolution, et je me rendis dans ma chambre. Aux yeux des riches, sans doute, mon logis eût paru bien pauvre et bien nu, mais il était beau aux yeux des pauvres habitants du quartier, trop beau même pour un pauvre savetier, se fût-il assis tous les jours à son échoppe et eût-il pris le nom de cordonnier ! Car depuis vingt ans, avec mes goûts étranges et la bonté de bien des gens, avec mes idées sur une demeure bien différente de celle de mes compatriotes, ayant rencontré çà et là, dans mes voyages, des hommes plus haut placés que moi, et ayant vécu avec eux, j'avais, dis-je, amassé bien des choses curieuses qui remplissaient ma chambre et en relevaient la nudité.

Il y avait là de vieilles pipes allemandes de la Renaissance, ornées de curieuses peintures, souvenirs de mon séjour dans la patrie d'Albert Dürer ; quelques ravissants petits chefs-d'œuvre de porcelaine française ; des tasses que des femmes m'avaient données dans le bon temps de ma jeunesse et de mes voyages ; il y avait aussi trois vieux fauteuils massifs en cuir doré, quelques vieilles gravures à demi-teinte et des animaux de Stefano della Bella qui m'avaient été donnés par des artistes ; un ancien et magnifique bureau en marqueterie qu'Hilarion m'avait un jour envoyé en me priant de le lui garder, et qu'il ne m'avait jamais redemandé ; il y avait encore des agates, des camées, des reliques de bronze et de marbre que j'avais trouvées dans le sol fertile de l'Agro Romano, quand le soc de la charrue du paysan les avait retournées ou que des bœufs, après avoir brouté l'herbe qui les cachait, les avaient mises à découvert.

Et mieux que tout cela, j'avais un Mercure sans bras, statue vraiment grecque et presque aussi bien conservée que le Mercure du Vatican. Mon Hermès à moi avait l'air pensif et incrédule comme s'il venait de créer la femme, et se sentait triste pour elle en prévoyant que les deux frères Eros et Anteros la conquerraient tour à tour et l'asserviraient de sorte que l'astuce, le charme de langage et la perspicacité dont Mercure l'avait douée ne pourraient l'empêcher d'être esclave, de baiser ses chaînes et d'adorer celui qui les rendrait plus lourdes et plus étroites.

Telles étaient les pensées que je prêtais à mon Hermès, pendant qu'il se tenait là devant moi, beau et mutilé, en marbre pentélique. Les uns disent que cette statue est l'œuvre de Cephisodorus, les autres l'attribuent à Scopas ; quant à moi, j'aime à remonter encore plus haut, et je crois qu'elle est l'œuvre d'un génie plus puissant.

Dans tous les cas, cet Hermès était trop beau pour ma sombre et misérable petite chambre où il lui fallait souffrir la société de vieux flacons d'huile et de vin, des choux et des melons, de mon cuir, de mes vieilles chemises et de la paille qui sert de lit à Palès. Mais quand les rayons du soleil ardent, en passant à travers les fleurs rouges du balcon, éclairaient sa tête noble et délicate, il donnait à cette vieille chambre perchée au-dessus de la rivière une grâce tendre et poétique qui appartenait à un siècle plus ancien et plus heureux que le nôtre.

J'avais encore bien d'autres objets, tels que des bras sculptés dont la forme parfaite laissait deviner la beauté de la femme à qui ils avaient appartenu ; un vieux bracelet étrusque en bronze, vert comme la mousse qui recouvre la tombe des paysans et des rois ; une lampe surmontée d'une souris, qui avait peut-être éclairé le front de sainte Agnès, agenouillée dans les entrailles de la terre, puis une tête colossale, chef-d'œuvre d'un sculpteur grec, tête dont le cou avait été mutilé dans un de ces jours de siège où les temples de marbre tombaient comme des arbres sous la hache du bûcheron ; elle était noircie et meurtrie, mais couronnée de fleurs et de fruits frais comme si la main de Glycère venait de les cueillir pour les offrir en modèle au ciseau de son amant.

Tous ces trésors donnaient de la grâce à ma mansarde ; de temps en temps on m'en offrait de l'or, mais je mangeais mon morceau de pain noir et je refusais. Il m'était doux de sentir que moi, Crespin le savetier, je possédais ce que bien des gens désiraient, mais ne pouvaient avoir que si je le voulais bien.

Malgré tout, et bien que je ne voulusse pas vendre mon Hermès, j'étais fort pauvre ; car dans tous les métiers, depuis la politique jusqu'à l'art de faire des souliers, c'est celui qui fait les trous et non celui qui les raccommode qui prospère.

« Vois comme je suis riche ! me dit Lippo Fede, savetier établi dans un autre Rione, un jour qu'il avait un peu trop bu. Écoute-moi, Crespin, toutes les fois que je raccommode un trou, j'en fais un autre, une toute petite entaille, avec mon couteau ; ensuite je vous recouvre cela de cirage, et personne ne s'en aperçoit. Que les saints soient bénis ! Le même soulier me revient quinze jours après, et je me plains alors de la mauvaise qualité du cuir. Quant à toi, mon cher, qui raccommode un trou sans en faire un autre, cela ne m'étonne pas que tu sois pauvre. De plus, ta manière d'agir fait tort au métier. De quel droit raccommodes-tu les souliers de façon qu'en voyant comme ils durent, les gens nous regardent, nous autres, comme des voleurs et des filous ! Non, ce n'est pas bien, ce n'est pas loyal envers les compagnons. »

O vous, grands de la terre, qui n'êtes ni cordonniers ni savetiers, mais législateurs, écrivains, politiques, philosophes, logiciens, réformateurs, les conseillers du genre de Lippo Fede ne vous manquent pas. « Ne gâtez pas le métier ! » vous crie-t-on de toutes parts quand vous vous efforcez d'être honnêtes.

Quant à moi, je m'obstine à boucher les trous, sans en faire, en dépit des avis et des murmures de Lippo Fede, et je suis pauvre.

Malgré cela je me disais :

« Une jeune fille ne doit pas coûter bien cher à nourrir,

pas plus qu'une couple de grives sans doute. Il est vrai que les grives n'ont pas à s'habiller ; mais la garder pendant huit ou quinze jours, pour lui donner juste le temps de se retourner, ça ne me ruinerait pas. Elle ne peut errer dans les rues, et un couvent ne lui irait certes pas, à elle qui, au lieu d'entrer dans l'*Ara cœli*, s'en est allée voir le Faune. »

En faisant ces réflexions, je me mis à débarrasser la chambre de ce qui l'encombrait : de la paille du lit de Palès, et des vieux flacons, tout en respirant avec délices l'odeur de la friture que faisait Peppo et à laquelle je ne goûterais jamais si la pauvre enfant pouvait la manger.

Quand j'eus bien nettoyé ma chambre, je me sentis content, en voyant le rideau de fleurs rouges qui s'entrelaçaient devant la fenêtre, car je pensais qu'elle aurait plaisir à voir le soleil couchant briller à travers leur feuillage. Ensuite je me rendis près d'Ersilia.

« Comment va-t-elle ? lui demandai-je.

— Mieux, répondit-elle.

— Alors, repris-je, en brave femme que vous êtes, vous allez ôter les draps de mon lit et en mettre de propres ; donnez-lui ma chambre pour cette nuit, et faites-lui croire que c'est une pièce dont nous ne faisons rien.

— Vous ne la connaissez pas? me répondit la vieille d'un ton soupçonneux.

— Pas du tout, ma parole d'honneur ! mais je ne crains rien. Et vous, Ersilia, je suis bien sûr que vous n'eussiez pu voir votre fille abandonnée, dans les rues de Rome, à la honte et aux angoisses de la faim.

— Non, dit Ersilia. Et en même temps ses yeux brillants se voilèrent de larmes. (Sa fille unique était

morte du choléra à l'âge de seize ans.) Crespin, vous
êtes un brave homme. Mais si je fais ce que vous
voulez, où coucherez-vous?

— N'importe où! Palès et moi, nous trouverons bien un coin quelque part. Allez chercher les
draps maintenant; soignez-la bien, ne lui faites pas
peur; je vais lui apporter quelque chose à manger.

— Mais c'est une juive!

— Pas plus que vous, moi ou Palès. Le juif ne veut
pas la reconnaître. Dans tous les cas, c'est une jeune
fille, et les rues sont pleines de dangers!

— Elle est bien belle! fit Ersilia, toujours soupçonneuse.

— Ce n'en est que pire. Montez maintenant et allez
faire le lit, ma bonne Ersilia. »

Ensuite je sortis pour aller bavarder un peu avec
mes voisins, afin de les disposer en faveur de ma protégée, car je savais bien que, s'ils se doutaient qu'elle
fût juive, ils l'eussent insultée, et peut-être même
poursuivie à coup de pierres, ou pis encore, accusée
d'empoisonner l'eau de nos fontaines.

Sans être un Masaniello, ni un Arnold de Brescia,
ni même M. Lamartine, je m'entends assez à haran-
guer la foule : c'est un talent comme un autre, indépendant de l'éducation.

Tous les voisins étaient prêts à m'entendre, ou plutôt à m'accabler de questions criardes : c'est la manière d'entendre de la foule en général, surtout
quand cette foule est aux trois quarts composée de
femmes.

La vue seule de la jeune fille fatiguée qui m'avait
suivie et avait franchi le seuil de ma porte, était plus
que suffisante pour exciter leur curiosité : il faut peu

de chose pour nous faire causer pendant des heures,
nous autres habitants de Rome.

Je dirigeai vers elle la sympathie de tous, et leur fis
même un gros mensonge, en leur disant qu'elle n'était
pas juive. Je ne pris pas le temps de leur en dire plus
long; mais je rentrai en courant chercher ma friture
chez Peppo. Je la vis, brune, dorée, appétissante, toute
brûlante et fumant à vous réjouir le cœur, pendant
que les petites gouttelettes qui la couvraient chantaient
leur agréable chanson. Je m'en emparai et la couvris,
puis y, ajoutant un petit pain bien blanc et quelques
fruits, je la donnai à Ersilia avec un verre de la-
cryma-Christi, que je pris dans le petit coin noir où
je garde mon vin, au bas de l'escalier.

Je m'en allai fumer ma pipe dans la cuisine de Peppo,
afin d'échapper aux questions des gens du quartier,
car la petite place près de la fontaine, le pont même,
étaient encombrés de monde, et le murmure des voix
augmentait à mesure que la fraîcheur du soir se faisait
sentir.

Peppo, qui est toujours sourd, et qui en ce moment
était très affairé à préparer le souper d'un prêtre gros
et gras, qui demeurait en face, Peppo n'avait rien entendu dire. C'était bien le meilleur des hommes que
Peppo, mais un dévot catholique, aux yeux duquel
les juifs et les hérétiques paraissaient plus vils que
l'animal qui se nourrit de glands. Peppo faisait cuire
ses côtelettes par la grâce des saints, et se reposait
deux cents jours de l'année pour les honorer, en ron-
flant et en buvant un peu plus qu'à l'ordinaire.

Au bout d'une demi-heure, Ersilia descendit : l'assiette était vide.

« Bon signe, dis-je gaiement. Son appétit est revenu?

— Non, elle n'en a pas mangé une seule bouchée. Elle a mangé les fruits et moi la friture. Ce serait un crime de perdre ce que les bons saints nous donnent !

— Elle n'a rien mangé, fis-je tristement. Et il faut l'avouer, c'était bien dur pour moi.

— Les saints vous en tiendront compte tout de même, répondit Ersilia, dont les yeux brillaient de gaieté. Elle a goûté quelques fruits, comme aurait pu le faire un oiseau, parce qu'elle avait soif. Je crois bien qu'elle a la fièvre.

— Vous ne la laisserez pas seule, n'est-ce pas ? Et je sentis alors que l'adroite et honnête femme valait cent fritures. Ersilia secoua la tête.

— Oh ! quant à cela, ceux qui ont la fièvre n'ont besoin de rien : ils ne remuent pas plus que des pierres. Mais je m'occuperai d'elle. A propos, où allez-vous coucher ce soir ?

— Je me trouverai bien partout, avec Palès, » répondis-je, et je sortis en finissant ces mots, sachant bien qu'on se moquerait de l'intérêt que je prenais envers une jeune fille étrangère, car je suis vieux, et j'ai passé l'âge des folies et des illusions du cœur.

Palès était assise, droite comme un piquet, l'air pensif et inquiet devant mon échoppe, car depuis longtemps l'heure à laquelle je la mettais en liberté était passée.

Généralement, au coucher du soleil, nous étions toujours, elle et moi, à manger ou à boire bien tranquillement dans quelque coin abrité s'il faisait mauvais temps, ou bien, quand il faisait beau, errant bien loin au delà des portes de la ville, dans la campagne verte. Palès détestait par-dessus tout le changement. Il n'y a pas de plus grand conservateur politique que le chien.

Ce soir-là, je lui donnai permission de s'en aller chasser les chats, courir, sans dépasser toutefois la rue et le pont. Quant à moi, je me remis à mon établi.

« Il faut que je finisse les souliers du Père Trillo, » dis-je à mes voisins, et je gardai ma pipe à ma bouche pour leur montrer que je n'avais nulle envie de bavarder.

Peu à peu la nuit s'avança et les nuances des fleurs qui garnissaient ma fenêtre s'effacèrent dans l'ombre. Je me demandais ce que mon Hermès, lui qui a créé la femme, pensait de la nouvelle figure qu'il avait à contempler.

Avez-vous jamais su ce que c'était que de prêter à une statue la faculté de penser ? Si non, vous n'avez jamais vécu avec des marbres, je veux dire avec ces marbres qui vous parlent comme s'ils étaient vivants, et qui sont plus grands même que tout ce qui a vécu ! Je travaillai la moitié de la nuit aux souliers du Père Trillo. Il était grand, fort, et marchait lourdement ; par conséquent il y avait pas mal d'ouvrage à y faire. La foule s'écoula peu à peu, jusqu'à ce qu'enfin les groupes animés et joyeux d'amants et de buveurs se furent dispersés et eurent tout à fait disparu. Au milieu du silence de la nuit, les rossignols firent entendre leurs mélodies, là-bas dans les jardins et les bois qui virent mourir le Tasse.

Quand j'eus posé mon dernier clou, on n'entendait plus que le bruit de la fontaine qui coulait près de moi. Il était une heure ! Heure mystérieuse, à laquelle, dit-on, les dieux oubliés passent à travers Rome en pleurant, enchaînés les uns aux autres par des liens de feuilles mortes.

Je me couchai sur ma planche, ayant au-dessous de moi Palès, et je m'endormis.

VI

En m'éveillant, je fus un peu étonné ; mais, levant la tête vers ma fenêtre, je vis comment il se faisait que Palès était couchée là et bâillait sur sa paille, et je me rappelai pourquoi nous nous trouvions tous deux si près de la fontaine. Selon mon habitude, quand le jour commença à poindre, j'admirai la surface dorée du fleuve, à cette heure si calme et si tranquille, et qui reflète les grandes ombres immobiles, alors que les voiles de toutes les barques sont repliées et que les temples en ruines brillent de mille feux sous les rayons du jour naissant.

Tout le monde dormait. Il n'était pas encore cinq heures. Le son argentin des cloches s'élevant des églises situées le long de la rive, la voix d'un pêcheur mettant à flot sa girella, le murmure de l'eau qui ruisselait et retombait en cadence, le chant des grives et des alouettes des bois dans les buissons, étaient les seuls sons qui se fissent entendre.

Enfin je vis arriver Ersilia qui venait puiser de l'eau à la fontaine.

« Votre protégée a une forte fièvre, » me dit-elle avec animation. Pour les bavards annoncer une nouvelle, même mauvaise, c'est toujours un plaisir. « Elle commence à délirer ; c'est une fièvre à laquelle on ne peut rien faire. Je n'ai pas voulu l'envoyer à l'hôpital sans votre ordre, mais...

— Je m'en vais chercher un pharmacien, » répondis-je. Je partis et en ramenai un avec moi, un vieillard comme moi et que je connaissais bien.

« Le peu qu'elle coûtera sera à mon compte, » dis-je à Ersilia en revenant, et tout en disant cela, je lui mis quelques pièces d'argent dans la main, car l'argent est plus éloquent que tous les poëtes, les prédicateurs et les philosophes ; il parle un langage que tout le monde comprend bien sans dictionnaire. L'apothicaire me dit qu'il n'y avait pas de danger, mais que ce serait peut-être long : c'était la fièvre qui règne toujours dans la ville, fièvre fatigante, mais qui est rarement mortelle.

Dans son délire, la jeune fille parlait toujours de Rome. Il lui semblait qu'elle y avait été amenée pour souffrir le martyre, non pour la foi du Christ, mais pour les dieux que tous avaient abandonnés tandis qu'elle leur était restée fidèle.

« Singulière idée ! » dit l'apothicaire en prenant une prise de tabac.

Quant à moi, cela ne me paraissait pas si singulier, car je croyais un peu aux dieux ; seulement je ne m'en vantais pas, venant de reporter les chaussures du chanoine Siloco et du Père Trillo, et venant de recevoir quelques bonnes petites pièces d'argent pour ma peine.

« Vous préparez vous-même la verge qui servira à vous frapper, me disait mon ami Peppo le cuisinier.

— Vous vous attachez un boulet au pied, me disait Tino le chaudronnier.

— Vous êtes fou, me criaient mes voisins du Ponte Sisto et les pêcheurs occupés à jeter leurs filets dans le courant. »

Ce qu'il y avait de pire, c'est que les lèvres arquées de mon Hermès semblaient dire la même chose. Mais cette voix secrète que nous avons en nous et qui, je le crois bien, nous survivra, si quelque chose survit de nous, cette voix secrète me disait clairement : « Qu'importe que tu sois fou aux yeux des autres, si tu fais ton devoir ? »

Tous les habitants du Ponte Sisto, ceux du quartier des tanneurs, et les pêcheurs des deux rives du Tibre n'avaient qu'une opinion : « J'étais fou ! » Quelle sottise ! abandonner une chambre commode, manger frugalement, coucher dehors avec un chien, payer une note de médecin, travailler sans relâche pour acheter de la glace et des fruits, pour une fille abandonnée, venue Dieu sait d'où, et qui ne m'était pas plus parente que les morts de la voie Appienne ou que les chèvres à longues soies qui passent le matin dans les rues en faisant résonner leurs clochettes !

Je laissais dire et restais assis à mon échoppe ; et pendant ce temps la jeune fille, à l'ombre des pois de senteur et sous le regard d'Hermès, était toujours languissante.

Tout coûte cher au pauvre. Mais j'avais quelques économies cachées dans un vieux bas au fond de l'armoire où je gardais mon vin ; et après tout, un homme, à moins qu'il ne le veuille bien, n'a pas besoin de tant dépenser pour vivre. Je voudrais bien savoir un peu qui ça regardait, si je ne fumais plus qu'une fois par jour et

si je ne demandais plus à Peppo de faire ma cuisine !
La fumée du tabac dessèche le gosier quand il fait
chaud ; un morceau de pain et un verre de vin suffi-
sent à tout homme qui ne fait pas un dieu de son
ventre. Après tout, elle était malade ! et en travaillant je faisais pour elle tout ce que je pouvais. Ersilia
avait bon cœur et était pleine d'attention ; mais la
charité est une fleur qui ne croît pas naturellement
sur terre.

La fièvre fut longue, et l'atmosphère devenait de
jour en jour plus lourde et plus accablante, comme il
arrive dans la ville au cœur de l'été. La pauvre
enfant restait toujours couchée, altérée, agitée par la
fièvre, dormant peu, me disait-on, sous le brûlant
soleil qui pénétrait à travers les volets fermés de la
chambre.

Un jour, croyant que c'était de mon devoir, je
me rendis au Ghetto et vis le vieillard, Ben-Sulim. C'était un homme grand et maigre, à l'œil
féroce, qui avait dû être beau dans sa jeunesse, mais
qui maintenant avait l'air affamé d'un vautour et
l'expression sauvage d'un loup. Il logeait dans une
misérable mansarde, dont le plancher était couvert
de vieilles ferrailles.

Dans l'espoir de le toucher, je lui racontai l'histoire
de sa petite-fille avec toute l'éloquence dont j'étais
capable. Il m'écouta en silence tout en frottant une
vieille serrure rouillée, et en laissant voir ses longues
dents à la manière des loups.

« Sa mère était courtisane, dit-il ; qu'elle le devienne
aussi, si bon lui semble, je ne m'en occupe pas. Qui
que vous soyez, partez bien vite. Je suis pauvre, très
pauvre, vous le voyez bien ; mais fussé-je riche comme

Salomon, et fussé-je sûr qu'elle est ma petite-fille, elle mourrait de faim sans que je la secourusse. J'ai dit ! »

Il fixa sur moi ses yeux ardents, me tourna le dos et continua à frotter sa serrure rouillée. Brutalité, pauvreté, avarice ! Qui ne l'eût estimée heureuse d'avoir échappé à cette triple malédiction ? Je lançai au vieux juif quelques vérités un peu crues, puis je partis : sa générosité peut-être eût été plus cruelle encore que sa cruauté.

J'allai me baigner dans les bains du Tibre pour me purifier du contact avec un tel homme.

La soirée était brûlante, je plongeai ; Palès suivit mon exemple ; l'eau était jaune et presque chaude, mais enfin c'était de l'eau et je restai longtemps à me baigner. La lune était déjà bien haut dans le ciel, quand je revins à mon coin du Ponte Sisto. Au-dessus du pont, ma fenêtre était ouverte Ersilia, y passa la tête et me cria :

« Elle va mieux, elle est sauvée !

— Qu'en ferons-nous ? » dis-je à Palès. Pour toute réponse, elle agita la queue. Ma question ne l'intéressait nullement. S'il se fût agi d'un chat au moins ! Mais Palès était née dans la voiture d'un marchand de vin ; en ce moment, elle avait pour amant le chien d'un écrivain public qui connaissait le monde, et savait aussi que le sage ne s'occupe jamais du sort de son semblable.

Un jour que j'étais à travailler, c'était le matin de très bonne heure, deux mains aux doigts effilés se posèrent sur mon établi. Levant la tête, je la vis debout devant moi, comme le jour où j'avais rêvé de mon Ariane du palais Borghèse. Elle portait les mêmes vêtements, son expression était la même ; seulement elle ne tenait pas de fleurs dans ses mains, et une pâleur maladive était répandue sur son visage. Elle avait les yeux pleins de larmes.

« Je suis venue vous remercier, dit-elle bien bas. Mais je ne pourrai jamais assez vous remercier. Vous avez été si bon ! Je ne sais comment dire, et je n'ai rien...

— Il n'y a rien à dire, répondis-je presque brusquement, et Ersilia aurait dû se taire. Je veux dire... à propos de la pièce vide qui ne servait à personne... Mais vous n'êtes pas encore guérie, et vous ne devriez pas rester dehors comme cela ! Vous n'êtes pas encore assez forte !

— Je me suis éveillée au point du jour, et n'ai pu rester plus longtemps sans venir vous trouver. Ersilia n'a pas voulu me laisser sortir plus tôt. Vous avez tous été si bons, si bons pour moi... et...

— Oh ! ce n'est rien. Nous ne pouvions faire moins pour vous. Mais vous n'êtes pas assez forte pour rester debout. Asseyez-vous là. »

Je lui offris mon banc ; elle s'y laissa tomber ; quant à moi, j'étais ébloui de sa beauté et de sa ressemblance avec la statue de bronze.

Elle me tendit un petit papier chiffonné qu'elle avait dans la main.

« Voilà le reçu qu'on m'a donné, dit-elle ; on devait faire venir le peu que je possède. Voulez-vous vous en occuper ? Il n'y a guère que quelques bustes de mon père ; je pourrais les vendre, et payer ce que j'ai coûté. Ai-je été malade longtemps ? Ersilia n'a pas voulu me le dire.

— Oh ! quelques semaines seulement ; mais nous sommes en plein été et la chaleur vous fera mal. Oui,

j'irai m'informer de ce qui vous appartient; mais
quant à nous rembourser... mon enfant, la chambre
était inoccupée, et pour ce qui est d'Ersilia, elle ne le
voudrait pas. Voyez-vous, chère enfant, elle a perdu
une fille de votre âge. »

Une certaine fierté se peignit sur son visage.

« Et je suis reconnaissante. Ne croyez pas que je
pense acquitter une dette comme celle-là. Je ne puis
que payer ce que je vous ai coûté; cela ne fait rien
pour le cœur. Je m'explique mal... mais vous savez
ce que je veux dire.

— Oh! oui, je le sais bien. Tais-toi, Palès.

— Cette chambre vous appartient, reprit-elle, et
une légère couleur lui monta au visage. Je suis honteuse de vous donner tant de peine. Je veux partir.
J'essayerai de me suffire. Je sais modeler la terre
glaise; je pourrais peut-être aider les sculpteurs.

— Mon enfant, retournez dans ma chambre, puisque
vous voulez que ce soit la mienne, et ne nous cha-
grinez pas en parlant ainsi, lui répondis-je, me sen-
tant tout niais, ne sachant que dire, et assourdi par les
aboiements jaloux de Palès. J'irai chercher ce qui
vous appartient quand j'aurai fini ce travail commencé. Allez vous reposer : ce soir je vous apporterai
tout et nous causerons. Mais ne craignez rien, les
dieux aiment la jeunesse, et nous sommes tous vos
amis. »

Elle me remercia encore une fois avec un ravissant
sourire, qui illumina comme un rayon de soleil la
mélancolie de son visage; puis, s'éloignant avec une
soumission à laquelle je ne m'attendais pas, elle disparut bientôt au coin du pont et entra par la porte
d'Ersilia.

J'avais voulu l'éloigner avant que les jeunes
paysans n'arrivassent en foule par le Janicule, avec
leurs paniers de fruits et de légumes, et avant que
deux ou trois étudiants qui demeuraient sur le pont
ne sortissent pour se rendre aux académies. Ils ne
pensaient pas à mal, ces jeunes gens, mais enfin ils
étaient jeunes, et elle était l'image vivante de l'Ariane
de la galerie Borghèse, là-bas, à l'ombre des bois ver-
doyants d'yeuses.

Je travaillai bravement à la paire de bottes : elle
appartenait à un forgeron du coin de la rue.

Je me demande un peu pourquoi un forgeron est
toujours considéré comme un personnage à demi
héroïque, presque poétique, et un savetier comme un
être plus ou moins ridicule ?

Est-il plus dégradant de chausser les hommes que
de ferrer les chevaux, ou bien est-ce parce que la
sombre divinité d'Hephæstus et de Mulciber a donné
une espèce de grandeur à l'enclume et à la forge.

Peut-être cela vient-il de ce que le grand Lysippe
était forgeron, et que ce fut un savetier qui envoya
les assassins sur les traces de Cicéron. Il est permis de
faire d'un forgeron un véritable Ulysse ou un Hector,
et personne ne rira du poëme ou du tableau ; mais le
savetier est toujours méprisé, et entre nous ce n'est
pas juste.

Pendant que je songeais tout en travaillant, des
sons confus se firent entendre, mêlés aux piaffements
des chevaux impatients sur le pavé inégal de la rue.

« Je me suis détourné de mon chemin pour venir
vous dire adieu, Crespin, me dit la voix douce et mélodieuse d'Hilarion. Rassurez-vous ; rien ne m'est
arrivé et il ne fait jamais trop chaud pour moi, mais

c'est un caprice qui nous est passé par la tête, il y a
une heure environ. Quand reviendrai-je ? dites-vous.
Qui sait ! Quand on déterrera une autre nymphe dans
mes champs. Allez à la villa quand vous voudrez ;
restez-y tout l'été comme si j'étais là. Seulement
n'oubliez pas de vous trouver à votre coin quand je
reviendrai ; sans cela, Rome ne serait plus Rome. Il
vaudrait mieux pour elle perdre le Faune du Capitole
que le Faune de votre fontaine. »

Il se pencha vers moi et me tendit ses deux mains ;
les chevaux s'élancèrent en avant, irrités par le bruit
de l'eau ; il ne lui avait fallu qu'un moment pour
me dire adieu, puis s'en aller ; la chanteuse aux cheveux noirs, son dernier caprice, était auprès de lui ; ils
passèrent rapidement.

Quelques jours auparavant, Hilarion avait parlé de
passer l'été dans son beau palais bâti sous le Soracte ;
il avait projeté mille excursions et des fouilles, car on
assurait que sa villa de Daïla était située là où s'élevait autrefois la maison de plaisance de Petronius
Arbiter, et il avait entrepris de grandes fouilles dans
les vignes où l'on avait découvert une statue de marbre mutilée, mais néanmoins ravissante, de la nymphe
Caneus. Cette découverte l'avait rendu impatient de
creuser la terre pour lui arracher d'autres trésors.

Quelques jours auparavant il avait exigé de moi,
de sa manière charmante et impérieuse, la promesse
d'aller passer avec lui tous les mois de l'été et des
vendanges ; il voulait, disait-il, bannir de chez lui les
femmes, être seul, traduire les chants du grec de Ga-
darene, écrire un drame lyrique sur le collier d'Éri-
phyle. Oui, peu de jours auparavant il faisait tous
ces plans, et aujourd'hui il était parti.

Quant à moi, j'étais tout triste. Hilarion m'apportait toujours la consolation et la joie. Pourtant, quand je levai la tête et quand je regardai mes fleurs qui s'épanouissaient au-dessus du pont, je me sentis heureux, car n'était-elle pas plus belle que la nymphe qu'il avait déterrée? Et lui...

Il y avait bien des années que je connaissais Hilarion. La première fois que je le vis, c'était un adolescent, beau comme ceux que Mimnerme et Theognis aimaient à chanter dans leurs odes. Il y avait bien longtemps de cela : c'était un peu avant la fin de mes voyages.

Voici comment nous fîmes connaissance.

Un fléau assiégeait Paris. Le choléra y faisait des victimes par milliers. Le terrible visiteur assombrissait les joyeux mois du printemps et de l'été; et dans les théâtres en plein air, là où la troupe de comédiens dont je faisais partie jouait et chantait gaiement pour un maigre salaire, tous les soirs, tantôt un étudiant, tantôt une jeune couturière, étaient saisis par la terrible maladie pendant qu'ils étaient assis gais et insouciants, mangeant une pêche, ou respirant les parfums d'un bouquet de jasmin. On les emportait de là, pour ne plus jamais rire ni pleurer.

Une sécheresse brûlante et des maladies hideuses régnaient partout. Le peuple parlait de puits empoisonnés, et soupçonnait partout la trahison, comme cela arrive toujours quand il est assailli par la crainte de la contagion et par la contagion de la crainte. Je faisais ce que je pouvais, mais c'était bien peu. La Seine s'était retirée de ses rives jaunies, et tout en la regardant avec un désespoir furieux, je pensais au Tibre et à notre île Sacrée, et je me demandais où s'é-

taient en allés les anciens jours, alors que les cités
frappées par de tels fléaux pouvaient invoquer Zeus,
et qu'elles le voyaient leur apporter la santé et le pardon, à mesure que le serpent doré montait lentement
de la mer au rivage.

Une nuit que la terrible maladie était à son plus
haut période, comme je passais, au clair de la lune,
dans une rue solitaire, je rencontrai un homme qui
portait une femme dans ses bras. Il m'appela et je
courus à lui.

« Elle a été frappée, il y a quelques minutes, me dit-
il; nous étions à l'Opéra; ma voiture et mes domestiques n'étaient pas encore arrivés, personne ne voulait
la toucher. Aidez-moi à la transporter chez elle, si
vous n'avez pas peur. » Je n'avais pas peur, et l'aidai
à porter la jeune femme. Elle paraissait avoir vingt
ans tout au plus, et était déjà livide et sans connaissance, bien que la douleur la fît se tordre et gémir.
Ç'avait dû être une jolie créature, blanche et rose ;
les bijoux qui brillaient sur elle à la pâle lumière de
la lune, semblaient une ironie.

Il était bien jeune aussi : vingt ans à peine. Il était
grand et blond, mais son beau visage avait quelque
chose d'impérieux et de blasé !

A nous deux nous la portâmes chez elle. Ce n'était
pas loin. Elle avait un appartement dans une magnifique maison, et cet appartement était encombré de
ces mille riens coûteux que les hommes prodiguent
aux femmes de ce genre. Tout était décoré selon le
goût parisien; partout des couleurs claires ou du
blanc, de l'or et de l'argent !

Nous la déposâmes sur son lit. Je m'en souviens,
il était entouré de rideaux de satin blanc, brodé de

roses pâles; au-dessus de ce lit souriait un petit
Amour. Des lampes brûlaient partout et l'air était
alourdi par les parfums des lis et des fleurs de serre
chaude placés dans les jardinières.

Je le quittai et le laissai avec elle pour aller chercher un médecin. J'en ramenai un avec moi. D'un coup
d'œil il vit que la jeune femme était perdue. Il es-
saya d'appliquer des remèdes, sachant bien qu'ils ne
serviraient à rien. Comme tout le monde à cette époque, il était habitué à voir la mort avec indifférence. Au bout d'une heure à peine, la jeune femme
n'était plus qu'un cadavre enflé, au teint plombé, qui
gisait sous les rideaux blancs et sous le regard souriant du petit Amour. Son agonie avait été courte,
mais terrible.

Son jeune amant la contemplait sans témoigner
beaucoup d'émotion. Il me paraissait plutôt curieux
qu'affligé.

Pas une parole d'adieu n'avait été murmurée entre
eux! Quand elle avait repris connaissance, elle n'avait
su que balbutier des paroles de malédiction contre ses
souffrances, et lui ne disait que : « Pauvre Lilas, » avec
la négligence d'un homme sans cœur passant près
d'un cheval mourant sur le bord de la route.

Quand tout fut fini, il se leva et me tendit la
main.

« Comment vous remercier de votre bonté? fit-il. A
votre place j'aurais refusé, je crois. Elle est morte maintenant. Pauvre Lilas! Il y a une heure à peine, elle
était au théâtre, riant et comptant sur une émeraude
pour laquelle elle avait pleuré le matin. C'est drôle tout
de même. Il n'y a pas de religion qui puisse nous expliquer cela. Quiconque doute que la mort soit la fin de

toutes choses en serait bien vite convaincu en face
de tels spectacles. Penser au ciel ou à l'enfer pour
Lilas! mais c'est faire d'une mouche un géant. Elle
mangeait des bonbons, il n'y a qu'une heure, et me
tourmentait pour des émeraudes, et la voilà maintenant, âme immortelle, comme ils disent dans leur
jargon. Regardez, l'Amour sourit, et il a raison. »

Il parlait avec indifférence plutôt qu'avec impiété.
Une fleur de diamant s'était échappée du sein de la
jeune femme et était tombée sur le lit. Il la ramassa
et la fit sauter dans sa main.

« C'était le prix de son âme, reprit-il. Enterrons-la
avec elle, comme les Étrusques enterraient des jouets
avec leurs enfants morts. Allons-nous-en. Le médecin
va envoyer des femmes.

— Vous n'allez pas la laisser seule? lui dis-je, dégoûté
d'un pareil cynisme.

— Et pourquoi pas! répondit-il d'un air rêveur; ce
n'est qu'un papillon mort après tout. Elle n'était ni
bonne ni mauvaise. C'était un joli petit animal, à la
peau bien douce et d'un appétit insatiable. La nature
l'avait créée, la nature l'a reprise : ce n'est pas un malheur, bien que vous sembliez penser le contraire. Elle
ne m'est rien! Il y a trois mois que je la vis à Paris
pour la première fois. Allons-nous-en, voilà les femmes, et elle est laide à voir maintenant. En une
heure! »

Il me conduisit, à travers différents appartements,
dans une pièce qui regardait sur un jardin; nous
apercevions les étoiles à travers les rideaux de den-
telle : la chambre était brillamment éclairée, et un
riche souper était servi sur la table.

Il versa du vin dans un verre, me l'offrit, s'assit et

se mit à boire. Je refusai. Je croyais qu'il me donnait
du vin parce que je n'étais pour lui qu'un homme du
peuple dont il lui fallait payer les services.

« Pourquoi ne buvez-vous pas? fit-il avec impatience.

— La mort et le vin ne vont pas ensemble, bien
que les Étrusques le crussent, lui dis-je brusquement.
Je vais vous quitter. Si vous pouvez rire en voyant
mourir une femme, moi, ça m'est impossible !

— Ai-je ri? Je crois que non. Quant à une femme!
Lilas n'était pas une femme. C'était une jolie chatte,
une jolie panthère, une pelote de laine bien douce,
dans laquelle était cachée une aiguille : tout ce que
vous voudrez enfin, mais pas une femme. Je suppose
qu'il y a de vraies femmes quelque part; des femmes
qui aiment, qui ont des enfants et sont fidèles. Mais
ces créatures dont nous faisons nos jouets ne sont pas
des femmes. Il » continua à me parler encore longtemps. Il en vint à citer Shakespeare, puis Dante.
« Dante, disait-il, n'a jamais dépassé les étroites limi-
tes de son monde, il a rempli le grand vide de
l'avenir de ses propres haines et de ses dédains. Il a
terni ses plus beaux vers par de fausses images, par
des injures à un ennemi, ou par l'enflure d'une polé-
mique déplacée. Son éternité n'est qu'un étang dans
lequel il espérait noyer les chiens qu'il haïssait. »

Hilarion disait vrai. Le génie devrait être grand
comme les cieux et profond comme la mer dans sa
compréhension. Or quel génie a été plus vaste que
celui de Shakespeare?

« Depuis les souffrances de la folie jusqu'aux joies
timides de l'amour virginal, depuis l'ambition du roi
et du conquérant jusqu'à la gaieté maladroite du

bouffon, depuis les plus nobles sentiments jusqu'aux
sottises les plus basses, il a tout compris. Voilà ce
qu'il y a de merveilleux dans Shakespeare. Shakespeare, qui devait courber l'échine comme un simple
bouffon dans la maison de Leicester! Il y avait de
quoi donner à un autre homme le fiel de Marat.

« Avec ce divin génie, se contenter de s'asseoir sous
les mûriers et de voir les hobereaux de Lucy passer à
cheval en grande cérémonie! Et pourtant ni le spleen
ni l'envie ne l'attaquèrent : il n'avait qu'un malin
sourire pour les fausses dignités, et une compassion
universelle qui lui faisait plaindre le tyran comme
l'esclave, et la solitude de la royauté aussi bien que la
solitude de la pauvreté. C'est en cela que Shakespeare
est sans égal. Il est aussi impartial qu'un chœur grec.
Ce n'est pas l'impartialité de l'indifférence, c'est
l'impartialité d'une sympathie sans bornes, généreuse
comme le soleil qui éclaire de ses rayons le plus petit
des êtres animés aussi bien que la plus belle rose
d'été. C'est en quoi Shakespeare s'élève plus haut que
Dante, comme les anges de Dante s'élèvent plus haut
que la terre. »

En m'entretenant ainsi, Hilarion parlait avec grâce,
animation et sincérité. Il but quand il eut fini de parler. Je jetai par la fenêtre le verre de vin qu'il m'avait
versé. « Vous parlez fort bien sans doute, lui dis-je
brusquement, et quant à ce que vous dites de votre
Shakespeare, vous pouvez avoir raison. Les Allemands
pensent de même. Mais quand votre maîtresse vient
de mourir, il y a quelques instants à peine, le moment est mal choisi pour louer la sympathie et s'en-
flammer au sujet d'un poëte. Bonsoir, » ajoutai-je.

Je lui tournai le dos rudement, et j'allais le quitter

pour toujours. Quand j'eus à demi traversé la chambre, il m'arrêta. — « Oh non! ne vous en allez pas, restez avec moi, me dit-il en m'implorant comme l'eût fait une femme. Votre figure me plaît, et vous avez été si bon ce soir! Mes amis ne viendront pas avant deux heures, plus peut-être, et je n'aime pas rester seul avec cette morte si près de moi. »

Je le regardai avec étonnement; il y avait de l'émotion dans sa voix et sur son visage. Je me demandai ce qui était réel chez lui : l'émotion ou l'insouciance; toutes deux, tour à tour, peut-être.

« Cette morte ne nous est rien, repris-je en répétant ses propres paroles. Elle est si laide... en une heure à peine... et elle n'a pas d'âme. Vous le savez bien. »

Il me regarda avec un curieux mélange de surprise, d'égarement et de colère.

—« Non, elle n'a pas d'âme, elle est comme un rat mort. C'est ce qu'il y a de plus affreux. Il en sera ainsi de nous tous, naturellement. Voilà ce qui nous écœure, en dépit de la raison. »

Il se jeta sur une chaise; un nuage passa sur son visage, en fit disparaître toute la jeunesse et y laissa une expression de souffrance. Il se couvrit la figure de ses deux mains pendant quelques minutes, puis, redressant la tête, il se leva, me passa encore le vin et me dit : « Buvez. »

Je vis alors deux larmes couler lentement sur ses joues. Je bus ce qu'il m'offrait. Depuis cette nuit-là, Hilarion et moi nous nous rencontrâmes souvent. Nous avons été amis autant que peuvent l'être deux hommes d'âge, de position et de caractère si différents. J'avais appris à l'aimer, car c'était un de ces êtres qui

attirent l'affection en dépit du jugement; et Hilarion,
avec l'affection étrange qu'il me portait, avec ses caprices, ses richesses, sa grâce, sa causerie charmante,
ses courses libres et aventureuses dans les royaumes
des arts et de la philosophie, Hilarion, dis-je, avait
rempli ma vie de bienheureux instants pendant les
années qui l'avaient amené à sa blanche villa, à
l'ombre du Soracte, et qu'il avait achetée par caprice,
afin de mener, autant que possible, la vie de Catulle
et d'Horace, dans notre siècle prosaïque.

Quand il m'avait dit son nom pendant cette première soirée où nous nous étions rencontrés, c'était
un nom dont le monde avait déjà entendu parler.

Ce n'était qu'un adolescent, il est vrai; mais pendant cette année-là il s'était vu tout à coup lancé dans
cette célébrité soudaine et brillante, la plus dangereuse épreuve pour la raison d'un homme ou d'une
femme. Pour la plupart, c'est comme la morsure de la
tarentule, et bien peu sont mordus sans soupirer pour
toujours après les applaudissements, ou bien sans se
laisser étourdir et mourir du vertige.

Hilarion possédait cette forte raison que donne le
mépris et qui laisse l'esprit calme et indifférent;
car il n'y a dans le monde rien de froid comme le
mépris.

Placé dans des circonstances différentes, jeté au
hasard sur une mer d'obstacles et dans la nuit sombre
de l'adversité, il fût devenu un grand homme. Tel
qu'il était, ce n'était qu'un paresseux spirituel, en dépit de sa célébrité.

Il avait l'humeur de Heine et le talent de Musset.
Ce talent-là, quand il est accompagné de tous les dons
de la fortune, passe bientôt dans le monde pour le gé-

nie. Et dans un certain sens, son talent était du génie,
mais du génie sans immortalité, comme une rose au
cœur de laquelle se trouverait, au lieu de gouttes de
rosée, un insecte au dard acéré.

La vie d'Hilarion avait toujours été égale, et bien
que sa tristesse fût réelle, c'était cette tristesse égoïste
qui provient de la fatigue et de l'impossibilité qu'ont
tout plaisir et toute passion de nous enchanter ou
de durer toujours.

Hilarion appartenait à deux races différentes. Son
père était un noble allemand ; sa mère une princesse
grecque. Il avait été élevé à Paris, il était immensément riche et possédait de vastes propriétés qu'il n'a-
vait pour ainsi dire jamais visitées ; il avait été bien
jeune libre de ses actions, et la nature avait été pro-
digue envers lui des dons de l'esprit et de la beauté.
En dépit de tout cela, personne ne pouvait dire qu'il
fût content de la vie.

La moitié de sa tristesse venait du mécontentement,
l'autre de la satiété ; mais cette espèce de mélancolie
est bien différente de ce chagrin noble et passionné
qui proteste contre les souffrances sans nombre de
toute la création et contre le terrible silence du Créateur.

C'est une mélancolie plutôt morbide que majestueuse, et qui dévore notre vie moderne. Les hommes
ont oublié la virile danse pyrrhique et la gracieuse
danse ionienne ; ils ne savent plus danser que la danse
macabre et donnent toujours la main à un squelette.

Depuis la nuit de la mort de Lilas jusqu'à ce jour
où il venait de passer près de moi avec sa chanteuse
romaine, la vie d'Hilarion avait été pleine d'évène-
ments, mais sans aucune ombre, si ce n'est toutefois

l'ombre vague et indécise de l'ennui et de la satiété.

Horace ne croyait pas plus qu'Hilarion, mais Horace, qui vivait dans un temps où le monde était encore jeune, disait : « Mangeons, buvons, jouissons, car nous mourrons demain, » et il trouvait du plaisir dans le *carpe diem*. Quant à ceux qui appartiennent à l'école d'Hilarion : il disent. « A quoi sert de manger, et comment pouvons-nous jouir de rien? La beauté n'est plus belle une fois que nous la possédons, et nous dormirons sitôt avec les vers, du sommeil sans rêves de la mort! »

Un siècle est comme un climat à l'influence duquel les plus forts peuvent échapper en bien des circonstances, mais qui, d'une manière ou d'une autre, aura un certain effet sur le plus fort de tous.

Notre siècle est en réalité le plus triste que les hommes aient connu.

Ce matin-là, quand Hilarion avait passé près de moi, il était bien plus âgé que la nuit où je l'avais vu debout près du lit de mort de Lilas; il était célèbre; il possédait un génie facile qui ne l'abandonnait pas plus qu'un bon luth n'abandonne un joueur habile; il était aimé des femmes; les hommes recherchaient sa société; ses ennemis le craignaient; il allait où il voulait et réussissait dans tout ce qu'il entreprenait. Et pourtant je n'aurais pas voulu changer de place avec lui, moi Crispin, cousant le cuir pour gagner mon pain, la tête couverte d'une feuille de chou pour me préserver de l'ardeur du soleil.

Car à mes yeux le monde était beau, le passé me semblait rempli de merveilles, et les joies et les souffrances du peuple me faisaient tressaillir comme les sons harmonieux de la musique.

Et quand je passais dans les rues et que je voyais
les figures s'épanouir à mon approche, j'étais heureux... parce que je ne suis qu'un ignorant peut-être,
et me contentais facilement à cette époque. Le con-
tentement vient de l'ignorance.

Hilarion, qui possédait tout et savait tout, Hilarion,
qui voyait dix mille personnes se retourner pour le
regarder quand il passait dans une ville étrangère,
Hilarion était inquiet et mécontent.

Enfin il était parti, et parti bien loin !... pour
moi, je soupirai bien un peu, mais je continuai
à tirer l'alêne à la délicieuse chaleur de l'après-
midi.

Mon forgeron était un ivrogne et un débauché;
mais il payait bien. Aussi fis-je honneur à ses bottes,
de belles bottes pour les jours de fête, et qui étaient
à la fois son tourment et sa gloire. Quand j'eus fini,
je les lui portai et partis à la recherche des effets de
la jeune fille. Après bien des difficultés et des délais
(comme il arrive toujours en pareille occasion), je les
trouvai et on me les donna; et à l'aide de la brouette
d'un bagarino complaisant, je les apportai chez moi
et les fis monter : pauvres et tristes reliques, sen-
tant encore la mer et le romarin des rives d'où elles
venaient.

Quand vint le soir et que la fraîcheur se fit sentir,
je me rendis près d'elle comme je le lui avais promis.
Ersilia avait poussé le petit lit dans l'alcôve et ne
s'opposa nullement à ce que j'entrasse. La jeune fille
était sur le balcon de bois, qui, comme presque toujours, mais surtout à cette époque de l'année, était
plein de fleurs.

Là se trouvaient des bustes que je ne connaissais

pas : deux en marbre, quelques-uns en terre, et les autres en bois.

Elle ne m'entendit pas venir.

Elle était appuyée contre la balustrade de bois, le front près des fleurs et les pieds au milieu des touffes du thym parfumé. Avant de la déranger, je jetai un regard sur les bustes placés sur la table. On y voyait une certaine élégance d'imagination et de contours, mais on y cherchait en vain la force et l'originalité.

Il y avait un fort joli buste du dieu Faunus, le plus méprisé des dieux maintenant. Mais la sculpture devrait être plus que jolie. C'est la recherche du joli qui perdit Canova.

« Ce sont les ouvrages de mon père, » me dit-elle en rentrant du balcon dans la chambre. Elle n'ajouta pas : « N'est-ce pas qu'ils sont beaux ! »

Il y avait peut-être en elle le vrai sentiment du beau, qui lui faisait comprendre ce qui leur manquait. Mais elle les contempla d'un long regard de tendresse, et je voyais bien qu'elle souffrait à l'idée de s'en séparer.

« Il connaissait les anciens, je le vois, lui dis-je évasivement.

— Oui, mon père était un savant, reprit-elle, le visage tout illuminé de tendresse. C'est lui qui m'a appris tout ce que je sais. Il ne vivait que dans les auteurs grecs et latins. Ses livres et ses œuvres, voilà tout ce qui me reste de lui.

— Vous savez le grec et le latin ?

— Oh oui ! » répondit-elle avec un peu d'étonnement, comme si je lui eusse demandé si elle savait lire.

« S'il vivait, il voudrait que je les vendisse, continua-t-elle avec cette expression de douleur com-

primée qui donnait tant de force à son jeune visage.
S'il faut les perdre tous, prenez-les tous. Je dois tant devoir d'argent à Ersilia ! Croyez-vous qu'il me restera
assez pour louer une petite chambre et acheter des
matériaux pour travailler ?...

— Vous ne pouvez lui devoir beaucoup, lui répondis-
je en mentant, comme les meilleurs de nous sont bien
obligés de le faire parfois ; du reste, un de ces bustes,
deux tout au plus, suffiront pour tout payer et pour
subvenir à vos besoins pendant quelques semaines, si
c'est à quoi vous pensez. Vous voulez donc rester à
Rome ?

— Je ne connais personne nulle part ; je n'ai pas
d'amis, dit-elle.

— Vous m'oubliez, lui répondis-je d'une voix
étouffée, mécontent de n'être ni meilleur ni plus puissant, afin de pouvoir lui rendre service. Je suis vieux
et pauvre, comme vous voyez ; je travaille pour gagner mon pain ; mais vous pouvez compter sur moi, je
vous serai fidèle. Je ne peux pas faire grand'chose, il
est vrai, mais ce que je peux...

— Vous êtes bien bon : je l'oubliais et j'étais ingrate, » répondit-elle en mettant sa main dans la
mienne. J'inclinai mon front sur cette main. J'éprou-
vai alors ce qu'aurait pu éprouver un vieux tisserand
de Venise devant Catherine de Chypre : sa jeunesse me
commandait le respect. Alors d'un air bien humble :

« Vous avez besoin d'une chambre, dites-vous ?
Pourquoi ne pas garder la mienne, en me payant
quelque chose ! Cet arrangement m'irait très bien ;
car, voyez-vous, je suis pauvre, et je serai content du
peu que vous me donnerez. Ainsi nous nous aiderons
mutuellement, comme doivent le faire les pauvres. Je

dormirai autre part, car souvent je rentre fort tard, et
Ersilia est en colère quand on la réveille, et s'aperçoit
bien vite si l'on a un peu trop bu ; mais cela n'arrive
guère aux Romains qu'au mois d'octobre, en souvenir
d'Anna Perenna, qui n'était certes pas la sœur de
Didon, comme on a essayé de le prouver au moment
où l'hellénisme était à la mode, et que les Julii voulaient nous faire croire qu'ils étaient Troyens.

« Nous, Transteverini, nous disons toujours que nous
sommes Troyens, et l'histoire d'Énée est si jolie que ce
serait malheureux de la perdre, ainsi que les trente
petits cochons blancs et le vieux roi-pasteur en cheveux blancs de l'Arcadie. Voulez-vous bien garder ma
chambre, pour me faire plaisir ? » Elle me regarda
de ses yeux limpides et expressifs.

« Êtes-vous bien sûr que cela ne vous gênera pas ? »
Que les dieux me pardonnent ! Je lui jurai que,
loin de me déranger, cela me rendrait service, et je
finis par lui faire croire que je disais la vérité. Je crus
voir sourire mon Hermès de marbre : il pensait sans
doute aux millions de mensonges que les hommes ont
faits par amour pour la femme, depuis le jour où il la
créa par amusement.

Mais il m'était impossible de lui rendre service
d'une autre manière, car il n'y avait pas d'autre
chambre dans la maison d'Ersilia, et même s'il y en
eût eu une autre, aurais-je toujours été sûr de pouvoir en payer le loyer ? Mais je savais très bien que
Palès et moi pouvions toujours coucher n'importe
où, sur un banc ou sous un portique, comme le font
les pauvres.

« Nous nous comprenons maintenant, lui dis-je
après m'être arrêté un instant, car je n'aime jamais

contempler le côté triste de la vie. Je ne suis que
Crespin le savetier ; un peu original, comme on vous le
dira sans doute ; vieux, pauvre, mais content, et c'est
beaucoup dire ! »

Je lui demandai ensuite si elle pouvait me montrer ce qu'elle avait modelé. Elle me dit que c'était
bien peu de chose, que ses essais ne valaient pas la
peine d'être regardés ; mais elle alla les chercher.
C'étaient de petites statuettes pleines de vivacité, représentant des enfants de pêcheurs tout nus, des têtes
et des statues sur des sujets antiques, traités avec
bien plus de force que l'on n'en rencontrait dans les
œuvres de son père. Il y avait surtout un Amour sans
ailes des premiers poëtes de la Grèce, qui me sembla
merveilleux, étant l'œuvre d'une enfant aussi jeune.
Je lui dis ce que je pensais.

« Comment pouvez-vous les regarder après avoir
vu les ouvrages de mon père ? dit-elle avec une nuance
de reproche. Car, vous savez, le travail était plutôt le
sien que le mien : l'idée venait de moi, mais il m'ai-
dait à les modeler.

— L'idée fait l'artiste, » lui dis-je, fâché de ce
qu'elle essayât de se rabaisser inutilement. Je pris
deux bustes : l'un représentant Héliodore, l'autre le
jeune Zagreus se regardant dans le miroir fatal. Je la
priai d'accepter mon hospitalité au moins encore un
jour et la laissai à la fenêtre, regardant, à travers
les fleurs rouges, l'azur foncé du ciel couvert d'étoiles
qui éclairaient le toit couvert de mousse du temple
de Vesta et se reflétaient dans les eaux brunes et
paresseuses du Tibre.

« Vous n'êtes plus malheureuse maintenant ? » lui
dis-je, en manière d'adieu.

Elle me regarda en souriant.

« Vous m'avez rendu l'espoir ; je suis à Rome et je suis jeune. »

Elle avait raison. Rome n'est qu'une ruine peut-être, et l'espoir n'est qu'un nom donné à la déception et au désappointement; mais la jeunesse renferme en elle un bonheur suprême, parce que pour elle tout est possible et rien n'est irrévocable.

Ersilia entra alors brusquement, en colère de ce que la fenêtre était ouverte, parce que le vent était frais, la rivière malsaine, et que toute la peine qu'elle s'était donnée pendant la fièvre ne servirait à rien, si elle était si imprudente.

Ersilia était une vieille Romaine, imposante et majestueuse, mais elle était violente, se mettait en colère à propos de rien, et aimait un peu trop à mener les autres. Elle avait un profond mépris pour tous les hommes. A son avis, Peppo était le meilleur d'un tas de vauriens : Peppo, autrefois son adorateur, et maintenant son locataire, et qui, après avoir chanté sa passion sur le luth cinquante ans auparavant, la lui témoignait maintenant d'une manière moins poétique, mais plus profitable, en lui faisant frire plus d'un artichaut et plus d'un petit poisson aux écailles dorées, et en faisant la cuisine pour tous ceux qui demeuraient dans cette maison. Je vendis les deux bustes dans une boutique que je connaissais, sur la place d'Espagne, et que fréquentaient beaucoup d'étrangers. On m'en donna quelque argent, que je quadruplai avec une partie de mes économies, et je le lui portai.

« On m'en avait donné double, lui dis-je, mais j'ai payé tout ce que vous deviez à Ersilia. J'ai cru faire

ce que vous auriez fait vous-même. J'ai pris aussi deux
mois de loyer pour ma chambre, comme vous le dési-
riez. Ersilia s'occupera de vous. Elle ne vous deman-
dera pas grand'chose ; c'est une bonne femme, honnête
et sincère : ne faites pas attention à sa langue. Laissez-
la parler comme nous laissons le vent souffler.
Vos bustes se sont bien vendus. Quand vous aurez
dépensé cet argent-ci, nous en vendrons deux autres.
Vous trouvez que je les ai vendus trop cher? Mais
non ! Les marchands savent leur métier : ce n'est pas
à nous à le leur apprendre. »

Naturellement, je mentais en lui disant tout cela,
mais je réussis à la consoler et à la rassurer. Elle
n'eût jamais voulu recevoir l'argent de ma part : elle
eût mieux aimé aller errer dans les rues jusqu'à ce
qu'elle fût tombée évanouie de fatigue et de faim. Et
alors que lui serait-il arrivé? On l'aurait transportée
dans un hôpital, et tout eût été fini! Voilà pourquoi
je mentais.

J'étais bien heureux d'avoir mis quelque argent de
côté en cas de maladie; c'était bien peu, mais cela
me servait à quelque chose maintenant.

Elle s'établit donc dans ma chambre sans se douter
de rien, avec une espèce de souffrance calme, comme
un oiseau blessé qui s'abat sous des feuilles humides
après un orage. Elle n'était pas heureuse! Comment
eût-elle pu l'être? Mais elle pouvait se reposer, et
c'était ce qu'il y avait de mieux pour elle.

On ne pouvait rien faire de plus, et du moins son
corps et son âme étaient à l'abri de tout danger. Et
c'est beaucoup dire pour une jeune fille, sans amis,
sans abri, et belle comme une fleur de la mer.

Elle était encore fatiguée, et abattue par la fièvre.

Les chaleurs suffocantes de Rome, ces chaleurs que ni la pluie ni le vent ne viennent jamais rafraîchir, pesaient sur elle, qui avait passé toutes les années de sa courte vie sur les hautes falaises, à respirer les brises parfumées des senteurs du romarin et de l'arbousier qui passent sur la mer Ligurienne. Mais elle ne voulut jamais avouer sa souffrance, car elle n'eût jamais consenti, en parlant de Rome, à laisser échapper un mot qui pût ressembler à une plainte.

Et pourtant il y avait le magnifique palais de marbre d'Hilarion, plein de fleurs et de fontaines, à l'ombre des collines; et ce palais n'était habité que par des serviteurs paresseux, tandis que le maître était parti, Dieu sait où : peut-être au milieu des bois profonds du Danube, ou au delà des lacs du Nord, ou bien sur les mers où soufflaient les frais zéphyrs : allant toujours où son caprice le menait.

La jeune fille s'établit donc au milieu de nous, et tous les habitants du Rione en vinrent à dire qu'elle était ma fille, mais que je ne voulais pas l'avouer. C'était ridicule ; mais on eût pu dire quelque chose de pis, et cela ne faisait de mal à personne. Et en quelque sorte ce fut pour elle une espèce de protection. On me trouvait très réservé et très désagréable parce que je ne voulais pas parler d'elle ; mais quand on ne sait rien, il vaut toujours mieux ne rien dire : au moins les gens s'imaginent que vous en savez beaucoup. Et, à vrai dire, il y avait en elle quelque chose que je ne pouvais comprendre. Son imagination semblait toujours bien loin.

Je lui procurai de l'argile, et elle s'en servit; cela l'occupait. Elle avait vraiment des idées ravissantes, et elle avait pour modeler un talent bien plus grand

qu'on n'eût pu le supposer chez une jeune fille de cet
âge. Ce n'étaient que de petites statuettes; mais à
mesure qu'elle les faisait, je les exposais sur mon établi, et quelquefois on me les achetait. Cela lui faisait plaisir et la distrayait de cette douleur intense,
muette et profonde qui s'était emparée d'elle à la vue
des ruines de Rome.

A la voir travailler, on l'eût prise pour une jeune
muse : les plis de sa robe de toile blanche retombaient
comme les plis de la tunique de la Lycoris de Virgile ;
ses bras étaient nus jusqu'aux épaules, à cause de la
grande chaleur ; ses cheveux, d'un brun doré, entouraient son front comme d'un nuage inondé par les
rayons du soleil ; ses yeux limpides, graves et profonds, brillaient de l'ardeur de la pensée et d'une imagination fertile. « Si Hilarion la voyait ! » me disais-je quelquefois ! et j'étais heureux de savoir qu'il
était bien loin.

Chez tous les artistes qui sont artistes et non arti-
sans, la conception est toujours immensèment supé-
rieure au pouvoir de l'exécution : la forme visible
qu'ils peuvent donner à leurs idées est à leurs yeux
mille fois au-dessous des merveilles et des beautés
qu'ils ont rêvées : chez elle il en était ainsi. Si jeune,
et son art étant le plus difficile de tous, elle rêvait de
choses aussi parfaites que les trésors ensevelis de
Phidias ; mais Phidias lui-même eût à peine pu leur
donner une forme qui l'eût satisfaite. Et son imagination lui montrait des visions sans nombre, et ses
mains modelaient soit en argile grise, soit en terre
rouge des petites têtes d'enfants, des animaux, des
oiseaux et des fleurs qui étaient fort jolis et qui atti-
raient bien des passants.

Il est vrai qu'ils ne se vendaient que pour quelques pièces de cuivre, car tous ceux qui venaient les regarder étaient pauvres, et ses ouvrages coûtaient autant qu'ils rapportaient. Mais ce faible gain servait à calmer ses scrupules et à lui faire croire qu'elle gagnait son pain et son gîte.

Un petit enfant même aurait pu la tromper. Ces grands yeux brillants, qui voyaient si loin dans le passé et qui cherchaient toujours des chimères dans le présent, voyaient bien peu dans les petits artifices de son entourage immédiat. Il en est ainsi : celui dont la vue pourra discerner un aigle volant bien haut dans l'air, au-dessus des sommets neigeux, ne verra pas le moustique qui bourdonne tout près de lui.

Voici ce que je répondais à ceux qui me faisaient des questions à son sujet :

« Je suis le savetier du Forum, à qui appartenait le corbeau. Eh bien ! cette jeune fille était la fille de Virginius, et avant c'était Ariane ! »

Ils savaient bien que ce n'étaient que des folies ; mais ils en riaient et la laissaient tranquille, et les bonnes gens du quartier avaient pris l'habitude de l'appeler Ariane.

« Je n'aime pas Ariane, me dit-elle un jour. Je suis fâchée de ressembler à ce bronze qui la représente. Elle était sans foi !

— Sans foi ! Elle a été abandonnée. Avez-vous oublié Naxos ?

— C'est de Naxos que je parle. Pourquoi a-t-elle laissé Bacchus s'approcher d'elle !

— Mais elle avait été cruellement abandonnée !

— Elle aurait dû rester fidèle !

— C'est beaucoup dire. »

Elle me regarda avec un peu de mépris.

« Elle n'eût pu s'empêcher d'être fidèle si elle eût été meilleure.

— Voilà l'idée que vous vous faites de l'amour, alors ?

— Oui !

— Comment le savez-vous, enfant ? Vous ignorez ce que c'est que l'amour, lui dis-je.

« J'y ai pensé, » me répondit-elle gravement.

Puis elle ajouta après une pause :

« Ce doit être bien terrible de sentir que notre vie ne nous appartient plus, de ne vivre que des yeux, du souffle et du cœur d'un autre !

— Qui vous a dit tout cela ?

— Oh ! les poëtes, et quelque chose que nous avons en nous. Ce doit être terrible.

— Mon enfant, rares sont ceux qui ressentent l'amour de cette manière.

— Pourtant il n'y en a pas d'autre, » répondit-elle avec ce calme doux et résolu, qui chez elle était si inflexible. On sentait qu'il y avait en elle des idées qu'on ne parviendrait jamais à changer.

Elle était restée pensive, ses beaux sourcils rapprochés, et ses yeux regardant le Tibre tourbillonnant autour des piliers de Quattro Copi, et arrosant le terrain marécageux du Velabrum ; ce grand Tibre qui, bien loin au delà des sombres bois de chênes de l'Ombrie, de cette Ombrie plus ancienne que l'Étrurie, n'est qu'un filet d'eau courant au milieu des mousses des montagnes, petit ruisseau qu'un enfant pourrait traverser et qu'un lapin pourrait franchir d'un saut ; ce Tibre qui descend des bois de chênes pour rouler ensuite, comme du bronze fondu,

vers le couchant, grand des plus puissants souvenirs
du monde; ce Tibre qui a englouti les statues de
l'Étrurie et les figures d'osier des vestales, et les
trésors d'Adrien, et les bijoux d'or des Agrippines, et
les dépouilles de Jérusalem, et les cadavres du Spolia-
rium, qu'il garde comme un avare et ne rend qu'à la
mer.

Je n'aimais pas la voir aussi sérieuse.

« Allons nous promener, lui dis-je; la soirée est
magnifique. »

Elle me suivit bien volontiers. Nous nous prome-
nions souvent ensemble après le coucher du soleil.

Elle ne se fatiguait pas facilement. Ses petits pieds
agiles qui s'étaient baignés dans les bas-fonds, sur les
rives de la Maremme, étaient aussi infatigables que
ceux d'Atalante. Mes causeries vagabondes ne l'en-
nuyaient pas, car les souvenirs et les légendes de la
cité étaient tout frais dans son imagination, et
quant à moi, je connaissais par cœur tous les détours
des rues du moyen âge et des rues modernes, et j'avais
souvent rêvé à la Rome qu'elles recouvraient, la Rome
des Césars, des Étrusques, des Sabins et des Pé-
lasges.

Quant à moi, je l'avoue, je préférais la Rome des
Césars. Je ne veux pas dire les empereurs : car qui
peut les aimer? Mais j'aimais les hommes qui vivaient
dans ces jours terribles, j'aimais ces hommes dont les
œuvres se sont perpétuées jusqu'à nos jours.

J'aimais à errer à l'aventure en pensant à eux,
et j'étais heureux qu'elle voulût bien si souvent
venir avec moi, enveloppée du manteau noir à capuchon qu'Ersila lui faisait porter, et qui ne laissait
voir que le contour délicat de sa tête couronnée de

cheveux ondoyants, qui à cause de leur épaisseur retombaient toujours sur son front.

Ersilia eût aussi voulu qu'elle sortît voilée ; mais elle ne voulut jamais y consentir : il lui fallait de l'air dans ces lieux où le vent parfumé qui passe à travers les orangers et les cèdres semble apporter aussi les soupirs de victimes sans nombre.

Nous allions ensemble à la recherche de volumes du moyen âge ou de quelque édition oubliée des auteurs anciens. Nous essayions de trouver le lieu où s'était élevé le grenier de Martial dans le quartier du Poirier, près du temple de Quirinus, d'où la vue s'étend sur les lauriers d'Agrippa, près de la voie Flaminienne. Quelquefois nous nous asseyions sur les degrés de la colline *Pincienne*, à l'ombre du palmier où s'élevait autrefois le palais de Bélisaire, et là nous parlions de conquêtes et des cerisiers de Lucullus, et nous pensions à cette nuit terrible pendant laquelle dans un de ces jardins Messaline était couchée sur le gazon au milieu de ses bacchantes, et que Veltius était monté sur un arbre et, ayant regardé du côté de la mer, s'était écrié : « Je vois s'avancer un grand orage du côté d'Ostie. » Cet orage amenait avec lui la mort.

Nous remontions la voie Sacrée, et nous nous imaginions voir les nobles dames romaines acheter leurs *strenæ* pour leurs visites de janvier, comme le font maintenant les Parisiennes, et faisant emplette de fausses tresses de cheveux dorés près du portique de Philippe, devant le temple d'Hercule. Nous sortions de la ville en parlant des Palilia, des Venalia et de Tibulle.

Nous errions au milieu des vignes et des jardins

plantés de choux du mont Esquilin, et nous nous imaginions (bien que personne ne le sache) avoir trouvé
le lieu où vécut Virgile et où Properce soupira pour
cette rose et blanche Cynthia dont les mules semblent
encore trotter le long de la voie Appienne.

Vous rappelez-vous, dans la vie de Properce, le jour
où il perdit ses tablettes et les pleura : ces tablettes
sur lesquelles il avait écrit des prières à celle qui en
retour lui répondait : Viens !

Pourtant cette Cynthia ne valait pas cher ! Dieu !
quel caractère ! Elle donnait des soufflets à son Properce, et s'acharnait contre Phyllis et Téca, comme
une furie, bien que la terre autour d'elle fût couverte
de roses et qu'elle entendît les sons harmonieux de la
flûte. Elle ne prétendait pas même être fidèle ; elle
trouvait dans le riche usurier d'Illyrie une proie plus
solide que son poëte, qui était sans doute un peu trop
savant pour elle ; elle se fardait, elle portait de faux
cheveux, elle jouait et buvait, en un mot faisait tout
ce qu'elle n'aurait pas dû faire, cette belle Cynthia,
toute de lis et de roses. Elle ressemblait en tout aux
femmes de nos jours; et pourtant son amant l'a si
bien chantée que le monde ne l'oubliera pas plus qu'il
n'oubliera les Césars.

Voilà à quoi je pensais le plus. Cela peut paraître
ridicule, et l'est sans doute; mais quand je passe devant le Forum, je ne pense pas tant à Cicéron et à
Virginius qu'à Horace entrant dans une des boutiques
de libraires tout près de la statue du Vertumne étrusque, ou aux copistes écrivant dans les salles d'Atrec-
tus, sur les portes desquelles on affichait les titres des
nouveaux livres, pour que les hommes de plaisir pussent les voir en passant pour aller faire leur prome-

nade du soir; ou bien encore à Ovide, à ce malheureux Ovide qui applaudissait Aphrodite au-dessus de
tous, quand la procession des dieux passait devant lui.
J'aimais à me le représenter essuyant la poussière
qui couvrait les roses blanches de sa belle amie, l'é-
ventant avec le flabellum, ou bien lui disant qui serait le vainqueur dans le cirque et quels étaient les
rois captifs qui suivaient le triomphe, et lui montrant
les contrées conquises. Et dire qu'Auguste a exilé
Ovide, et qu'on a donné à Auguste le nom de Grand!
Le souhait d'Ovide fut accompli à sa mort. « Tant que
Rome du haut de ses montagnes verra à ses pieds l'u-
nivers, je serai là, » écrivait-il; et il y est toujours.
S'il fut faible pendant sa vie, jamais héros ne pro-
nonça de paroles plus grandes. Toute la puissance
des Césars ne pourrait ni l'exiler ni le détrôner maintenant, car il a vaincu Auguste.

C'est ainsi qu'elle et moi nous errions par les vieilles
routes, accompagnés par ces grandes ombres. Seulement elle pensait moins à mes bien-aimés auteurs qu'à
Scipion et à Zora, aux Horaces et aux Antonins; elle
rêvait plus à la Rome des Étrusques et des Sabins, à
Virgile et à son Énée, couché dans sa tente, sur des
peaux d'ours; au vieux roi pasteur à l'ombre des bois
sacrés sur le mont Palatin.

Tout ceci était vrai pour elle. Tant mieux! Les savants, et encore plus ceux qui ne le sont qu'à demi,
ont fait le passé trop aride. Il n'y a jamais eu d'Énée,
il n'y a jamais eu de Numa, disent-ils. Eh bien! en
sommes-nous meilleurs ou plus heureux? Nous perdons la gracieuse histoire du vaisseau troyen, glissant
à l'embouchure du Tibre, à l'heure où les buissons et
les taillis d'Ostie se coloraient des premières lueurs du

soleil; nous perdons la touchante légende de l'amant
sabin, se rendant la nuit, par la voie Sacrée, dans les
bois de Nemi, où soupirait la douce Égérie. Et combien ces pertes nous appauvrissent! Ces choses ne sont
jamais arrivées peut-être; la petite pierre de la vérité
qui a roulé pendant tant de siècles s'est couverte de la
mousse du roman et de la superstition. Mais il faut
pourtant que cette petite pierre soit le noyau de la
tradition; et il se pourrait bien que celui qui la rejette
se trompe plus que moi, pauvre fou, qui crois en tout
et qui foule les nouvelles routes en rêvant aux vieilles
légendes.

Les arts auront-ils jamais une origine plus gracieuse que celle de la fille de Debutadès traçant sur le
mur la silhouette de celui qu'elle aimait? Et tant que
l'amour maternel battra dans le cœur des femmes,
qui osera nier froidement les douleurs de la grande
Demeter?

VII

L'été se passa ainsi. Gioja n'était pas malheureuse. Elle parcourait avec moi les rues pleines de souvenirs, lisait mes vieux livres et tous ceux que je pouvais emprunter pour elle, et représentait soit en argile, soit en cire, toutes les idées qui peuplaient son imagination et qui prenaient si facilement des formes sous ses doigts habiles. Elle était artiste dans l'âme et elle était à Rome; elle était jeune et ceux qui l'entouraient lui donnaient le peu dont elle avait besoin. Qu'aurait-elle souhaité de plus?

« Si seulement mon père était avec moi! » disait-elle quelquefois. C'était son seul soupir. Elle ne s'occupait jamais de l'avenir; elle regardait toujours en arrière, comme le font ceux qui aiment les anciens. Si seulement elle eût pu passer les longues heures de la chaleur dans les salles si fraîches du Capitole ou dans les vestibules du Pio-Clementino, elle n'eût rien demandé de plus au sort. Quant à moi, je ne pouvais regarder son avenir si légèrement.

Ce n'était pas sa dépense qui me tourmentait : elle ne mangeait guère plus de pain que Palès; mais son caractère, sa beauté faisaient mon souci.

Elle ne me semblait pas plus propre à subir les
dures réalités de la vie que l'enfant de marbre du
Capitole, qui hésite entre la colombe et le serpent, ne
fut propre à empêcher les boulets de canon de faire
une brèche dans la forteresse.

Que deviendrait-elle dans cette solitude où elle ne
voyait qu'Ezio, le porteur d'eau, Rufo, le marchand
de melons, Tancredo, le pêcheur, et les jeunes gens
du quartier des Tanneurs, et les jeunes paysans con-
duisant devant eux leurs bêtes chargées de fruits et
de légumes? Et son talent, à quoi lui servirait-il?

Le marbre coûte cher, et la sculpture n'est pas
facile pour les femmes. C'est un poëme épique! Et
quelle femme en a jamais écrit un?

J'aurais voulu que Maryx fût à Rome. Mais le jour
où j'avais rêvé devant mon Ariane, il était parti pour
aller dans son pays; et pendant tout l'été on ne vit
point dans la ville le grand sculpteur français, qui
était plus Romain que les Romains, et qui à l'âge de
dix-huit ans était venu dans les jardins qui avaient
appartenu autrefois à Salluste, et là avait appris à
aimer Rome comme bien peu de ses fils pourraient le
faire, et avait arraché à ses marbres et à ses ruines
tous les secrets perdus de l'Étrurie et de la Grèce.

« Si Maryx était ici! » me disais-je tout en travaillant sous l'Apollon Sandaliarius qu'il avait sculpté
pour moi, alors qu'il n'était qu'étudiant à la villa
Médicis. Et par un beau jour d'automne il passa et
s'arrêta devant moi et sourit de son franc sourire.

« Mon cher Crespin! qu'êtes-vous devenu pendant
tout ce temps? Qu'avez-vous? Êtes-vous encore tout
ébahi devant le bronze de Borghèse? Je suis revenu
hier soir et dois repartir demain. »

Ses yeux s'arrêtèrent sur les petites statuettes et les bustes en *terra cotta*, et sur les panneaux de fleurs en relief.

« Qu'est-ce que c'est que cela ? dit-il. Les avez-vous faites ? Je sais que vous possédez un dieu grec et un saint latin, et que vous avez un nouveau talent pour tous les jours de l'année, mais je ne vous savais pas celui-là. »

Je lui répondis que ces statuettes n'étaient pas mon œuvre ; que je me chargeais de les vendre pour l'artiste, et que je les mettais sur mon établi pour quiconque voudrait les acheter. Je lui demandai ce qu'il en pensait.

Il les regarda de plus près et contempla longtemps une petite statuette de l'Amour sans ailes, haute d'un pied, la plus ambitieuse de toutes.

« Envoyez-moi l'artiste s'il est jeune, dit-il tout en regardant.

— Vous trouvez qu'il a du talent, alors ?

— Quel âge a-t-il ?

— Seize ans tout au plus.

— Il y a du génie là dedans, dit-il en mettant la petite statuette sous son bras et en me donnant une poignée d'argent. Envoyez-moi l'artiste ; il fera ce qu'il voudra dans mon atelier, et moi je lui enseignerai ce que je pourrai, bien que probablement ce sera lui qui m'apprendra quelque chose. »

Et il s'éloigna et reprit sa route sur le pont, sous les rayons du soleil d'automne. Grand et vigoureux, sa noble tête belle comme celle du Zeus Ophidien, ses yeux brillants et mobiles comme le ciel et avec le sourire d'un Hercule.

A Rome tout le monde l'adorait et le respectait.

C'était un grand homme, et il était heureux comme il est donné à bien peu d'hommes de l'être.

Je fis bien des réflexions ce matin-là pendant que les gens du marché passaient et repassaient devant moi. A la fin, quand le soir arriva, je résolus d'aller trouver Maryx et de lui raconter l'histoire de mon Ariane. Il était aussi brave qu'il était grand et pouvait l'aider, tandis que cela m'était impossible. Et de plus, personne ne pouvait dire que Maryx eût abusé de la confiance qu'on avait mise en lui : les chiens mêmes de la rue le savaient. Germain Maryx était fils d'un pauvre tailleur de pierres de Provence; tout enfant il avait travaillé dans les carrières; à quatorze ans, il s'était rendu à pied à Paris, résolu de devenir sculpteur; et là, sans amis, sans abri, il avait erré dans les rues comme un chien perdu, gagnant sa vie en travaillant comme il pouvait pendant le jour, et passant ses nuits à s'instruire tout seul, dans presque toutes les branches de la science. A dix-huit ans, il avait si bien étudié le dessin, l'anatomie et la plastique qu'il avait remporté le grand prix de Rome, et s'était évanoui de besoin le jour même qu'il l'avait gagné. Depuis ce temps sa célébrité s'était accrue chaque année, et il n'y avait pas maintenant dans le monde entier de plus grand artiste que lui, ni de nom plus célèbre que le sien.

Il y avait dans ses œuvres une force, une majesté à côté de laquelle les meilleurs sculptures de ses contemporains avaient l'air d'ouvrages en sucre. Comme les anciens Grecs, il aimait tailler dans le roc, et son atelier était le vrai temple des dieux de l'art, aussi parfait que ceux qui s'élevaient dans l'Attique et à Argos.

Méprisant amèrement la médiocrité, frappant sans
pitié toute affectation, Maryx était libéral comme
le soleil envers tout vrai talent qui avait besoin d'aide.
Bien qu'il eût beaucoup d'ennemis parmi ceux dont
l'habileté médiocre déteste le génie, comme un imi-
tateur déteste le créateur, la foule l'aimait autant
et avec la même affectueuse reconnaissance qu'elle
avait aimé Canova. Il était noble dans sa bonté et
dans sa générosité envers les autres artistes; il avait
cette grandeur sereine de sentiments qui de nos jours
est si rétrécie et assombrie, cette grandeur et cette
libéralité qui portèrent Brunelleschi et Donato à
s'avouer vaincus par un enfant de vingt ans, et à
unir leurs prières afin que Ghiberti fût choisi à leur
place pour exécuter le grand ouvrage qu'on leur pro-
posait. Maryx aimait l'art, et s'inquiétait peu de la
renommée. De nos jours les hommes aiment la célébrité d'abord, l'art ensuite.

« Qu'importe à Jean Goujon, disait Maryx, que
personne ne sache s'il fut, oui ou non, une des victimes
de la Saint-Barthélemy? que lui importe qu'on ignore
où il naquit et où il vécut, qu'il ait été flatté des
grands à Chenonceaux et à Amboise, ou qu'il n'ait été
qu'un pauvre sculpteur pendant toute sa vie? Qu'importe tout cela, tant que la Diane chasseresse reste
au Louvre; tant que tous ceux qui aiment l'art
honorent son nom, en dépit de ses fautes, parce qu'il
avait le culte de la nature et de l'antiquité, parce
qu'il a fait revivre l'art étouffé sous les anathèmes
de la bigoterie catholique et la barbarie féodale.

« Quand on y pense, il est peut-être plus grand
d'avoir été Jean Goujon, ou plus encore Michel Co-
lomb ou Juste de Tours, que Praxitèle.

« Praxitèle était né au milieu d'un air plein de la force et du sentiment de l'art; partout, autour de lui, depuis les choses les plus simples qui servaient aux usages journaliers jusqu'aux mystérieux trésors des temples, partout se trouvait l'inspiration artistique. Mais les premiers sculpteurs du temps des Valois arrivaient après des siècles de luttes, de sang, de sensualité et de brutalité. La religion alors était grossière; la guerre seule était regardée comme héroïque; le peuple souffrait. C'est comme par miracle que ces quelques artistes arrachèrent la sculpture aux ossuaires et aux imprécations des prédicateurs, et trouvèrent la force de ressembler si peu à leur âge. Combattre les idées d'un siècle, voilà la vraie grandeur! Les suivre au contraire est facile.

« Songez que Guillaume de Paris ne se fit aucun scrupule d'appeler des sculpteurs pour bâtir une tombe magnifique à son cuisinier, et qu'on était déjà au xvɪᵉ siècle quand Théret, dans sa *Biographie des hommes illustres*, s'excuse humblement d'avoir nommé un artiste.

« Les choses, il est vrai, se faisaient autrement de l'autre côté des Alpes; en Italie il y avait des routes royales pour arriver à l'art, et c'est pourquoi j'aime tant nos vieux sculpteurs de Bretagne, de Gascogne, de Touraine, parce qu'il leur a fallu combattre tout seuls contre le monde sanglant et guerrier qui les entourait, et parce qu'on leur demandait de sculpter des chevaliers couchés et d'humbles saintes voilées, et tous les tristes symboles de l'Église, et que pourtant, en dépit de tout, ils surent trouver la route qui mène à la beauté et à la liberté.

« Leur art n'est pas mon art, leur manière n'est

pas la mienne; et pourtant je les aime et je les honore.

« On disait au XIVe siècle que la vierge de Senlis
était si pleine de majesté et de grâce qu'on eût pu
la prendre pour l'œuvre de Phidias ou de Lysippe.
Nous ne ferions certes pas une erreur de ce genre
maintenant; mais nous pouvons garder notre âme
pour l'éternelle jeunesse de Phidias et donner nos
cœurs aux vieux sculpteurs gothiques, qui ont eu à
faire le plus noble mariage possible avec ces deux
fiancées lugubres, la Guerre et la Mort. »

C'est ainsi que parlait Maryx pendant des heures
entières, quand son humeur l'y portait; il avait pour
l'art cet amour universel auquel rien n'est étranger, et
qui prête autant de grandeur et d'intérêt aux bords
arrondis du vase d'un potier de Cologne qu'aux lignes
parfaites d'une frise de Bryaxis.

« Je vais aller tout lui dire, pensais-je en moi-
même. Avec lui ce n'est pas comme avec Hilarion. »

Je me dirigeai donc, en traversant le pont, vers la
maison qu'il s'était bâtie sur le mont Janicule, domi-
née par les bois de chênes de Panfili-Doria, et qui
avait à ses pieds les cyprès de San Onofrio. Les cascades Paulines se trouvaient assez près de cette maison pour que leur son rafraîchissant se fît toujours
entendre dans les jardins quand les cloches de l'église
cessaient de tinter.

C'était une maison magnifique, et aussi grecque
que possible : des statues de marbre se dressaient
blanches et éblouissantes au milieu des bosquets de
magnolias et de cyprès; les murs étaient couverts
de fresques représentant les fêtes de Flore, et toutes
les fêtes sabines et latines du printemps et de l'été;

les colombes agitaient leurs ailes blanches dans la
fontaine de l'atrium ; le mystique Dedalus, Gitiadas ou
Phidias, eussent pu vivre dans ces beaux lieux et s'y
trouver heureux, quoique, si l'on en croit Vitruve, les
Grecs ne connussent pas les délices d'une cour ouverte.

Maryx avait bâti cette habitation, et l'aimait comme
on aime tout ce qu'on a acquis par de longs efforts et
par un noble travail. Des grenadiers et des lauriers
croissaient près des colonnes ; les longs murs blancs
regardaient Rome, et là n'arrivaient jamais d'autres
bruits que le son des cloches de San Onofrio, et le murmure des cascades des bois Doriens.

C'est là qu'il travaillait, qu'il rêvait, qu'il animait
le marbre, et se sentait plus grand qu'un roi ; et là
aussi, dans une aile de la maison, vivait une petite
femme brune, âgée de quatre-vingts ans, ou près, qui
était coiffée du haut bonnet des paysannes proven-
çales, et qui n'était jamais plus heureuse que quand
elle filait du gros lin.

« Voilà ma mère, » disait Maryx à tous les grands
personnages qui venaient de temps en temps le visiter. Et la petite vieille continuait à filer, sans se laisser troubler par la crainte ou par l'orgueil. On lui
avait ramené son mari broyé sous un quartier de roc
qu'il fendait avec d'autres hommes ; deux de ses fils
avaient été engloutis dans les flots avec leurs bricks
qui apportaient du marbre dans le golfe, et le troi-
sième avait été tué lors d'une révolte dans les rues de
Lyon, il y avait bien longtemps de cela ; et lui, son
dernier fils, était devenu grand et riche, recherché des
princes, traité par les nobles d'égal à égal. Elle ne pouvait comprendre cela, et filait tout en disant son cha-

pelet. Quant à lui, il ne manquait pas un jour d'aller
rendre hommage à la vieille femme dont le bonnet à
larges ailerons était retenu par de grosses épingles
d'or, et bien qu'il fût païen et ne crût pas aux dieux,
car qui pourrait y croire quand on sait qu'Athènes
fut renversée de l'Acropole, et que le sanctuaire même
de Delphes ne put vaincre le temps, Maryx pourtant
baissait le front sous les mains ridées de sa mère, et
se relevait toujours le cœur plus heureux quand elle
l'avait béni.

Je gravis lentement le mont Janicule ce soir-là, et
me trouvai bientôt dans les ravissants jardins bordés de haies de cactus et d'azalées ; les rossignols chantaient sous les myrtes, et les grives dans les buissons
de roses.

Le soleil se couchait : à travers les orangers on pouvait voir le Tibre rouler ses eaux autour des piliers
du Ponte Rotto, et à travers les branches épineuses
des aloès, on apercevait le palais Farnèse et le dôme
de Saint-Pierre qui se détachait tout sombre sur le
ciel vert et or.

Maryx avait travaillé toute la journée et venait de
sortir de son atelier ; il se tenait appuyé sur le mur de
la terrasse et contemplait ce qu'il avait contemplé
dix mille fois de ce lieu d'où les regards de Tarquin
étaient tombés pour la première fois sur Rome.

Il n'y a pas d'autre lieu peut-être qui rappelle tant
de souvenirs et qui conserve tant de légendes que
cette colline sabine de Janus « où le bien-aimé des
dieux s'endormit plein de jours sur ses sables brillants ».

Depuis Ancus Marcius et Lars Porsenna jusqu'au
mélancolique Tasse et au doux Raphaël, tous sont là.

Mutius Scevola et Clélie le hantent, ainsi que les enfants de saint Philippe de Neri. Il n'y a pas d'endroit sur terre qui puisse offrir de plus grand contraste.

Il est étrange de penser combien on se sent près d'eux : tous ces mortels évanouis et toutes ces divinités mortes.

Janus, avec les clefs de la paix et de la guerre, n'est plus qu'un souvenir effacé, et bientôt Pierre, avec ses clefs du ciel et de la terre, aura le même sort.

Je me demande qui sera alors l'objet de l'adoration des hommes.

Mercure sans doute, sous un nom quelconque. C'est le seul dieu qui ne mourra jamais

Maryx m'accueillit avec un sourire : on l'accusait bien d'être dédaigneux et hautain envers les nombreux princes qui le visitaient, mais on ne l'avait jamais trouvé que compatissant et généreux envers les pauvres.

Il écouta attentivement ma petite histoire, appuyé sur la balustrade de la terrasse et contemplant ses roses et ses aloès, les clochettes blanches des yuccas en fleurs, les arbres qui servirent de cadre à la Galatée de Raphaël, et les marais qui s'étendent bien loin au-dessous du Velabrum, dont les eaux pleines de roseaux ont englouti les Sabins et les Latins dans une lutte incessante.

« Je regrette que ce soit une femme ; si c'était un jeune homme, me dit-il quand je lui eus tout dit, il me serait possible de faire plus en sa faveur, et bien plus facilement. D'ailleurs... »

D'ailleurs... Bien qu'il n'achevât pas sa phrase, le grand sculpteur pensait que pas une femme n'était digne d'être artiste.

« Mais vous avez dit qu'il y avait du génie, lui dis-je, en lui parlant de l'Amour sans ailes.

— Oui, certes ; mais ce peut être le génie de son père.

— Mais si elle pouvait seulement faire de petites choses sans beaucoup de valeur pour gagner sa vie... elle n'a pas autre chose, » ajoutai-je un peu au hasard.

Les yeux de Maryx, ces yeux bruns, limpides et brillants sous des sourcils qui eussent pu appartenir au Zeus grec, furent traversés d'un éclair.

« Non, non! Toucher à l'art sans avoir le droit d'y toucher, simplement pour gagner son pain! A moins qu'on ne cultive l'art par amour, il faut y renoncer. »

Pourtant il semblait hésiter, et il prit la petite statue de terre grise à peine sèche qu'il avait placée sur un rayon, au milieu de masques, de moules et de bustes.

Il la contempla longtemps.

« Oui, dit-il à la fin ; il y a là dedans du sentiment, et du sentiment non emprunté. Cher Crespin, je pourrais faire beaucoup pour vous. Laissez-la venir étudier ici! Je pars ce soir pour Paris ; mais vous connaissez le chef de mon atelier : c'est un vieillard en qui vous pouvez avoir confiance et qui est bon maître ; elle pourra apprendre ici, et être conduite sur la vraie route de l'art ; car la fausse route, en cela comme en tout, est toujours la plus facile à suivre. Elle pourrait bien aussi demeurer dans la maison ; mais, d'après ce que vous dites, elle est trop fière pour cela. Qu'elle vienne, et qu'elle s'instruise. Ce n'est pas que je croie qu'elle puisse jamais beaucoup faire : c'est une jeune fille ! Et pourquoi le voudriez-vous, si vous lui voulez du bien? La renommée est une triste chose pour une femme. Elle ne peut porter l'auréole de gloire que les Grecs mettaient sur la tête de leurs statues pour empêcher la foule de s'en approcher ou de les toucher. L'auréole de gloire d'une femme n'est qu'une couronne d'épines, et les mains avides des curieux sont toujours prêtes à presser davantage la couronne sur le front pour voir si le sang coulera. Pourtant, laissez-la s'instruire, puisqu'elle ne peut faire autre chose. »

Nous passâmes sur la terrasse.

« Avez-vous parlé d'elle à Hilarion? me demanda-t-il pendant que nous descendions les degrés de marbre.

— Non.

— Pourquoi pas? Ne l'aimez-vous pas? tout le monde l'aime.

— Oui; tout le monde l'aime; les femmes aussi; c'est pourquoi il leur fait tant de mal.

— En amour il y en a toujours un qui fait souffrir l'autre : c'est celui qui aime le moins.

— Et Hilarion est toujours celui-là. Le Tibre s'étonne de nous entendre parler d'amour. Il sait bien que l'Arno est la rivière de l'amour. L'Arno a connu Béatrice et Ginevra. Le Tibre n'a connu qu'Aggripine et Messaline, ou tout au plus Cynthie.

— Vous oubliez Actée, dit Maryx.

— Actée était une esclave et elle aimait une bête féroce.

— Ne la méprisez pas. C'est elle qui purifie ces siècles des Césars, pleins de boue et de sang. Cette bête féroce était un dieu pour elle. Elle était esclave, mais elle fut fidèle. La plus charmante de toutes les saintes, Francesca Romana, ne pouvait trouver de loi plus

haute et plus noble que celle-ci : « Aimez et soyez fi-
« dèle. » La maîtresse asiatique de Néron avait découvert cette loi mille ans avant elle. »

Les dernières lueurs du soleil couchant se mouraient dans les teintes vert pâle du ciel ; bien.loin au-
dessous, sur le pont, une petite lumière brillait
sous les toits sombres et rapprochés des maisons ;
c'était la lampe de la chambre où se trouvait mon
Hermès !

« Vous n'avez pas vu mon Actée ? » me dit-il en re-
prenant le chemin de la maison.

Personne ne l'avait encore vue. Il l'avait commencée
au printemps, et elle se trouvait seule dans une petite
chambre éclairée par une seule fenêtre à travers laquelle brillait la lueur incertaine de la lune naissante.
Maryx alluma une lampe et me laissa regarder.

Cette œuvre était grande comme tout ce qu'il faisait.
Il s'était rendu puissamment maître de son art. Il
regardait avec un mépris sans bornes les frivolités et
les bagatelles de la sculpture moderne : tailler le marbre pour en faire des rubans, des glands, des bro-
deries ; toutes ces puérilités étaient pour lui des blas-
phèmes.

Quelqu'un a dit avec raison que notre siècle n'était
pas fait pour la sculpture. Il n'a ni repos ni calme ;
il ne possède que bien peu la santé physique ; il n'a
pas plus la grandeur morale que la haute stature
corporelle. Or le calme du repos, la vigueur, la beauté
de la force sont les attributs indispensables de la sculpture.

A défaut de ces qualités, le sculpteur moderne s'em-
pare d'accessoires futiles, d'ornements sans valeur
et de trivialités.

Il habille ses statues! Au lieu de muscles et de chairs, il taille des boutons et des effilés ; sa plus grande ambition est de produire *un trompe-l'œil* réussi.

J'ai vu à Paris une statue qu'on y admirait beaucoup à cause de son réalisme : c'était celle d'une paysanne vêtue d'une robe de laine et portant de gros sabots. J'en ai vu une autre qu'on déclarait également un véritable tour de force d'adresse. Cette statue avait la figure couverte d'un masque, et cela de telle manière que d'un côté on ne voyait que la figure, et de l'autre que le masque. Qu'auraient pensé Phidias ou Scopas en face de tels chefs-d'œuvre ?

La grandeur et la simplicité doivent être l'âme du marbre. Il est impossible qu'il soit torturé par des trilles ou des roulades comme la voix d'une chanteuse. Il n'est pas permis de s'en servir pour représenter des formes vulgaires. Un sabot! au lieu d'un beau pied humain au-dessous duquel passe la lumière et dont la cambrure révèle la rapidité d'Atalante! Et pourtant j'ai vu des choses pires encore dans la statuaire moderne. J'ai vu un soulier de bal à haut talon et garni d'une rosette. O ombres d'Hélène et de Praxitèle! Maryx était incapable d'une telle dégradation.

Son Actée était magnifique. Elle était assise sur la terre. La tête de Néron reposait sur ses genoux, et le corps sans vie était étendu sur le linceul dans lequel elle allait l'envelopper, pour le déposer ensuite dans la tombe du jardin de la colline.

L'histoire entière était là.

L'anatomie de ce groupe était aussi parfaite que celle des marbres grecs, et sur le visage de Néron on lisait tout ce que la subtilité et l'analyse d'un artiste moderne peuvent seules exprimer. On y voyait les con-

trastes et les contradictions de cet esprit étrange, si
cruel, si sensible, si ouvert à toutes les influences de
la nature, si froid à toutes les émotions humaines, si
insolemment vain, et si humble (car il est humble
celui qui soupire après les applaudissements des autres), destiné à être aimé et à être haï ; capable de
pleurer à la vue d'un coucher de soleil ou aux sons de
la harpe de Terpos, et capable aussi de rire des souffrances des vierges déshonorées et des martyrs, et de
la lueur rougeâtre qui empourprait le ciel, lueur qui
lui disait que Rome était en flammes.

Dans ce Néron sans vie on reconnaissait l'homme
qui avait pu discuter en artiste les charmes de sa
mère assassinée, en touchant tranquillement son cadavre et en buvant du vin par intervalles ; et l'homme
qui, en lâche qu'il était, se cacha dans le sable pour
échapper à la mort, et qui encore pouvait dire : « *Qua-
lis artifex pereo!* »

C'était une grande conception ; et dans Actée pen-
chée sur le cadavre, cette douleur silencieuse, ce désespoir qui paralyse toutes les facultés et pour un
moment semble l'effet du calme, était miraculeu-
sement exprimé dans toutes les lignes du corps affaissé qui semblait glacé par l'haleine de cette mort
qui ne l'effrayait pas.

« C'est bien beau, lui dis-je, bien que mon opinion
n'ait pas grand poids, puisque je ne suis qu'un ignorant.

— Je suis content du Néron, me répondit-il, mais
pas de l'Actée. Elle est trop romaine. Il faut qu'elle
soit plus asiatique. Je lui ai donné tout le calme de
l'Orientale ; mais ce n'est pas encore ce que je veux ;
l'expression m'échappe.

— Prenez le visage de mon Ariane, lui répondis-je sans réfléchir ; mais je me repentis aussitôt d'avoir parlé si vite.

— Ah ! A-t-elle ce type-là ? me dit Maryx, avec cet intérêt de l'artiste qui rapporte tout à son art.

— Oui, beaucoup, lui répondis-je. Et avec cela elle a une ardeur, et pourtant un calme... C'est étrange ! elle est si jeune... mais sans doute que sa vie solitaire au bord de la mer...

— Je vais rester et je la verrai. Peu m'importe un jour de plus à Rome. Mais souhaitons-lui un meilleur destin que celui d'Actée.

— Croyez-vous qu'Actée ait été malheureuse ? Elle croyait en lui, soyez-en sûr ; et il fut bien à elle quand il fut mort ; Poppée n'était plus.

— Vous parlez comme une femme,» me répondit Maryx en souriant et en recouvrant le corps sans vie de César. Je le quittai en le remerciant de son offre, et sortis à travers les bosquets de lauriers-roses, dont on pouvait distinguer les couleurs même à la clarté de la lune.

Je regrettai ensuite de lui avoir suggéré l'idée de voir Giojà. On ne devrait jamais intervenir dans les arrêts de la fortune. Quand la grande déesse de Preneste parle par la bouche des mortels c'est généralement pour les conduire dans le mauvais chemin, eux et ceux qui les écoutent.

VIII

Dès le lendemain Maryx vint offrir à Giojà son aide et ses conseils avec cette noble franchise qui lui était propre; il ne tarda pas à être touché de sa beauté, et encore plus de l'amour que ses moindres mots révélaient pour l'art, amour qui était né et s'était accru en elle, sur le rivage de la mer Ligurienne.

« Vous avez l'instinct du beau, répéta-t-il, debout devant mon Hermès.

— Je désire apprendre, dit-elle après une pause. Je vois tant de jolies choses dans ma pensée; mais elles s'évanouissent comme des rêves, je ne puis les faire se fixer près de moi; il en était de même pour mon père.

— Il en est de même pour tous les artistes, lui répondit Maryx. Nos rêves sont comme les tombes étrusques. Quand nous y entrons, amenant avec nous les bruits de ce monde, la couronne s'évanouit; quand nous pouvons saisir un peu d'or, un fragment de pourpre, notre devoir est de l'apporter aux autres et de leur montrer que nous avons été avec les dieux endormis. Si vous avez de semblables rêves, et que vous vouliez en faire part aux autres, suivez la voix qui vous appelle. »

« Elle est ravissante, dit Maryx, quand il vint près de mon échoppe ce jour-là. Elle est ravissante! Et quel sort! Il faut me laisser prendre part à votre innocente supercherie, et il faut lui faire croire que ce qu'elle fera dans mon atelier lui rapporte quelque chose. Une jeune femme doit avoir besoin de tant de confort et d'élégance autour d'elle : et comment pouvons-nous les lui procurer? elle paraît si fière !

— Laissez-la comme elle est, lui dis-je. Il lui faut peu de chose. Elle a été élevée au milieu de toutes sortes de privations, excepté celles de l'esprit. Elle est forte, et simple dans ses goûts. Pourquoi lui en donner d'autres?

— Vous avez raison peut-être. Ce qui me plaît en elle, c'est son amour désintéressé de l'art. Elle ne veut pas se faire une réputation, elle ne cherche pas à être grande, comme le font les petites âmes; elle ne veut apprendre que parce qu'elle rêve de belles choses. Je ferai tout mon possible pour lui être utile, vous pouvez en être sûr. » En disant ces mots, il me tendit la main.

J'étais sûr de ce qu'il me disait. La parole de Maryx était aussi forte et aussi pure que le marbre qu'il sculptait. Et pourtant je n'étais pas tout à fait content quand je repris mon ouvrage à l'ombre d'Apollon et de Crespin. Je m'étais mêlé des décrets du sort et il est toujours dangereux à un mortel d'avoir cette présomption.

« Il ne faut ni creuser ni percer l'isthme. Jupiter eût pu en faire un canal s'il l'eût voulu, » disait l'oracle aux Cnidiens. Et nous, nous perçons toujours l'isthme pour laisser la mer y pénétrer, croyant que nous en savons plus que Jupiter. Ce n'est pas étonnant que de nos jours les oracles soient fatigués et restent silencieux.

Mes appréhensions étaient peut-être un peu mêlées d'égoïsme. Je l'avais trouvée, et avais fait pour elle tout ce que j'avais pu; et j'eusse voulu être son seul ami : seulement je ne pouvais l'isoler de tous sans être injuste envers elle.

Maryx était aussi noble de cœur qu'il était grand. J'aurais dû reprendre mon travail le cœur plus léger, mais je ne le pouvais pas.

Je craignais qu'il ne la détournât de ses simples habitudes par des dons trop généreux. Pour lui, il était simple dans ses goûts, mais comme tous les hommes courageux qui ont supporté avec indifférence la pauvreté et le travail, il les redoutait pour les autres.

Quant à moi, je ne crois pas que ce soit le manque de richesses qui rende l'homme malheureux, mais bien au contraire c'est le désir qu'il a de les posséder,

L'idéal du bonheur moderne est dans les richesses. On a tort, et l'on ne devrait certes pas l'enseigner au peuple. Vous trouvez que le spéculateur du comté de Lancastre qui s'enivre avec des vins généreux et se gorge de viande tous les jours sous la fumée de ses mille fournaises, sans voir un brin de gazon et sans l'azur du ciel à plus de douze milles autour de lui, est plus haut et plus près du bonheur que le paysan du Midi, au milieu de l'air resplendissant, des blés dorés, des olives grises et des vignes verdoyantes qui l'entourent, parce que celui-ci ne peut manger que du pain de châtaignes avec un oignon! Peut-on douter que l'existence la plus pure et la plus fraîche soit la plus heureuse, comme elle est la plus saine?

· Et même en ce qui regarde l'intelligence, la vraie balance s'inclinera d'un tout autre côté que vous ne pensez.

« Pourquoi appelez-vous votre chien Giordano? » dis-je un jour à un paysan toscan qui ne savait ni lire ni écrire.

Il me regarda avec surprise.

« N'avez-vous jamais entendu parler de Luca Giordano? me répondit-il. C'est un de nos anciens peintres. »

Dites-moi un peu maintenant, si un des ouvriers du comté de Lancastre, hurlant des chansons atroces dans son espèce de salle de concert, ou ricanant en voyant se battre des rats, dites-moi, je vous prie, si c'est lui qui appellera son chien Reynolds ou Gainsborough?

« Hilarion l'a-t-il vue? » me dit Maryx le lendemain, quand j'eus conduit la jeune fille dans son atelier, tandis que les rossignols chantaient encore à cette heure matinale. Quand je lui eus dit que non, il sourit en fronçant le sourcil d'une manière qui n'appartenait qu'à lui.

« S'il l'avait vue, ajouta-t-il, il serait resté!

— Mais il est absent pour un an au moins, lui répondis-je en suivant ses pensées avec une crainte vague.

— Il peut rester absent dix ans, ou revenir demain, » dit Maryx.

Quant à elle, elle était si occupée à regarder les marbres, qu'elle ne se souvenait plus de Maryx ni de moi. Une fois seulement, debout devant l'Actée, elle se tourna vers Maryx avec un regard plein de respect et de joie.

« Vous êtes grand comme les Grecs, » lui dit-elle d'une voix entrecoupée.

Maryx, que l'adulation des cours et des courtisans n'avait jamais plus touché que le marbre qu'il taillait, rougit soudain comme une femme.

« Mon enfant, lui dit-il avec un sourire, pas un des modernes ne peut être grand. Nous ne sommes tout au plus que les échos du passé. Napoléon n'a fait que répéter César et Alexandre : il en est de même dans les arts, excepté peut-être pour la musique, qui est encore dans l'enfance. C'est le seul art dans lequel les anciens n'aient pas excellé.

— Mais il y a là quelque chose qu'ils n'auraient pas compris, dit-elle pensivement. Ils n'auraient pas compris la douleur d'Actée; ils ne la lui auraient permise que si Néron eût été un guerrier héroïque et fort.

— Vous voulez dire que nous, modernes, sympathisons avec le faible et avec celui qui tombe. C'est peut-être parce que nous sommes faibles. Vous avez raison pourtant. La seule originalité de notre art est dans la sympathie que nous éprouvons. Nous avons cessé de considérer la douleur comme une honte; nous avons exalté les émotions et nous sommes compatissants. Nous aurions couvert de huées le premier Brutus, et nous aurions envoyé le second en prison. Nous préférons les affections aux devoirs. Vous avez raison peut-être; mais cette sensibilité nous énerve. Et vous, que pensez-vous d'Actée? Eussiez-vous laissé cet être misérable sans sépulture sur le sable? »

Elle réfléchit un instant et en silence.

« Non, dit-elle lentement, non, je ne crois pas. Elle

l'aimait, voyez-vous ; et un jour lui aussi, il l'avait
aimée !

— Nous perdons du temps, dit Maryx avec une certaine brusquerie. Voilà un morceau d'argile. Montrez-
moi ce que vous pouvez faire. Mais ce n'est que pour
aujourd'hui ; ensuite il vous faudra modeler ce que je
vous donnerai à copier, et rien que cela. Je vous
ferai dessiner bien longtemps avant de vous per-
mettre de toucher à l'argile ou au marbre. Votre
anatomie est imparfaite. Dans votre petite statuette
de l'Amour sans ailes, les épaules sont impossibles.
Comprenez-moi bien ; j'aurai peu de temps à vous
donner. Vous ne me verrez pas pendant des jours en-
tiers, même quand je serai à Rome. Giulio que voilà,
mon chef d'atelier, vous dirigera et vous instruira.
Travaillez... surtout, occupez-vous de géométrie,
dessinez d'après la bosse, car pour ce qui est des dis-
positions naturelles, vous n'en avez que trop. »

Elle le regarda avec des yeux humides, pleins d'une
ardente gratitude, qui aurait touché un homme bien
plus froid que Maryx, dans les veines de qui coulait
le sang chaud d'un Provençal.

« Je vous remercie. Oh ! vous ne pouvez savoir
combien ! mais je m'exprime mal, murmura-t-elle.
Être à Rome avec un grand maître ! voilà ce que j'ai
toujours rêvé. »

Le visage de Maryx se colora.

« Non, non, dit-il la voix pleine d'une certaine émotion. Mon enfant, en faisant ce que je puis pour la jeunesse, je ne fais que payer ma dette. Je dois à votre patrie
de lui rendre bien faiblement ce qu'elle m'a donné.
Jugez un peu de ce que ce doit être pour un adolescent
de dix-huit ans de se trouver dans les jardins de Sal-

luste ! Jugez de ce que ce dut être pour moi, pour moi qui
n'avais connu que les efforts et le travail, les carrières
de pierre de Provence et la solitude du pavé de Paris ;
pour moi qui avais travaillé dans de misérables mansardes, sans feu l'hiver, l'été souvent sans pain, et qui
ne savais pas la veille si le jour suivant m'apporterait
assez de nourriture pour m'aider seulement à me soutenir ! Je fus transporté soudainement de cette faim
et de cette misère, de cette lutte presque sans espoir
devant cette scène magnifique et dans cette existence
enchantée. Jugez un peu de ce que ce changement fut
pour moi. S'asseoir et lire dans les bibliothèques à
tapisseries, errer à travers les avenues d'ilex ; s'appuyer à un balcon, et de là pouvoir contempler Rome
et ses plaines jusqu'à la mer ; s'éveiller au lever du
soleil, et savoir que tout le jour on n'aura pas d'autre
souci que d'étudier les beaux marbres et les fresques
ravissantes ! Et puis, quelles délices de s'entretenir
avec les morts et d'essayer de leur arracher les secrets
des arts ! Ah ! si jamais il peut y avoir sur terre
une paix parfaite, je l'ai connue dans les jours de
ma jeunesse passés à la villa Médicis. Je voudrais pouvoir donner cette paix à tous ceux qui aiment les arts.
Athènes elle-même n'a jamais eu de plus noble pensée
que ces années d'étude que la France donne à ses artistes. Seulement on devrait faire de grandes choses
après en avoir profité. Ce que nous faisons de mieux
semble bien peu en retour. Je suis reconnaissant envers la villa Médicis, comme l'est l'oiseau envers la
main qui ouvre la porte de sa cage et lui donne la
liberté. Elle m'a donné les deux plus grands dons de
la vie : le repos et la liberté, ces deux génies jumeaux
que le pauvre ne peut jamais voir. Si je puis les ame-

ner à vos côtés ne me remerciez pas, je ne fais que
payer à votre jeunesse la dette que la mienne a contractée envers Rome. »

Sa voix était pleine d'une douceur profonde : il lui
parlait ainsi afin de dissiper la crainte et le doute
qu'elle pouvait éprouver, et il lui parlait de lui afin
qu'elle pût savoir que lui aussi avait passé à travers
les efforts solitaires et les ardentes visions qui étaient
son partage. Enfin il la toucha doucement.

« Venez voir ma mère. Elle est vieille et ne peut
vous parler, mais vous serez plus heureuse de savoir
qu'il y a une femme près de vous. »

Il renferma son Actée dans l'ombre et se rendit dans
une autre chambre où l'attendait un bloc d'argile humide. C'était d'un bloc comme celui-là qu'étaient
sortis le Mercure du Belvédère, l'Amour thespien et
la Vénus de Cléomène.

C'était dans cette chambre que dorénavant elle devait travailler. C'était une grande pièce sans ornements, éclairée par deux grandes fenêtres d'où l'on
pouvait voir les orangers et les cactus de la colline
d'Or. Dans cette chambre se voyait le buste d'un jeune
homme aux traits admirables, au front rêveur et aux
lèvres fermes et froides que l'on retrouve dans la
bouche d'Adrien, Adrien qui punissait de mort une
épigramme, et qui en vint à désirer en vain la
mort.

« Que c'est beau ! dit la jeune fille ; ce doit être un
dieu. Et elle s'arrêta devant la statue.

— C'est Hilarion, dit Maryx. Il y a longtemps que
ce buste a été fait.

— Hilarion ! De quel pays vient ce nom ? C'était un
saint du désert, répéta-t-elle ; il était sorcier aussi,

car à l'aide d'un charme il fit gagner la course des
chars au cheval d'Italicus. »

Elle dit tout cela sérieusement. Pour cette jeune
fille nourrie depuis son enfance de toutes les légendes
du passé, toutes ces choses oubliées étaient plus vi-
vantes que la foule qui passait près d'elle tous les
jours.

Maryx sourit.

« Je crois qu'il est plus sorcier que saint, dit-il, et
qu'il a gagné le prix de la course avec ses propres
chevaux. Il m'a aussi servi de modèle pour cette autre statue. »

Et il découvrit une statue de l'Apollon Citharœdus,
copie d'une de ses œuvres qui avait soulevé, pour
ainsi dire, un orage d'adulation autour de son nom au
Salon de Paris, et qui était alors dans la Glyptothèque
de Munich.

--Cet Apollon ne ressemblait en rien à l'Apollon des
anciens sculpteurs, et il y avait dans sa dignité divine et dans sa grâce parfaite une certaine mélancolie,
comme si le dieu avait laissé tomber sa lyre d'ennui
et de fatigue, en pensant que lui qui pouvait, par ses
sons divins, faire mouvoir les rochers, apprivoiser les
bêtes de la forêt et du désert et, par son irrésistible
influence, charmer l'âme des hommes jusqu'à les faire
pleurer comme des enfants, il pouvait être déçu et
trahi par les viles ruses de son frère : de cet enfant
que les hommes adoraient quand ils voulaient mentir
et tromper.

« Ce n'est pas vraiment bon, dit Maryx, tandis
qu'elle contemplait la statue. C'est le sentiment moderne : il n'est pas assez fier, il n'est pas assez grec;
c'est un mortel, ce n'est pas un dieu. C'est un Alfred

de Musset, ce n'est pas un Apollon. Et pourtant le monde en était fou. Mais cela ne prouve pas sa perfection.

— Il doit être bien beau, » dit-elle tout bas, les yeux levés vers le visage d'Apollon.

« Est-il aussi beau que cela ? » demanda t-elle.

Maryx recouvrit le buste.

IX

La mère de Maryx était une simple femme du peuple.

Elle avait longtemps connu la misère et la souffrance. Maintenant que son fils était devenu un grand homme et l'entourait de toutes les douceurs de la vie, maintenant qu'elle avait des femmes pour la servir et qu'elle habitait dans de beaux appartements, elle ne comprenait pas cette vie nouvelle.

Elle aurait voulu pouvoir aller laver les légumes pour la soupe, ou bien aller avec sa houe dans le jardin potager ; il lui semblait qu'hier seulement on avait rapporté de la carrière le cadavre de son mari. Elle était très-calme et filait du lin. C'était une petite femme brune aux yeux brillants, dont la pensée était aussi active que ses vieux doigts sans cesse en mouvement.

« Je dois lui coûter si cher, disait-elle ; si seulement il voulait me laisser porter mes vieilles robes. Et en vraie paysanne qu'elle était, elle économisait pour les jours à venir et cachait ses pièces d'or dans des trous et dans des coins.

« Il est bien bon ! mais demain il peut lui arriver d'être pauvre, disait-elle. Pour moi, je ne crains pas la pauvreté, je puis encore travailler. Je pourrais encore bêcher ou sarcler dans les champs. Mais il n'aimerait pas cela, lui qui est toujours avec des seigneurs ! »

Et elle cachait son argent et filait toute la journée. « Au moins, pensait-elle, quand viendront les mauvais jours, nous aurons toujours du linge. »

Elle avait peu d'estime pour les statues ; à ses yeux ce n'étaient que des pierres, ces mêmes rocs sans pitié qui avaient tué son mari. Comme Minutius Felix, elle croyait que de mauvais démons étaient cachés dans les statues. Elle les détestait comme le faisaient les premiers chrétiens, comme Martin de Tours ou Marcellus. Si elle avait pu lire, il n'y a pas de passage qu'elle eût préféré à ce passage de Clément d'Alexandrie, dans lequel il tonne contre « ces ouvriers qui passent leur vie à faire des jouets dangereux : je veux parler des sculpteurs, des peintres, des orfèvres et des poëtes. »

Pendant bien des années, elle avait perdu de vue son fils : c'était à l'époque où Maryx étudiait et mourait de faim à Paris, et qu'il avait ensuite goûté les premières joies profondes de son art à la villa Médicis. Puis tout à coup il était venu l'enlever, et elle l'avait trouvé grand, et à ses yeux immensément riche : elle craignait toujours qu'il n'y eût de la magie dans tout cela. Cette nouvelle fortune eût pu avoir du vrai selon elle, s'il avait représenté des saints dans ses statues ; mais tous ces dieux païens et ces femmes nues la tourmentaient : elle priait sans cesse pour son âme.

Si Maryx n'eût pas été son fils chéri, qui était si bon, elle eût été sûre qu'il avait vendu son âme à un de ces faux dieux qu'il représentait avec des fleurs de lotus sur la tête ou avec des pieds de chèvre. Elle n'y pouvait rien comprendre et disait son chapelet toute la journée, et quoique infirme, allait à la messe tous les jours à l'église Saint-Onofrio, et avec une partie de l'or et de l'argent qu'il lui donnait (car comme tous les paysans elle se méfiait du papier), elle faisait dire des messes pour son fils.

« C'est un grand homme, voyez-vous, me disait-elle; car je comprenais un peu le patois de son pays, ayant erré dans cette partie de la France. Il taille dans la pierre des statues aussi grandes que celles qu'on voit dans les églises. Son père apportait les pierres en gros blocs carrés, je les aimais mieux ainsi : au moins elles pouvaient servir à bâtir. Mais les siennes sont plus belles sans doute. Personne ne venait jamais regarder les gros blocs. Les bœufs les emmenaient au loin; je n'ai jamais su où ils allaient. »

Et elle continuait de filer toute pensive. Elle comprenait peu de chose, sinon que le plus jeune de ses fils était un grand homme; qu'ils demeuraient là où vivait le pape; ce qui pour elle était presque la même chose que de demeurer avec Dieu. Elle ne comprenait pas plus cette vie que nous, éclairés par l'étude et par la science, ne pouvons comprendre la profondeur de l'ignorance qui enveloppe le paysan d'épaisses ténèbres.

« J'ai toujours craint la pierre, me disait-elle après une pause en tournant son fuseau. Oui, toujours. La pierre est dure et cruelle. Elle a laissé mon mari la tailler pendant de longues années, puis tout à coup elle l'a écrasé. La pierre sait très-bien ce qu'elle fait; elle tue les hommes. Mon fils en rit et dit qu'elle est sa servante et qu'il s'en est rendu maître;

il la frappe à coups redoublés; et elle ne bouge pas, et prend la forme qu'il veut lui donner. Mais la pierre a tué son père. Et il ne veut pas se rappeler cela. Un jour peut-être elle lui rendra ses coups : voilà ce qui me fait peur; quant à lui, il ne fait qu'en rire. Mais moi, je sais bien ce que c'est que le marbre. Je sais qu'il y en avait dix dans ma famille, il y a bien des années, jeunes et vieux, petits et grands, dix ! que le marbre a tués dans notre pays; voilà pourquoi j'ai peur.

« Si seulement il voulait en faire des images du Christ et de ses saints, continuait-elle en touchant son rosaire; alors peut-être ils ne laisseraient pas la pierre lui faire du mal. »

— Quel que soit son dieu, lui disais-je, il lui enseigne à aimer sa mère.

— Oui, c'est vrai, répondait-elle. Et son visage bronzé s'adoucissait en songeant à de tendres souvenirs. Et quand il était petit, j'étais dure envers lui quelquefois, car il était entêté et paresseux et restait toujours assis à rêver quand les autres travaillaient, et nous, nous avions tant de bouches à nourrir, et la soupière n'était jamais pleine. Mais il est si bon pour moi. Écoutez. Un soir, il devait aller dîner avec un grand personnage, un roi, je crois, qui était venu de bien loin de l'autre côté de la mer; ce soir-là, j'étais malade. Je ne sentais plus rien, j'étais sourde, stupide; les médecins donnent un nom bien long à cette maladie-là; eh bien ! il ne voulut pas me quitter d'un instant. Le roi l'envoya chercher, il répondit : « Ma mère est malade, et je ne puis y aller. » Et il fut aussi doux envers moi qu'une jeune fille. Et j'étais dure envers lui, quand il était petit ! Mais les garçons

mettent notre patience à l'épreuve, même quand nous
les aimons. Oh! oui, il est bien bon pour moi. Que les
saints le lui rendent et le protègent, car j'ai toujours
peur pour lui. J'aimerais mieux le voir labourer avec
ses bœufs, et moi j'aimerais mieux faire la cuisine,
laver, raccommoder, et l'attendre au coucher du
soleil. »

Elle eût été plus heureuse ainsi, sans nul doute,
dans les grandes plaines inondées des rayons du soleil
où elle était née. Elle eût été plus heureuse de vivre
pauvrement, de marcher tout un jour pour vendre
quelques œufs et quelques légumes, qu'elle ne l'était
dans cette belle maison où tant de luxe l'entourait, et
dans cette chambre dont les fenêtres s'ouvraient
sur les piliers de l'atrium, et d'où l'on pouvait voir
de l'autre côté de la rivière les jardins des couvents
sur le mont Aventin, les ruines de la Maison Dorée,
et les marais dans lesquels Acca Laurentia éleva ses
puissants nourrissons qui devaient braver ensuite
les féroces Quirites. Et pourtant elle était fière à sa
manière, autant que l'esprit rusé du paysan et sa tendresse pour son fils le lui permettaient, en lui montrant un peu la célébrité de Maryx. Mais elle n'était
jamais tranquille.

« Il est heureux sans doute, disait-elle. Mais il m'a
toujours semblé qu'il était dangereux de s'élever au-
dessus de ses semblables : c'est toujours les plus grands
arbres que le bûcheron abat les premiers. Quand
j'étais toute petite, je vis dans notre village un beau
jeune homme qu'on battait et à qui on jetait des pierres : à la fin quelqu'un alla chercher un fusil et
l'acheva, comme si ç'eût été un chien enragé; et tout
cela, disait-on, parce qu'il était grand et riche, rien de

plus ; c'était dans ces jours où on brûlait les châteaux, je ne sais pourquoi. Je vois toujours la figure de ce jeune homme et ses cheveux couverts de sang, ses beaux cheveux blonds ; il avait une mère qui l'attendait sans doute ; et je ne crois pas qu'il eût jamais fait de mal à quelqu'un. »

Et elle continuait à filer tout en parlant.

Ce jour-là, quand Maryx lui amena sa nouvelle élève, elle était assise dans une chambre qui, avec trois autres, n'appartenait qu'à elle ; cette chambre s'ouvrait sur l'atrium, alors tout brillant des lueurs du matin, avec ses marbres blancs et ses roses rouges ; et qui avait pour dôme l'azur du ciel. Elle filait ; ses pieds étaient chaussés de sabots, car elle ne voulait pas porter d'autres chaussures ; elle avait près d'elle un crucifix de bois et un chapelet qu'elle avait rapporté de son village. Ses yeux encavés, mais toujours brillants, perdirent leur expression de dureté et, s'adoucirent à la vue de son fils. Maryx s'approcha et se penchant vers elle, lui dit quelques mots en provençal, puis il fit signe à Giojà de venir près d'eux.

La vieille femme regarda la ravissante figure de la jeune fille avec un mélange de soupçon et de bonté. La bonté de la femme et l'expression soupçonneuse de la paysanne.

« Pourquoi me l'amènes-tu ? dit-elle brièvement.

— Elle vient pour apprendre à sculpter, voilà tout ! répondit-il. Elle est orpheline et désolée. Nous devons faire pour elle tout ce que nous pouvons. J'ai pensé que cela vous ferait plaisir d'avoir un jeune visage près de vous.

— Cela ne me déplaît pas. »

Elle cessa de filer et contempla attentivement Giojà,

qui était restée immobile, sans rien comprendre de ce qui se disait, et qui regardait dans la cour, où voltigeaient les colombes sur les bords du grand bassin central.

« Elle vient pour apprendre à tailler la pierre? dit la mère après une pause.

— Oui, comme moi. »

Les yeux noirs de la vieille femme prirent une expression de colère; elle embrouilla son écheveau de chanvre.

Elle paraissait en peine.

Elle ajouta : « Ce n'est pas bien. Ce n'est pas la place d'une jeune fille dans un lieu comme celui-ci, au milieu de toutes ces statues de femmes nues. Elle a le visage pur et paraît simple et vraie ; épouse-la, que j'aie autour de moi des petits-enfants avant de mourir. »

Le front de Maryx se couvrit de rougeur, et il se détourna brusquement.

« Vous vous trompez, ma mère. Ce n'est pas de cela qu'il s'agit. Mais elle est bien seule. Ne voulez-vous pas lui montrer un peu d'affection? »

Elle posa sa vieille main brune sur le bras de Giojà.

« Ma fille, vous êtes jeune et je suis vieille. Je ne comprends pas vos goûts. Mais ne touchez pas à la pierre. Elle vous rendra froide comme elle ou bien elle vous tuera, en vous faisant croire qu'une pierre est une chose humaine. La pierre a tué son père; mais lui ne veut pas être averti. »

La jeune fille ne comprenait pas.

« Que me dit votre mère? demanda-t-elle à Maryx.

— Elle vous bénit, répondit-il. Ma mère ne peut

parler votre langue. Mais vous serez douce envers elle, elle vous aimera. »

Giojà éprouvait un trouble et une oppression vagues. Elle se sentit heureuse de passer dans la lumière de l'atrium, pour aller jeter du grain aux colombes qui s'y baignaient, et pour contempler les beaux sphinx aux ailes de gaze, à travers l'or rouge des fleurs de bégonias qui grimpaient autour des colonnes.

X

Maryx ne quitta pas Rome ce jour-là ni le jour suivant, ni bien longtemps après, car il avait trouvé dans la figure de Giojà la figure de son Actée, et elle avait trouvé en lui un maître vrai et grand. Il ne rendit pas son visage trait pour trait. Elle ne savait pas qu'elle lui servît de modèle, car il détestait toute expression d'emprunt. Mais peu à peu son Actée ressembla à Giojà, et dès lors la statue gagna ce qui lui manquait. Ensuite il resta pour la tailler dans le marbre, ne s'absentant que pour huit ou quinze jours tout au plus, car Maryx travaillait comme Donatello et Michel Ange, ne laissant à ses ouvriers que les parties les plus élémentaires du travail. C'est ainsi qu'il produisait peu d'œuvres, en comparaison de ses contemporains, qui touchent rarement le marbre. Il aimait à sentir son idée sortir du roc sous les coups de son ciseau et ne voulait pas céder à un ouvrier les délices de cette ébauche créatrice. Qu'il fût chez lui ou non, la jeune fille se rendait toujours sur le Janicule, apprenant et travaillant avec courage. Elle n'avait pas loin à aller; mais la route est bruyante et populeuse jusqu'à ce qu'on arrive aux cascades de Pauline et

aux jardins verts ; Ersilia allait donc avec elle le matin, et au coucher du soleil j'allais la chercher, ou bien
le vieux chef d'atelier, ou un des vieux ouvriers, ou
même quelquefois Maryx la ramenait.

Elle ne voulait jamais rien accepter à son atelier,
mais elle emportait avec elle un morceau de pain
et des fruits. Elle était reconnaissante envers tout le
monde, mais elle était fière. « Mon père m'a toujours
dit de ne rien accepter de personne, disait-elle ; que
c'était là le seul moyen d'être libre. »

Les semaines se succédèrent ainsi dans un calme
profond : l'intérêt unique et le charme qu'elle trouvait dans son étude patiente et passionnée lui re-
donnèrent la force et la santé. Elle avait le tempé-
rament méditatif de l'artiste ; le tumulte et les
frivolités du petit monde qui l'entourait arrivaient
rarement jusqu'à elle.

Les gens du quartier la craignaient toujours un peu,
et firent sur elle de merveilleux romans dans lesquels
les princes et les cardinaux figuraient d'une façon
qui faisait certes peu d'honneur à leur moralité.
Mais qu'est-ce que cela faisait ?

Une jeune fille qui n'allait jamais à la messe était
damnée aux yeux des bonnes gens de Rome et des
femmes qui pouvaient fort bien vendre des fruits
pourris ou tordre le cou à un oiseau, ou bien encore
donner un coup de poignard à une rivale, mais qui,
malgré tout cela, s'agenouillaient devant la madone
au moins une fois par semaine, et demandaient à l'écrivain public d'écrire pour elles leurs petites lettres
d'amour à ce charmant saint Louis de Gonzague qui,
au mois de juin, sourit comme un Adonis au milieu
de ses fleurs et de ses billets doux.

Elle était très calme à cette époque ; elle étudiait longtemps et avec ardeur, puis sortait au grand soleil de l'après-midi, ou bien à la douce et blanche clarté de la lune, pour rêver à tous les siècles passés.

Qu'importent la pauvreté et ses gênes quand on a seize ans et qu'on est à Rome ! Tout ce puissant monde qui s'est fait peu à peu ici depuis près de trois mille ans vous appartient, et Praxitèle et Raphaël sont vos ministres. C'est pour vous que des papes plus grands que les empereurs y ont amoncelé les trésors de l'Orient et de l'Occident, et ont élevé ces innombra-bles temples de marbre et de pierres précieuses ; pour vous, ils ont fait ces grandes nefs et ces avenues où se mêlent les ilex et les cyprès et où les oiseaux chantent dans la douce obscurité du feuillage ; pas un Mé-dicis, pas un Borgia, n'a possédé comme vous la ca-pitale du monde, comme vous qui, par votre droit d'ar-tiste, avez pris possession de l'héritage que vous ont légué les arts. A côté de la vie à Rome, la vie ailleurs est stérile et étroite, et doit manquer de couleur et de sainteté. Si ce n'était même que par les réalités qui ici remplissent l'existence, cette vie éclipserait tout : vous regardez bêcher le jardin d'un paysan, et sous les coups négligents de la bêche vous verrez peut-être surgir des marbres, des empereurs ou des dieux lares ; vous causez à un ouvrier de village, en descendant des collines dans les rues, et il vous dévoilera par ha-sard quelque important secret du passé, comme il y a quelques années le pauvre artificier des montagnes sabines dévoila le secret des chaînes des orfèvres étrusques.

Pour en revenir à mon histoire, notre monde à nous continua de bavarder aux portes, en entre-choquant les seaux d'étain à la fontaine ou en mangeant son macaroni aux coins des rues; il finit pourtant par laisser tranquille cette jeune fille qui n'allait pas à la messe et n'avait pas de patronne, et qui venait on ne savait d'où.

Des mois se passèrent ainsi, et Maryx quittait souvent les grands personnages qui le recherchaient, pour venir nous rejoindre, elle, moi et Palès, quand, pendant les jours de fête nous allions errer bien loin par la cité et par les campagnes environnantes. Maryx tenait peu à ce monde qui se jetait à ses pieds, il le trouvait monotone; il avait l'humeur de Pierre Puget qui répondait à quelqu'un qui le louait d'éclipser Phidias : « Avez-vous étudié ses œuvres? »

Maryx, avec sa grâce libre et hautaine et son langage dédaigneux, gardait toujours en lui quelque chose du paysan libre et hardi qui habite dans les vastes plaines, au milieu de ses chiens de berger, et qui a pour couche le serpolet, autrefois dédié à Vénus.

Les ruses de la femme restaient impuissantes devant cet homme qui pouvait rêver et créer une beauté à laquelle aucune femme ne peut atteindre... depuis Hélène.

Une foule animée commençait alors à parcourir les avenues près de la porte Latérane; les étrangers se promenaient sous les palmiers d'Auguste, et des gazouillements à la mode commençaient à se faire entendre autour du Moïse et du Gladiateur et des beaux marbres solennels; des masques commençaient à faire crier leurs luths avant le temps sous les murs sombres du couvent, et quand on passait le soir à l'ombre des grands palais, on entendait les notes d'une musique

brillante, et on apercevait à travers les grandes cours
à arcades, les bijoux des dames et les livrées des
laquais.

Quant à moi, je voudrais que tout ces gens-là lais-
sassent Rome tranquille. On devrait la visiter comme
les mahométans visitent la Mecque, et pas autrement.

Mais tout ce tumulte, ce bavardage, tout ce mouvement, et toute cette frivolité, l'envahissaient toujours
comme les armées des Goths quand revenait l'hiver ;
alors le commerce allait mieux et les vieilles rues
sombres s'animaient, et peu de personnes venaient
de mon côté, dans ce vieux coin bruni, où l'eau du
Ponte Sisto tombait dans la grande niche arquée toute
couverte de mousse.

Il y en avait d'autres de mon métier qui quittaient
leurs échoppes pour aller dans les caves, et dont on
ne voyait que la tête au-dessus des trottoirs : ils étaient
bien drôles aussi, et ressemblaient à ces espèces de
diables qui sortent de petites boîtes avec lesquels
s'amusent les enfants ; moi je restais toujours à ma
place quand j'avais de l'ouvrage : s'il pleuvait, je fixais
au-dessus de ma tête un grand parapluie rouge, et
comme cela je défiais les vents et la force de tous les
éléments.

Ayant bravé pendant ma jeunesse les vents glacés
des hivers des vieilles villes de l'Allemagne du nord,
je ne craignais guère la bise qui vient des Alpes et
des Pyrénées, et qui faisait frissonner les autres,
comme elle faisait frissonner Caton en dépit de sa
philosophie, quand elle s'engouffrait sous sa toge, en
se jouant de sa dignité.

Je l'avoue, j'aime à me figurer Caton tremblant de

froid sous le vent d'hiver. Je n'ai pour lui ni amour ni vénération.

Jamais plus que dans Caton ne furent personnifiées et immortalisées la médiocrité et l'étroitesse d'esprit. Toujours opposé à toute innovation, ennemi de tout génie et de toute élégance; si brutal envers ses esclaves que l'un d'eux se pendit, craignant de lui avoir déplu; si avide de leur labeur que tandis qu'il recommandait qu'on observât à la lettre tous les jours néfastes et qu'on laissât de côté la charrue, il demandait que ces jours-là les esclaves fussent employés à d'autres ouvrages; furieux contre toute immoralité, et pourtant admettant que le mariage n'obligeait pas l'homme à la fidélité; ne s'élevant jamais à un plus haut degré de morale que celui qu'on trouve dans les rangs de la discipline, et ne rêvant jamais un plus haut degré d'honneur que celui qui se trouve dans le grand-livre du marchand; considérant tout homme de talent comme un arlequin, et méprisant le poëte, en le mettant au niveau d'une femme ou d'un bateleur; dans sa vieillesse devenant une vieille prude, du robuste fermier et du soldat des guerres puniques et des guerres de Macédoine qu'il avait été, et même quelque chose de plus dégoûtant qu'une vieille prude, et passant de longues heures dans des détails domestiques; comment avec tout cela a-t-il pu être révéré par la postérité?

Son indépendance, son intégrité et son patriotisme illibéral ne s'élevèrent jamais à la grandeur, et ne peuvent racheter l'égoisme, la morgue et la petitesse de son caractère, et n'étaient après tout que les vertus de presque tous les citoyens de son temps. Il avait tous les défauts, et rien de plus que les qualités d'un homme entêté, dur et plein de préjugés.

Quand l'hiver fut venu, des nobles, des étrangers, des princes, des gens de cette sorte, vinrent, comme je l'ai déjà dit, visiter l'atelier célèbre de la colline Sabine ; car le nom de Maryx était connu partout où l'on comprenait l'art, et s'il l'eût voulu, il eût pu dîner à la table de tous les souverains de l'Europe. Ses nobles hôtes étaient rarement admis parmi ses statues : quand il y était obligé, il les recevait avec cette politesse noble et franche qu'il montrait aux grands comme aux petits. « Il ressemble au roi ber-ger de Pergolesi, » dit un jour une femme en parlant de lui. Et c'était vrai, car il y avait dans son air et dans son maintien quelque chose qui était à la fois sauvage et original, majestueux et royal.

Tous ces grands personnages ne voyaient jamais Giojà, car, comme je l'ai déjà dit, sa maison contenait de nombreuses salles, et il ne permettait jamais qu'on envahît celle dans laquelle elle travaillait, et où se trouvait l'Apollon Citharœdus. Il eût voulu qu'elle assistât aux fêtes qu'il donnait (car, quoique simple dans ses goûts, il vivait avec toute la magnificence d'un artiste); il insistait souvent pour qu'elle y con-sentît, mais elle résista toujours à ses instances et lui demanda de la laisser toute seule étudier à la lueur de la lampe de bronze qui brûlait devant mon Hermès.

« Elle a bien raison, disait Maryx ; d'ailleurs elle est si jeune. » Et il cessait d'y penser. Sa mère ne fit plus d'allusion à toute pensée d'amour ou de ma-riage à propos de la jeune fille. Elle s'accoutuma à la voir traverser la cour, et accepta sa présence, avec ce sentiment moitié stupide, moitié étonné, avec le-quel la vieille paysanne, autrefois si pénétrante, acceptait tout ce qui se passait autour d'elle, avec révolte et pourtant avec résignation.

« Tu as fait d'elle une image de terre, c'est mal, » dit-elle un jour en voyant un moule qu'il avait fait, et dans lequel elle reconnut les membres droits et délicats, et le visage aux traits classiques, qu'elle voyait paraître tous les matins à travers les aloès et les myrtes sur les marches de la terrasse.

« Oui, c'est mal, reprenait-elle. Il n'y a que la sainte mère de Dieu qui devrait être adorée comme cela, et puis mettre une jeune fille au milieu de tes faux dieux, ce n'est pas bien non plus cela. »

Maryx souriait.

Comme sa mère il s'était habitué à voir la jeune fille à la taille élancée passer à travers les arbres et les fleurs dans sa ravissante villa, qui sans elle lui eût semblé maintenant trop froide et trop silencieuse ; moi-même, au coucher du soleil, je m'habituais à la voir venir sur le pont tremper ses mains dans l'eau de la fontaine, s'appuyer sur mon établi, me dire quels progrès elle avait faits ce jour-là, ce que son maître lui avait dit, ou ce qu'il lui avait demandé de faire.

Quelquefois elle passait la soirée à la colline d'Or, mais c'était quand il était seul et inoccupé : alors elle filait pour plaire à sa mère ou travaillait à de la tapisserie imitant des fleurs qu'elle avait cueillies et posées dans de l'eau devant elle, ou bien encore elle dessinait tandis que Maryx, dont la mémoire était prodigieuse, illustrait ses théories de l'art par des citations des écrivains classiques qu'il avait trouvées en fouillant les manuscrits du Vatican et les bibliothèques des vieilles villes italiennes. Oh ! nuits heureuses et inno-

centes passées dans cette chambre voûtée, toute parfumée de l'odeur des branches de pin brûlant dans
l'âtre, et où l'on voyait à la lumière brillante du foyer
d'un côté la silhouette sombre de la vieille femme assise à filer, de l'autre le rayonnant visage de la jeune
fille maniant la navette agile, comme autrefois Athéné l'avait enseigné aux jeunes phéniciennes, et au
milieu Maryx qui remplissait l'air des sons sonores de
la prose des Grecs et des Latins! Oh! nuits de bonheur
et d'innocence!

Pendant les mois d'hiver, Maryx la représenta en
marbre sous la figure de Nausicaa: de Nausicaa telle
qu'elle était en se rendant à la mer par les vergers et
les jardins d'oliviers, tenant d'une main la cruche
dorée pleine d'huile, pieds nus, afin de pouvoir marcher dans les vagues, et les yeux pleins de ce doux
étonnement qu'elle dût éprouver en voyant s'éveiller
Ulysse. Rien de plus délicat, de plus sérieusement beau,
et en même temps de plus purement grec n'était
encore sorti de son ciseau. Comme on voudrait que le
poëte nous eût dit le sort de Nausicaa, après qu'appuyée contre la colonne, elle eut dit adieu au grand
voyageur! Nous savons qu'elle avait le cœur brisé, et
qu'il devait lui être impossible désormais de jouer sur
la plage, le cœur content, avec ses compagnes : ce jour
où elle avait passé à travers les chiens d'argent d'Hephæstus, caressée par les zéphyrs, se rendant au bord
de la mer au milieu des grenadiers en fleurs, elle avait
laissé sa jeunesse heureuse derrière elle.

Voilà ce dont nous sommes sûrs; mais nous vou-
drions savoir plus encore. Si l'Odyssée était un poëme
moderne, combien il serait amplifié! Nous pourrions
connaître la lutte de son silence et de son chagrin;

pas un de nos modernes n'eût été assez froid pour la laisser là, appuyée contre la colonne, dans le vestibule d'Alcinoüs, sans jamais dire un mot de son sort ; mais c'est là notre faiblesse à nous. Nausicaa devint-elle la mère d'une suite de . rois ? Quant à moi, j'aime mieux croire qu'elle n'oublia pas l'étranger qui avait disparu vers Ithaque, sans jamais penser à elle, ne rêvant quand il regardait dans le passé, qu'aux filles ardentes d'Atlas, composant, dans leurs îles magiques, des chants et des charmes pour avilir les âmes des hommes.

La Nausicaa rêvée par Maryx était ravissante ; elle avait le charme particulier que l'on rencontrait chez Giojà ; toute la mystérieuse profondeur d'une jeune déesse et l'innocence d'un enfant. C'était Nausicaa se rendant à la mer avant d'avoir rencontré l'étranger. Giojà, elle non plus, n'avait pas encore vu celui qui devait la faire souffrir.

Elle était heureuse, mais plutôt par l'esprit que par le cœur. Par la simplicité de ses habitudes et le sérieux de ses pensées, elle ressemblait plutôt à un bel adolescent grec qu'à une jeune fille de notre époque. Elle ignorait tant sa propre puissance, elle savait si peu, lorsqu'elle découvrait son beau bras pour mieux travailler, que ce simple geste était suffisant pour mettre en feu un cœur d'homme, qu'à mes yeux elle semblait à peine une mortelle. Quel contraste avec nos femmes ardentes et coquettes ! Son père, qui avait cédé au sort avec tant de faiblesse et s'était affaissé sous son fardeau près des vagues liguriennes, avait eu au moins la sagesse de l'élever dans l'amour d'un monde qui n'était plus, et dans une admiration pour les arts, précieuse sauvegarde contre les dangers de la jeunesse.

« Vous l'admirez? vous l'aimez? il est bon pour vous? » lui demandai-je à la fin de sa première semaine d'étude sur la colline d'Or.

— Il est mon maître! il fera de moi aussi une artiste, » me répondit-elle avec surprise.

Voilà tout ce qu'elle pensait et tout ce qu'elle demandait. Avec le temps elle en vint pour ainsi dire à l'adorer, mais avec le même sentiment qu'elle adorait la mémoire du fils de Charondas : le sentiment de la force de Lysippe. Maryx était un grand artiste et était son maître.

Elle soupirait après son sourire, et redoutait son mécontentement ; elle recueillait toutes ses paroles avec respect. Mais ce n'était que parce que pour elle il était l'art incarné. Elle ne sut jamais tout ce qu'elle lui devait, car jamais il ne lui en disait rien, et toute prompte qu'elle était à découvrir une erreur dans une ligne et l'imperfection d'une idée, les incidents de la vie journalière lui échappaient. Elle prenait ce qu'elle trouvait, sans y penser.

Son corps avait besoin de si peu, et il lui fallait tant pour son âme. Si l'on avait nourri et charmé son esprit, elle se fût laissé battre et eût supporté la faim sans se plaindre.

« Si elle n'était pas heureusement vouée à Apollon et à Athéné, elle aurait eu des visions et serait morte dans un couvent comme sainte Thérèse d'Espagne, » me disait un jour Maryx. A mon avis, il ne la comprenait pas tout à fait.

Elle était plus forte que sainte Thérèse. Mais comme elle, elle voyait les immortels et s'inquiétait peu des créatures humaines qui l'entouraient, pas assez même pour qu'elle fût sympathique envers ses semblables.

Elle souffrait plus de voir une statue mutilée que de voir une femme brisée par la maladie et la douleur. Apollon était son ange gardien.

Quels étaient les sentiments intimes de Maryx pour elle ?

Je l'ignorais, et lui-même le savait à peine. Il pensait bien plus au génie de la jeune fille qu'au sien.

« Jamais femme n'a réussi dans le marbre, disait-il ; et pourtant !... »

Et pourtant il donnait son temps et ses pensées à son instruction, et trouvait en elle un pouvoir d'imagination et une force d'exécution qu'il reconnaissait être merveilleux quand on pensait à sa jeunesse.

Il n'avait pas paru faire attention aux suggestions de sa mère et semblait les avoir oubliées.

« Qui oserait lui parler d'amour ? dit-il un jour tout à coup, un peu brusquement ; elle ne comprendrait pas plus que ma Nausicaa que vous voyez là-bas. Et encore Nausicaa rêvait à l'amour et devinait les joies nuptiales : elle, elle n'y pense jamais. Je ne crois pas que les hommes existent pour elle. Par exemple, comment pense-t-elle à moi ? Comme à quelqu'un qui pour elle personnifie l'art, la conduit dans le vrai chemin, comme à un maître enfin, et rien de plus.

— Eh bien ! voudriez-vous la changer ? n'est-ce pas bien heureux pour elle ?

— Non, je ne le voudrais pas, répondit-il d'un air pensif. Ces grands yeux profonds qui regardent de loin ont un charme inexprimable. Mais tout cela changera un jour sans doute. Personne ne peut s'élever au-dessus du sort de toute vie humaine. »

Giojà, en effet, ne pensait pas à tout cela. Quelque-

fois je devenais tout superstitieux et me prenais à songer que ce n'était pas une créature humaine ; en dehors de l'art, tout lui était si indifférent! Elle ne
paraissait jamais voir les petits enfants riant sur son
chemin, ni les amants à l'ombre des arbres, ni
les colliers de perles et de corail dans les boutiques
des bijoutiers, ni l'enfant suspendu au sein de sa
mère, ni les oiseaux perchés sur leurs nids au printemps.

Ce qu'elle aimait, c'était de se trouver dans les
niches moussues du Vatican avec le Mercure et l'Apollon, et à errer dans les vastes galeries de pierre du
Capitole. Alors on eût presque pu la prendre pour
une vestale enterrée vivante, qui, par quelque caprice de la nature se serait conservée fraîche et belle
au sein de la terre, et qui, éveillée soudain et rendue
à la liberté, se sentirait perdue en voyant le soleil et
s'étonnerait de trouver Rome si entière et pourtant si
détruite.

Un jour, en passant devant notre ravissante Santa
Maria, dans le Transtévère, nous vîmes une noce qui
en sortait. Ceux qui la composaient étaient des
ouvriers, mais la jeune fille était gracieuse, le jeune
homme était beau et hardi. Tous deux paraissaient
heureux de ce parfait bonheur qui n'a « que la vie
d'une rose », mais qui, comme la rose, ne revient pas
l'été suivant. Comme ils sortaient, nous nous recu-
lâmes pour les laisser passer.

« Qu'est-ce qu'ils font, me demanda-t-elle.

— Ils ont été trouver le prêtre pour être mariés, lui
dis-je. Je les connais ; ils seront très pauvres. C'est un
fruitier. Ils vivront dans une chambre sous la rue. Ils
ne mangeront jamais de viande ; ils auront beau-

coup de peine. Mais avec tout cela ils seront heureux : ils s'aiment. Ils courront au grand soleil en riant et en chantant, ils joueront avec leurs enfants et iront au théâtre quand ils pourront.....

— Et quand il ne l'aimera plus ? » demanda Giojà.

Je restai silencieux. Cette question m'étonnait

Que pouvait-elle savoir de l'inconstance des hommes ?

« Pourquoi ne l'aimerait-il plus? balbutiai-je. Elle est bonne et elle est jeune et jolie ?

— Je ne sais, répondit-elle gravement ; mais dans les vieilles histoires il y en a toujours un qui change. C'est toujours comme cela sans doute. Il y avait une femme qui demeurait tout près de nous sur le rivage. Elle était vieille alors ; mais dans sa jeunesse elle avait été belle et avait été aimée avec passion. Elle était alors à Naples. Au bout de quelque temps, celui qui l'aimait devint jaloux, tira son couteau et lui fit à travers le front et les yeux une profonde blessure, afin qu'elle ne fût plus belle. Et ensuite, bien qu'il eût appris qu'elle lui avait toujours été fidèle, il la quitta pour d'autres femmes ; elle tomba dans la misère, et pendant qu'elle vivait sur notre rivage, elle était heureuse quand elle pouvait faire bouillir des algues et quelques mollusques pour sa nourriture. Mais elle me racontait son histoire, et bien qu'elle ne vît plus que d'un œil, elle n'eût pas voulu changer son sort. « Je vois à peine, me disait-elle, et la blessure qu'il m'a faite me brûle encore et me fait encore souffrir quand les nuits sont froides ; mais je suis contente de souffrir, car cette blessure me dit qu'il m'aimait autrefois. Parfois je pense que c'est un rêve, que je n'ai jamais pu être belle et adorée ; alors je porte la main à cette blessure cruelle.

Je sais que c'est vrai, et il me semble sentir encore ses baisers. Oui, il m'a abandonnée ; il était homme, je n'étais qu'une femme, mais il m'a aimée, et cela me suffit. » Voilà ce qu'elle me disait. Elle était vieille, aveugle et pauvre. Mais elle n'avait pas oublié. »

Je frissonnai légèrement en l'entendant parler. Il y avait dans sa voix une sympathie pour cette délaissée qui me faisait peur pour elle.

« Et vous comprenez cela? lui dis-je. Être fidèle aux inconstants. Vous admirez !

— Je crois que je le comprends, dit-elle lentement. Et je m'imagine que puisqu'il l'avait aimée, qu'il fût inconstant ou non, rien ne pouvait la faire changer. Mais ce doit être terrible. Pourquoi aime-t-on?

— C'est la nature, répondis-je faiblement.

— La nature est cruelle ! »

Et je ne pus rien répondre à cela, sachant bien, car ce n'est que trop vrai, que la force motrice de toute la création est la cruauté.

Pendant ce temps la noce était bien loin dans la rue. Ils chantaient un refrain, et les couleurs voyantes de leurs costumes brillaient au soleil. Elle les regarda.

« Que fera-t-elle quand il ne l'aimera plus? dit-elle, avec le premier sentiment de pitié que j'eusse jamais remarqué en elle.

— Alors, sans nul doute, elle lui donnera un coup de poignard, car c'est une Transtévérine. Non elle pleurera un peu, jouera avec ses enfants et s'en consolera comme le font presque toutes les femmes. »

Un dédain suprême se peignit sur son visage ; et elle

s'éloigna en passant devant le couvent de Sainte-Anne, dont la vraie sainte est Vittoria Colonna.

Je vis bien que, Maryx et moi nous nous étions trompés et qu'elle avait songé à l'amour et à ses devoirs, et que dans tous les cas, elle croyait à la grande loi de l'amour.

XI

Quand vint le printemps la cité se dépeupla, et les gens de plaisir ne restèrent point pour voir les montagnes sabines et toute la campagne devenir peu à peu comme une mer de verdure, ni pour voir la Campagna se changer en un océan de fleurs dans lesquelles les troupeaux enfonçaient jusqu'aux genoux, et les bergers marchaient au milieu de la splendeur de mille couleurs ondoyantes.

Au printemps Maryx allait toujours dans sa patrie; mais cette année-là il resta et ne parla pas de quitter Rôme. La Nausicaa et le Néron allèrent en France soutenir sa renommée, mais lui resta.

Pendant ces jours si doux du gai printemps, alors que l'on pouvait se coucher et rire toute la journée sur les gazons des bois du Panfili Doria, et que des groupes se tenaient près des fontaines, babillant ou parlant d'amour, par ces nuits radieuses, Maryx, elle et moi, errions bien souvent ensemble.

Ensemble nous nous régalions de porc-épic dans la taverne de l'*Arioste* et tracions la route du char taché de sang de Tullia; ensemble nous inclinions la tête devant les autels détruits, ensevelis dans les en-

trailles de la terre; ensemble nous voyions les danseurs
sous les vignes naissantes ; ensemble aussi nous cueil-
lions des anémones sous les chênes des jardins de Galba
et nous voyions des temples évanouis sous les huttes
nombreuses et sous les murs sombres des couvents;
ensemble encore nous trouvions notre chemin à travers des sentiers inextricables et des amas de ruines,
à la lumière des descriptions de Strabon, de Suétone
et de Dion Cassius, et là, assis sous les monticules
verts de la campagne silencieuse, regardant venir
les bœufs entre des buttes élevées de terre dure, nous
parlions des cités qui gisaient à nos pieds, tandis
qu'autour de nous les câpriers couvraient des tombes
sans nom.

« Êtes-vous heureuse maintenant? » demandai-je
un jour à Giojà. Elle resta un moment silencieuse,
puis répondit :

« Je suis contente. »

L'instinct du vrai qui était en elle lui faisait estimer
ses jours et leur donner leur vrai nom. Elle était contente : sa vie était remplie par la douceur et par la
force des arts, par la paix qu'elle trouvait dans une
noble occupation, et par les efforts qu'elle faisait
pour réussir. Mais un instinct vrai et profond lui
disait que tout cela n'était que la paix, et rien de plus.
Le bonheur ne vient que des battements réciproques
et hâtés de deux cœurs.

Dans nos pèlerinages, nous nous rendions quelquefois à la villa d'Hilarion, Elle était située sur l'empla-
cement d'une ville sabine, et dans les vignes on avait
trouvé les fondations d'une villa qui, comme je l'ai
dit, et selon la tradition, avait dû appartenir à l'auteur
à la fois gai et mélancolique du Satyricon : des pièces

de monnaie que l'on avait trouvées dans le sol, des lettres taillées dans le plomb des conduits, semblaient confirmer ces suppositions des antiquaires ; et tout cela plaisait au propriétaire de la villa, car entre Pétrone et Hilarion il y avait une certaine sympathie qui fait que deux mille ans ne paraissent qu'un instant.

Plus tard, la villa avait dû appartenir à Julia Domma ou à quelque autre des impératrices syriennes, ou peut-être à quelque grand personnage de leur palais, car on avait trouvé des divinités orientales dans les fouilles qu'Hilarion avait fait faire. La villa actuelle qu'il avait achetée datait du xvie siècle et était pleine de magnificence, avec ses vastes salles peintes par Jules Romain ou par ses élèves, et avec des images d'anges et des foules de héros sur ses voûtes et sur ses dômes. Au dehors on voyait les haies élevées d'arbousiers bien alignées, les viviers à dalles de marbre, avec les néréides couvertes de mousse d'un siècle artificiel, et plus loin les vertes et vastes forêts, assombries par les cèdres, les chênes-lièges et les pins, à travers les nobles troncs desquels on pouvait voir les reflets argentés de la mer d'Énée, les ombres noires des marais Pontins, les montagnes bleues et hardies des « peuples de la lance », et la blancheur des sommets couverts de neige qui se détachaient sur l'azur du ciel.

Giojà y avait rarement été, car la villa était située à douze ou quatorze milles dans la direction du nord-ouest ; mais, à part le centre de Rome, il n'y avait pas d'endroit qui eût pour elle de plus grands charmes que cette villa. Le nom même d'Hilarion était doux à son oreille, et souvent, dans l'atelier de Maryx, elle

se tenait debout devant la statue d'Apollon Citharœdus, qui le représentait ; puis quand nous parlions de
lui, ce qui arrivait souvent, elle écoutait avec la même
expression qui se peignait dans ses yeux quand il s'a-
gissait des marbres, des fontaines et des dieux aimés
qui n'étaient plus.

« Quand reviendra-t-il ? » me demanda-t-elle plusieurs fois ; et je ne pouvais jamais lui répondre, car les
idées d'Hilarion étaient aussi changeantes que le vent
qui soufflait sur Rome.

Mais on eût dit qu'il était encore à Daïla. Dans la
bibliothèque, son encrier était encore ouvert et sa
veste de velours était jetée sur une chaise ; son Martial était encore ouvert sur la table, et une rose fanée
servait à marquer la page qu'il lisait avant de partir ;
ses fleurs s'épanouissaient sur les terrasses ; ses ju-
ments hennissaient dans leurs écuries, ses ouvriers
travaillaient pour lui sous les vignes, au milieu des
marbres ensevelis.

Hilarion absent devint à Daïla une réalité vivante
pour cette jeune fille, qui se sentait plus près d'Apollon et de Virgile, d'Adonis et de Valéria et de tous les
autres dieux et mortels de la vieille contrée latine
que de nous qui lui donnions son pain quotidien et lui
touchions la main.

Pour moi, j'eusse voulu que cet absent restât toujours ainsi pour elle un mythe hellénique, plus grand
et plus beau que la réalité à travers les nuages dorés
d'une imagination mystique, car la présence d'Hilarion
n'était pas moins dangereuse pour une femme que ne
l'étaient ses vers amoureux, à la fois si doux et si amers.

Quand vinrent les grandes chaleurs de l'été, Maryx
me prit un jour à part.

« Elle tombera bientôt malade, me dit-il, si elle reste dans la ville pendant la sécheresse du mois de juillet. Rome ne nous fait rien à vous et à moi, mais une créature si frêle, c'est bien différent. Écoutez, voici ce que je voudrais : c'est une ruse innocente, mais je ne vois pas d'autre moyen. »

Il me parla alors d'une ferme qu'il possédait dans les environs ; cette ferme était située près de Frascati, et il me dit qu'il fallait y aller pendant ces deux mois dangereux; il me pria d'en parler à la jeune fille comme si ce changement était nécessaire à ma santé, et de la décider ainsi à m'accompagner, ayant bien soin toutefois de ne pas lui dire que l'idée venait de lui. Quant à lui, il avait l'intention de rester à la colline d'Or.

« J'ai trop à faire pour m'éloigner de Rome, » dit-il ; mais en prononçant ses mots une vive rougeur colora son visage olivâtre ; et j'en pensai ce que j'en voulus, et je n'en fus pas fâché.

« Ne lui laissez pas croire que cette ferme m'appartient, dit-il un peu plus tard. Elle est si fière, cela lui ferait de la peine. »

Je lui promis de lui obéir, mais quand j'essayai d'amener Giojà à y consentir, je vis que ma tâche était au-dessus de mes forces.

« Rome ne me fera pas de mal, répondit-elle, je souffrirais bien plus s'il me fallait la quitter. Ma chambre est élevée et fraîche, et cette partie du fleuve est très-saine, vous le savez, même si les inondations viennent. Et de plus, je puis tant apprendre, et il m'a promis de me laisser toucher à l'argile le mois prochain. »

Et rien ne put l'ébranler, et je restai à mon échoppe

comme je l'avais fait pendant bien des années, cousant pendant les grandes chaleurs, tandis que les gros melons et les figues sucrées bâillaient à tous les coins de rue, et que les jeunes garçons et les jeunes filles passaient sur le pont à l'heure de minuit, avec des branches de roses traînantes et des lis de la Vierge dans la main, riant et faisant entendre les sons de leurs luths.

Heureusement cette année-là l'été ne fut pas trop brûlant, et elle n'en souffrit aucunement. Elle travaillait avec ardeur dans l'atelier du mons Aureus, et acquit ainsi beaucoup de secrets du talent technique de son maître, et se pénétra de plus en plus de ses nobles vues sur l'art et sa dignité.

Cependant, avec tout le culte passionné qu'il avait pour l'antiquité, Maryx ne maudissait pas notre génération.

« Nous sommes les fils de notre époque, disait-il ; ce n'est pas à nous de frapper notre mère. C'est à nous de couvrir son déshonneur si nous le voyons, dans la crainte de provoquer les Érinnyes. »

Et il trouvait que notre siècle était plutôt désespéré que dépravé, plutôt abattu que vil.

Un jour qu'il était dans un de ces moments d'éloquence, car il avait une éloquence naturelle avec ceux qu'il aimait et qui se plaisaient à l'écouter, il nous dit des choses à travers lesquelles je crus entrevoir quelque vague émotion personnelle : « Le monde, qui se compose de tant d'êtres humains, n'est, à mon avis, qu'un seul être passant par tous les âges de la vie. A la jeunesse appartiennent des grâces ineffables qui ne sont qu'à elle, et des charmes qu'on ne peut imiter ; la foi, l'espoir et toute la fraîcheur des illusions non détruites ; elle ressemble à un fruit qu'on n'a pas touché ou à une fleur à demi épanouie ; la jeunesse est riche des trésors d'années sans épreuves ; elle est sans soupçon et sans crainte, mais aussi sans compassion ; elle est radieuse comme le matin, mais qui voudrait chercher à toucher sa pitié perdrait souvent sa peine, à cause de la joie qu'éprouve alors l'âme et de son ignorance de tout chagrin : l'égoïsme de la jeunesse n'est que de l'ignorance ; elle dit à chaque heure qui passe : Tu es belle. Quand la jeunesse aura disparu, le caractère s'adoucira et s'attendrira sous les soleils et sous les orages de bien des jours avec une expérience plus grande, il acquerra aussi une tolérance et une compréhension plus grandes : alors l'homme ne refusera jamais ses sympathies, car il saura bien que comprendre c'est pardonner, puisqu'il y a une excuse pour toutes les fautes, si l'on pouvait découvrir toutes les influences, tous les motifs et toutes les circonstances déterminantes : le passé de celui qui a déjà vécu est derrière lui et n'est plus qu'une terre perdue ; le sentier de l'avenir est sombre ; il regarde souvent en arrière, n'ayant pas la force de regarder devant lui, car en avant est la mort : les tombes de ses désirs et de ses amis sont nombreuses ; il est plein de pitié pour tout ce qui respire, car il a appris que tout soupir est une souffrance ; il ne peut croire à grand'chose, mais sa compassion est presque universelle, puisque toute la création souffre : la tristesse et le mystère insondable de la vie l'oppressent, et il sourit amèrement quand il entend les enfants et les amants dire : « toujours. »

« Ainsi en est-il des arts, ajoutait Maryx.

« La hardiesse, la beauté, la force caractérisent tout

ce qui a été fait et tout ce qu'on a chanté dans les premiers siècles : la tendresse et la pitié sont les qualités dans lesquelles le monde excelle maintenant.

« Aux premiers siècles toutes les œuvres et toutes les inspirations étaient fraîches comme la rosée de l'aurore, et celui qui faisait résonner les cordes de la lyre ne craignait pas de n'être que le faible écho de sons plus éclatants. Tout était nouveau sous le soleil, tout était spontané. Maintenant nous sommes, comme les prêtres et comme le peuple de Lyonesse, incapables de soulever l'épée magique portée par des mains plus fortes que les nôtres.

« Le pathos et la gaieté du chevalier de la Manche, et les passions de Juliette et de Francesca sont les nôtres ; la vaste compréhension de Shakespeare et les analyses microscopiques de Balzac sont toutes modernes ; quelles profondeurs de sentiment et de passion séparent Héloïse d'Hélène, Imogène d'Antigone, Shelley de Sophocle, et Faust de Pâris !

« Le monde de notre époque est faible et fatigué parce qu'il n'est plus jeune ; et pourtant il possède une noble faculté : celle d'une sympathie profonde qui a ses égarements et ses excès, mais qui pourtant sert à racheter des siècles d'égoïsme. Nous avons échappé à la dureté de pierre du païen et à l'égoïsme étroit et pharisaïque du chrétien et du juif.

« Rome n'avait pas élevé d'autel à la Pitié ; nous, c'est la seule divinité que nous reconnaissions. Quand cette pitié qui est en nous aura atteint son plus haut degré, alors peut-être on verra s'épanouir une religion de sympathie, plus pure et plus fertile que toutes les religions que le monde a déjà vues. »

Quand il parlait ainsi sur des sujets de ce genre,

avec cette éloquence naturelle qui lui donnait sur
l'esprit des jeunes artistes une influence plus grande
que jamais sculpteur en eût possédé depuis Canova,
elle l'écoutait avec un respect silencieux, et un grave
ravissement.

Le caractère de Maryx ressemblait au sien, et pas
une de ses pensées ne lui était étrangère.

Et pourtant il avait raison : comme homme, elle ne
pensait jamais à lui; il était son maître; il était artiste, c'est-à-dire de la même race qu'elle; mais rien
de plus.

Et lui ne cherchait pas à être quelque chose de
plus à ses yeux.

Rien de plus pur, de plus simple et de plus complètement libre de toute passion que la patience avec
laquelle il lui montrait et que la bonté qu'il avait
pour elle. Le soin qu'il prenait d'elle était si constant,
mais si délicat, que c'était pour cela peut-être qu'elle
le remarquait si peu.

Maryx avait connu les passions orageuses d'une
jeunesse ardente et rêveuse; mais depuis plusieurs
années l'art avait absorbé toutes ses pensées.

Dans sa conduite et dans ses manières à l'égard de
Giojà, il n'y avait rien qui pût faire croire que cette
indifférence eût changé.

Mais moi je remarquai qu'il ne quitta pas Rome
cette année-là, même pour un seul jour, et je remarquai aussi la caresse douce et infinie qui se peignait
dans ses yeux lumineux chaque fois qu'elle appro-
chait; et j'espérais, j'espérais qu'elle pourrait un jour
reposer pour toujours sa jeune tête sur ce brave cœur,
et qu'elle perdrait ainsi ses rêves de grandeur dans sa
grandeur à lui.

L'été se passa tranquillement, déclina peu à peu et enfin fit place à l'automne ; le mois de septembre arriva avant que je m'en fusse douté, et les petits enfants ouvrirent bien grands leurs yeux ronds et s'animèrent en pensant au plaisir, qui viendrait bientôt, de courir dans les vignes, au milieu des tombes et des cités ensevelies, et de danser devant les charrettes chargées de raisin, sur les vieilles routes à travers la Campagna, là où autrefois était la voie Triomphale. Giojà ne tenait pas à tout cela : ce qui la touchait, c'était si au milieu des vignes on trouvait le masque d'une muse ou la tête d'un satyre, ou bien si, en écartant les herbes, on trouvait des restes d'un autel, ou une poterie brisée, qui parlait d'une ville oubliée.

On eût voulu la voir s'émouvoir plus vivement à des joies simples et s'incliner avec toute la gaieté naturelle d'une jeune fille vers les amusements de son âge. Mais la solitude dans laquelle elle avait passé toutes ses jeunes années sur ce rivage silencieux où les myrtes croissent sur des royaumes ensevelis, et où les sépulcres des rois servent d'abri aux moutons et aux chèvres, près de la mer bleue qui autrefois porta les vaisseaux d'Enée et les galères de Scipion, cette solitude, et la manière dont elle avait été élevée, avaient fait sur elle une impression trop profonde

« Que je voudrais être heureuse une fois, un seul jour ! » dit-elle avec ardeur, un jour d'été, après avoir contemplé en silence des jeunes filles qui dansaient la saltarella avec leurs amants, sous une petite terrasse couverte des rameaux de la vigne d'un petit cabaret situé dans les bois de châtaigniers du château de Gandolfo. Maryx, qui se tenait près d'elle, se recula un peu, comme s'il eût été frappé d'une douleur soudaine.

« Nous faisons ce que nous pouvons, » lui dit-il. Et il se tut. Son regard était aussi triste que celui de la jeune fille.

Elle se retourna vers lui, toute repentante.

« Oh! ne me croyez pas ingrate. Ce n'est pas cela que je voulais dire ; j'ai tout ce que je désire, bien plus même que je n'ai jamais espéré; seulement, avoir le cœur si gai et rire comme cela, ce doit être si beau, une fois seulement. Qu'est-ce qui les rend si heureuses?

— Demandez-le-leur! » lui dit Maryx.

Elle alla près d'une des jeunes filles, une belle brune pleine de gaieté, portant sur sa poitrine un collier de perles.

« Pourquoi êtes-vous si heureuse? » lui demanda Giojà, la questionnant gravement et ardemment des yeux.

La jeune Romaine se mit à rire en montrant ses dents blanches.

« Comment pourrais-je le dire? Je suis contente de danser, d'avoir des perles neuves, et je vais épouser Rufino à la Nativité.

— Vous voyez, dit Maryx, voilà toutes les sources du bonheur de ce monde : l'insouciance, la possession et... l'amour. »

Une ombre de désappointement passa sur la figure de Giojà.

Elle comprenait la passion de la danse et des perles autant et aussi peu qu'elle comprenait l'amour.

« Je ne suis pas comme les autres, » dit-elle avec tristesse.

Les yeux bruns de Maryx se reposèrent tendrement sur elle.

« Personne ne m'aime maintenant, mon père est

mort, » dit-elle sans qu'un changement se manifestât sur son jeune visage.

Car elle ne savait pas qu'en ce moment l'amour la regardait par les yeux de Maryx. Celui-ci reprit son chemin à l'ombre des châtaigniers et des chênes.

« Regardez là-bas cette douce teinte verdâtre, lui dit-il, et les nuages d'or pâle et le bleu profond qui s'étend sur nos têtes. Quelquefois je me prends à penser que nous, artistes, ne sommes que des fous, et que notre casque d'Athêné n'est qu'une marotte, car qu'est-ce que l'art et ses œuvres les plus grandes auprès d'un seul coucher de soleil? Le bonheur de ce monde peut n'être pas très grand, mon enfant; mais je crains qu'ici-bas l'ingratitude ne soit en effet bien grande. »

Et le son de sa voix douce et mélodieuse ressemblait aux chants sacrés du carême de la chapelle Sixtine, tandis que nous marchions à travers la Galleria, sous cette puissante forêt de rameaux.

Nous passâmes silencieusement à travers les nobles clairières de ces bois qui conduisent à Nemi et à Aricia, comme vous voulez, et d'où l'on peut se rendre dans la voie Appienne et voir les moutons brouter au milieu des marbres épars. Nous errâmes donc aussi à travers les statues brisées et passâmes ensuite dans les bois Cesarini.

Les rossignols recommençaient à chanter, bien que la saison de leurs chansons fût presque passée; les chardonnerets se régalaient et exerçaient leur voix au milieu des fruits rouges de nombreux cerisiers sauvages; le ciel était de la couleur des feuilles de rose, et semblait rougir à travers les rameaux bronzés des vieux cèdres; de temps en temps une mule chargée

passait près de nous ou bien un paysan portant un pa-
quet de branches mortes; tout était si calme que nous
entendions le son vague et creux que rendait un des
grands troncs sous les coups du pic.

« Voilà Picus, dit Maryx. Quelle chose étrange que
la tradition! C'est peut-être dans cette même forêt que
Circé, cueillant ses simples, vit venir le brave ami de
Mars sur son ardent coursier, et après avoir essayé de le
charmer sans y parvenir, lui donna cette forme.

« Je me demande un peu qui le premier eut l'idée
d'associer cette histoire avec le pic. Ovide ne l'invente
pas, il la raconte. Et puis il y a encore Pilumnus qui
le premier fit des fromages et qui devint le dieu des
boulangers et des enfants au berceau, et qui maintenant est devenu la huppe ou bien le vanneau, comme
vous voudrez. Que tout cela est drôle, insensé, et pourtant charmant! Et pourtant on dit que les anciens
n'avaient pas le sentiment de la nature, quand il n'y
avait pas un buisson, pas un oiseau, pas un signe dans
le ciel, qui n'eût pour eux un symbole ou une histoire! »

Giojà, le regard doux et sérieux, cherchait à voir
dans l'ombre le pivert; pour elle, toutes ces histoires
étaient plus qu'à moitié vraies.

« Pourquoi les dieux permirent-ils qu'il y eût une
Circé? Voilà ce que je ne puis comprendre, dit-elle.

— Mon enfant, Circé est plus forte que tous les autres dieux, comme ce qu'elle représente était et est
aussi maintenant plus fort que tout. Après tout,
il se peut qu'elle n'ait eu le pouvoir de transformer en bêtes que ceux qui avaient en eux quelque
chose de l'animal; la passion ne peut faire plus. C'est
la pierre de touche du caractère. »

Il s'adressait plutôt à lui-même qu'à elle. Tout en marchant derrière lui, je me pris à penser à Jacopone d'Ombrie, qui écrivit l'hymne du *Stabat mater*. C'était un des plus grands hommes de la jurisprudence. Il était déjà devenu fameux, quand la femme qu'il aimait mourut subitement, et l'on trouva un cilice sous sa robe de fête, car elle était morte à un bal de carnaval. Jacopone se tourna vers le Christ et entra dans l'ordre des Franciscains. Un jour on le trouva en larmes et on lui demanda pourquoi il pleurait. Il répondit : « Je pleure parce que l'amour marche partout sans être aimé. » Sans doute quand il fit cette réponse, il pensait au péché inconnu pour lequel cette femme qu'il avait aimée et qui lui avait brisé le cœur avait fait cette pénitence secrète. Il pensait sans doute : « Hélas! j'avais donné ma vie tout entière, pour la voir ensuite se perdre comme de l'eau qu'on aurait répandue sur la terre. » Il n'y a pas de douleur plus amère que celle-là.

« La dernière fois que je suis venu ici, reprit Maryx, j'étais avec Hilarion; Corot et plusieurs autres hommes célèbres étaient avec nous. Corot, qui, ce jour-là, était très silencieux, s'assit et se mit à esquisser pendant quelque temps, puis il ferma son album de désespoir. Et pourtant je trouve que les peintres de paysage sont heureux, car ils ont devant eux l'avenir. Il y a encore beaucoup à faire dans leur art; un temps viendra peut-être que la terre sera couverte partout de constructions en briques, et les cieux noircis par la fumée des fournaises, et que les peuples couvriront les bords des contrées les plus lointaines; alors peut-être les misérables foules qui regarderont nos paysages, comme nous regardons les tombes étrus-

ques, diront : « La terre a-t-elle jamais été comme
« cela? Y a-t-il jamais eu des feuilles vertes et de l'es-
« pace? » Quelquefois je m'imagine que notre monde
finira ainsi : l'amour de l'or et les multitudes innombrables engendreront une affreuse famine, une famine
universelle de l'âme et du corps, dans laquelle toutes
les créatures périront, comme dans la nuit éternelle
des régions arctiques et du règne de la glace que les
hommes de la science prédisent à la terre. Regardez,
voilà le monte Covo, d'où Junon, sur son trône, contempla le combat. Il est plus beau quand la neige
couvre son sommet et qu'on l'aperçoit à travers les
branches naissantes de mars ou d'avril. Mais néanmoins il est toujours beau. »

Nous marchâmes jusqu'à ce que le soleil eut disparu, laissant sur le ciel des reflets roses : les savants
nous diraient pourquoi avec de longs détails. Les Grecs
disaient que les coursiers du soleil, las de parcourir la grande route du ciel, allaient se reposer : cette
idée-là me plaît mieux, à moi, pauvre fou pour qui
les splendeurs et les mystères de l'air sont si merveilleux que je souffre d'entendre expliquer à tort et
à travers l'absorption, la réfraction et tout le reste,
par des mortels impertinents.

Nous avançâmes ainsi jusqu'à ce qu'enfin nous vîmes
au loin un dôme élevé se détachant sur les teintes de
feuilles de roses du ciel, qui vers l'horizon se teignait
d'un rouge plus foncé, comme celui d'une grenade en
fleur.

« Pourquoi Saint-Pierre nous émeut-il toujours
tant? dit Maryx, la main devant les yeux pour mieux
voir. Il nous émeut même plus que le dôme d'Agrippa
et semble plus romain : ce qui est absurde. Et

pourtant quand on y entre, toute splendide qu'est cette basilique, on n'y trouve que le ciel de saint Jean de Patmos, un Éden sémitique d'or et de pierres précieuses.

« Quand les hommes imaginèrent leur ciel dans les prairies d'asphodèle de l'Élysée et dans les champs de Leuke, leurs temples blancs brillaient au soleil, et les lauriers et les myrtes croissaient tout près de leurs degrés; leurs toits étaient ouverts aux caprices du ciel, au vol des hirondelles et à la pluie; leurs offrandes étaient les fruits de la terre, les dépouilles de la moisson et les dons du printemps.

— Et pourtant, il y a des gens assez fous, murmurai-je, pour prétendre que les temples grecs et latins ne recevaient de lumière que par le portique !

— Les Grecs et les Romains ont écrit bien peu sur l'eau et sur l'air, mais ils les aimaient avec un sentiment sain et profond. Ce ne fut que quand Cérès Mammosa tomba que l'adoration de la nature tomba avec elle; ce fut sous l'influence de la nouvelle religion que les hommes couvrirent leurs temples avec du bois ou du métal, et craignirent la lumière; ils allumèrent des lampes et se retirèrent dans l'ombre pour prier. Quand le juif eut engendré le chrétien, et que le chrétien gouverna le monde, le paradis rêvé par les hommes ne fut plus un paradis de fleurs et de fraîches prairies. La passion de Salomon pour les corbeilles d'or et les pommes d'argent colora les visions du reclus de Patmos. Les instincts grossiers et barbares d'une nation vouée au pillage ont prêté leurs couleurs aux rêves de l'Apocalypse. C'étaient les tissus éclatants de la Syrie, la pourpre de Tyr, l'or de l'arche d'alliance, les saphirs et les rubis de la Perse, les dépouilles de

Babylone ruinée, qui coloraient les rêveries des premiers chrétiens, dormant dans les antres de l'amphithéâtre en attendant la mort, errant dans les déserts,
affamés et les pieds meurtris, ou tremblant, agenouil-
lés dans les entrailles de la terre. Le juif et, après lui,
le chrétien, enfermèrent leur Dieu dans un tabernacle
d'or, et couvrirent ses autels de cèdre et de cyprès,
et croyaient que leur récompense serait de marcher
dans des rues pavées de pierres précieuses, et qu'ils
trouveraient la vie éternelle dans des palais éclatants
de pierreries. Sophocle et Shelley, Homère et Shakespeare, Virgile et Vincent de Paul eussent pu adorer
tous ensemble dans un des temples blancs qui s'élevaient sur les collines de myrtes de la vieille Rome,
mais aucun poëte ne pourrait trouver place dans la
nouvelle Jérusalem ; c'est le paradis d'un joaillier, d'un
changeur ; la nouvelle Jérusalem n'a ni grandeur,
ni spiritualité : elle est éclatante et dure, comme les
reflets de verroteries mal montées.

« C'est le caractère du juif qui a fait tache à l'architecture et à l'art religieux depuis tant de siècles. Il a
vulgarisé la *Transfiguration*, corrompu la *Vita
nuova;* il colorie tous les Calvaires, depuis celui de
Rubens jusqu'à celui que l'on trouve à chaque coin de
rue; il donne les couleurs de l'arc-en-ciel aux ailes des
chérubins de Botticelli, et revêt d'oripeaux les anges
d'Angelino. On peut retrouver la trace du goût hébraï-
que dans l'art chrétien même le plus élevé, on le retrouve partout dans la Rome chrétienne! il a mis des
croix sur les obélisques asiatiques, il a mis la statue de
Pierre sur la colonne de Trajan; il ne sait point
mettre chaque chose en sa place, et, qui pis est, il n'a
aucune idée de la nature.

« Seulement, comme dans les cathédrales gothiques prévalut la sombre force d'Odin et des Rois de la mer, la vigueur et la majesté de la Rome primitive, et même de la Rome moderne, ont donné à Saint-Pierre cette grandeur et cette magnificence qui en ont retiré la grossièreté sémitique : on y retrouve la force des Sabins et des Latins, la vieille splendeur de Jupiter Capitolin. Bien que le temple soit toujours un palais, et que les autels en soient toujours des trônes, tout y est si noble, et pour ainsi dire si divin, qu'on oublie que son dôme doré n'est pas l'azur du ciel. »

Pendant que Maryx parlait, les chevaux arrivèrent et nous ramenèrent à Rome, par la route qui avait été autrefois la voie Triomphale, pendant que les teintes roses du ciel s'effaçaient et que les étoiles commençaient à scintiller dans l'ombre violette qui n'était pas la nuit.

« Quel beau jour ! » dit Giojà avec un léger soupir qui exprimait à la fois le repos et la fatigue.

Maryx la regarda avec tendresse.

« Dire que ce jour a été beau, ce n'est pas dire que vous avez été heureuse ! »

Elle parut honteuse et embarrassée.

« On peut être content, reconnaissant et content, et pourtant on peut s'imaginer...

— Oui, » répondit Maryx, qui la comprenait.

Puis il se tut.

Cela me fâcha. Pourquoi ne pouvait-elle être heureuse comme l'eût été à sa place toute autre jeune fille ?

Sans nul doute, à cause de son abandon et de ses rêves, elle vivait dans une espèce d'isolement, et sans bien savoir quoi, elle sentait que quelque chose man-

quait à sa jeunesse. Tout cela était naturel chez elle, et
on ne pouvait rien y faire. Mais cela devait nous paraître un peu dur.

Je le dis à Maryx après que nous l'eûmes quittée,
en revenant de voir un jeune artiste malade qui demeurait tout près de Santa Maria in Cosmedin, où l'on
vous montre le crâne de saint Valentin, couronné de
roses le jour de sa fête. Maryx me répondit avec une
certaine sévérité :

« Qu'a-t-elle eu dans sa courte vie qui ait pu la
rendre heureuse ! La jeunesse sans gaieté est comme
une fleur qui s'épanouit trop tôt et est gelée à peine
fleurie. Elle ne connaît pas la joie : ce mot n'est pour
elle qu'une cruelle ironie. Quand j'étais tout jeune, et
que j'étudiais à la villa Médicis, j'achetai un oiseau à
un vieillard qui demeurait dans une cave : c'était un
épervier ; je le mis au grand soleil, je le nourris bien et
lui donnai en quelque sorte la liberté ; mais l'oiseau
était toujours triste ; ce n'était ni de ma faute, ni de
la sienne : la nature avait été trompée et rétrécie, et
se vengeait. Il en est de même ici. Quand elle ne
pense qu'à l'art, elle est heureuse. Mais quand elle
s'éveille au monde, elle voit, elle sent qu'il lui
manque beaucoup, et qu'elle n'est pas comme les
autres.

— Mais croyez-vous qu'il en sera jamais autrement ? »

Maryx sourit avec un peu de tristesse.

« Qui peut le dire ? Oui, sans doute. Un jour, fatigué
de voir les yeux ternes de mon épervier, je l'emmenai
sur la rocca de Pappa et le laissai s'envoler : il s'é-
leva bien haut dans l'air, puis disparut derrière les
montagnes. Je ne l'ai jamais revu. J'espère qu'il a

échappé au plomb et aux pièges. J'ai fait tout ce que je pouvais.

— Vous voulez dire?...

— Oh! rien; seulement, il faut que nous la laissions libre d'agir comme elle veut; et puis ne me parlez pas de générosité : cela me blesse. Je ne fais pas plus pour elle que je n'ai fait pour vingt jeunes gens; et elle vaut bien plus qu'aucun d'eux. Il y a longtemps que je vous ai dit que rien de ce que je puis faire pour la jeunesse et pour le génie ne pourra payer la dette que j'ai contractée envers le sort et envers la France, depuis le jour où, debout sur la terrasse de l'Académie, je vis Rome à mes pieds. »

Nous passions devant le portico décoré de la bouche en pierre de la Vérité; l'eau de la fontaine brillait, pleine de fraîcheur, au clair de lune de la nuit chaude et lumineuse; dans la rue où nous entrâmes se trouvait autrefois l'autel révéré de Fortuna Virilis; la lumière argentée éclairait les colonnes ioniques, et les statues d'enfants, et les victimes du sacrifice.

Maryx se découvrit devant tout cela. Deux mille ans plus tôt, un Romain se fût voilé la face.

« La déesse a été bonne envers moi, » dit-il.

Je frissonnai sous les brillants rayons de la pleine lune.

Quand les hommes remercient la Fortune, c'est alors qu'elle se détourne d'eux.

La Fortune est femme.

Maryx me dit bonsoir près de la maison de Pilate, et par le Pont Brisé se rendit de l'autre côté du fleuve.

XII

« On a trouvé une nouvelle statue à Daïla, » me dit
Maryx par une belle journée d'automne ensoleillée,
en s'arrêtant devant mon échoppe, tandis que je
raccommodais les bottes de mon bruyant voisin le
forgeron, dont les marteaux résonnaient à vous
rendre sourd dans la forge en plein vent derrière la
via Giulia.

« On a trouvé une nouvelle statue à Daïla, il faut
venir la voir, me dit Maryx. Il faut quitter votre
ouvrage et venir avec moi : elle ne tiendrait pas à venir sans vous. La statue n'est pas bien vieille ; elle
remonte au temps de Sévère : ce doit être quelque
copie d'une statue plus belle et plus ancienne. Mais
elle est très gracieuse...

— C'est une Vénus?...

— Non, c'est une Féronia, je n'en doute pas. On dira
sans doute que c'est une Vénus : c'est le nom dont s'est
emparé l'ignorance, tant est grand le pouvoir de la
beauté. Venez me trouver demain sur la colline, et
nous irons la voir ensemble. C'est fête, et vous ne pouvez travailler, à moins que vous ne vouliez perdre
les souliers du révérend père Trillo. On ne rentrera

pas la statue de quelques jours : il ne pleuvra pas, et elle est ravissante, encadrée par les vignes et les oliviers. Quel dommage que le marbre exposé à l'air perde sa couleur! il n'est jamais si beau que lorsqu'il se détache sur un fond de nuages et de feuilles. Si le *circumlitio*, si discuté, des Grecs était, comme je l'ai pensé quelquefois, quelque méthode de conserver les statues, on devrait en regretter la perte plus qu'on ne le fait. Adieu. Quel tapage fait votre voisin le forgeron! On lui pardonne en faveur de Lysippe, car le sien est un des rares métiers qui soient restés libres et poétiques. » Là-dessus il traversa le pont pour se rendre chez lui, où Giojà travaillait pendant les heures tranquilles de l'après-midi, modelant en terre d'après la bosse, ou bien dessinant au fusain d'après l'antique, avec cette hardiesse et cette grandeur que Maryx inspirait à tous ceux dont il était le maître.

« Fuyez ce qui n'est que joli comme vous fuiriez la peste, » disait-il toujours : et son exemple confirmait ses préceptes.

Le lendemain, lui, elle et moi, nous remontâmes la voie Flaminienne, et, passant devant la tombe de Sulla, nous nous trouvâmes en pleine campagne, dans la direction du Soracte, traînés par les petits chevaux fringants de Maryx, qui dédaignaient les fers et grimpaient comme des chèvres les routes escarpées et pavées des collines de Rome, comme ces chevaux que l'on voit dans les vieilles frises sculptées au temps où le cheval était en quelque sorte une créature libre, et non une espèce de machine vivante façonnée par des siècles d'attelage et de vie à l'écurie.

La villa d'Hilarion était vaste comme un palais de roi, et était presque aussi magnifique : elle était tou-

jours prête à le recevoir; quelquefois il n'y venait pas
de toute l'année; quelquefois il y passait toutes les
saisons. Dans ces grandes salles de marbre, brillantes
des couleurs hardies de Giulio Romano, et dont les
fenêtres s'ouvraient sur de grandes avenues de cèdres
et de chênes toujours verts, qui de tous côtés s'écar-
taient en ogives pour montrer soit un temple, soit
le lac, soit une statue, dans ces salles il était facile
de se croire encore au siècle magnifique de Léon, ou
de s'imaginer Lucrezia sur son palefroi, ou de s'attendre à voir paraître les courtisans du Vatican vo-
guant sur le Tibre, tandis que Bernardo Accolti
composait ses madrigaux et ses sonnets à la cadence
des rames.

La statue découverte le matin gisait sur le gazon,
à quelque distance de l'endroit où on l'avait trouvée,
loin de la maison, sous les vignes et les oliviers, là où
commencent les fermes et finissent les jardins. Les
bœufs avaient labouré au-dessus d'elle pendant bien
des siècles ; bien des soldats l'avaient foulée aux pieds
pendant les guerres, et pourtant, à l'exception du bras
gauche, la statue était complète et parfaitement conservée. Elle était ravissante et devait être la copie de
quelque statue grecque adaptée à une divinité
latine.

Maryx l'examina longtemps et avec amour, et décida
enfin qu'elle devait appartenir à un artiste du temps
d'Adrien ; que c'était une Féronia et non une Flore,
comme il l'avait d'abord pensé à cause de l'épaisse
guirlandes de feuilles et de fleurs qui couronnait la
tête; il nous donna beaucoup d'explications savantes
pour nous prouver que c'était la plus jeune des deux
déesses qui aimait les guirlandes, plutôt que la grande

déesse de tout ce qui portait des fleurs et produisait des fruits.

« C'est une Féronia, il n'y a pas de doute, dit Maryx.

« Les Romains avaient aimé Féronia et lui avaient toujours consacré des fêtes ravissantes, mais qui n'é-taient pas aussi licencieuses que celles des Floralia ou des Liberalia, auxquelles elles ressemblaient pourtant. C'était une divinité volsque et étrusque, et qui avait toujours été plus chère aux Sabins qu'aux Latins. Son temple principal était situé au pied du Soracte; les soldats d'Annibal avaient violé son autel, et avant cela elle avait été la cause d'une guerre entre les Romains et les Sabins. Bien que Féronia ne fût pas une des déesses suprêmes, elle avait toujours été belle, et au commencement des temps était sans nul doute sortie du même mythe que Perséphone : ses attributs avaient toujours été ravissants, les puits et les fon-taines lui étaient consacrés. C'était la divinité spé-ciale des affranchis, et l'on écrivait sur ses autels : *Benemeriti servi sedeant, surgent liberi.* Ses fêtes avaient toujours lieu l'été, et on l'invoquait en même temps qu'Apollon Seranus; comme Libera, elle devait venir de la légende de Demeter. Quel dommage que tous les affranchis ne fussent pour la plupart que de vils esclaves, des flatteurs parasites ou des parvenus bour-souflés! C'est une si jolie idée que celle de la liberté donnée dans le temple des fleurs. » Voilà ce que nous disait Maryx, à la fin de son explication, et bien d'autres choses encore, tandis qu'il était assis sur un tertre de gazon, sous un olivier, auprès de la blanche Féronia, qui probablement avait dormi là sous le sol plutôt deux siècles qu'un, et qui n'en avait pas plus souffert pour cela.

Il y avait un grand charme à entendre parler Maryx ;
sa voix seule était pleine d'éloquence, et son imagination si vive, si colorée, et son savoir si étendu, si
facilement enthousiaste dès qu'il s'agissait des arts et
de leur histoire, tout cela commandait l'attention et
lui gagnait la sympathie.

Giojà l'écoutait avec délices. Il était pour elle un
maître bien-aimé.

La lumière en passant à travers les feuilles argentées éclairait la statue laissée sur le gazon ; au delà
des oliviers et des vignes on voyait les ombres violettes
et d'un vert plus sombre des grands bois de pins ; à
travers une ouverture brillait la lumière dorée qui
nous disait que la cité était radieuse au coucher du
soleil ; derrière nous s'élevait le sublime Soracte.

Comme ils seront heureux un jour ! pensais-je en
regardant tour à tour la noble tête de Maryx éclairée
par un rayon de soleil qui perçait à travers les branches d'oliviers, et le visage attentif de mon Ariane,
animé par la jeunesse, la fraîcheur de l'air et par la
douce chaleur de pensées pures et élevées. Comme ils
seront heureux un jour ! répétais-je, et je me félici-
tais de m'être mêlé des décrets de cette déesse si re-
doutée dont le trône s'élevait autrefois à Préneste.

Un pas se fit entendre sous les oliviers et sur le
gazon, et se dirigea vers l'endroit où nous étions assis. Palès s'élança soudain, folle de joie.

« Où est la Féronia qu'on a découverte ? dit Hilarion,
regardant de la statue à la jeune fille. Depuis quand
vos marbres sont-ils animés, Maryx ? Il est vrai qu'ils
ont toujours eu l'air de l'être. »

Nous étions trop surpris pour parler. Personne
n'avait été averti de son retour. Mais il n'écrivait à

âme qui vive, et n'était jamais sûr lui-même de ce qu'il allait faire une heure d'avance.

« Je vous dérange ! » dit-il les yeux attachés avec étonnement sur Giojà.

Elle s'était levée et le regardait comme si ses traits éveillaient de vagues souvenirs.

« Vous êtes Apollon Citharœdus, dit-elle, et elle s'arrêta un peu confuse.

— Comment devinez-vous ? répondit Hilarion avec un sourire. Ont-ils été assez bons pour vous parler de moi ? J'avais dit que je reviendrais quand une nymphe plus belle que ma Caneus serait arrachée à la terre. J'ai tenu ma promesse. »

Il mit un genou à terre, entre la jeune fille et la Féronia.

Nous commençâmes à lui conter l'histoire de la statue.

« Ne me dites rien, nous répondit Hilarion. Faisons-nous illusion. Nous vivons sous Auguste. L'ombre de la croix ne s'est pas encore étendue sur le monde. La Féronia sera remise demain sur son autel. Nous aurons des courses de jeunes garçons couronnés de roses qui symbolisent la rapidité du temps et la vanité des plaisirs. Nous ne croyons ni en elle ni à grand'chose. Le caractère que nous avons pris sous les Césars nous a rendus moqueurs ; mais nous voulons garder autour de nous la grâce des vieilles croyances. Faisons-nous illusion : c'est le seul moyen d'être heureux, et nous enverrons dire à Tibulle de venir souper avec nous. »

Pendant tout ce temps Giojà, encore tout étonnée, le regardait avec des yeux graves et doux. Jamais femme ne l'avait regardé qu'une fois.

« Les garçons couronnés de roses couraient pour Flore, dit Maryx. Mais si vous voulez honorer votre Féronia du même culte, qui vous en empêche? Elle est à vous.

— Non. Elle est à vous. Vous l'avez trouvée, Maryx.

— Peut-être! Mais elle vous appartient.

— Comment? Parce qu'elle se trouve sur ma terre maintenant, après y avoir été enfermée. Cela ne vaut pas le droit que vous y avez, vous qui l'avez tirée de sa prison et qui pouvez en créer une aussi belle d'un bloc de marbre, quand vous voudrez. Prenez-la, et mettez-la dans votre atrium. Ce n'est pas la Féronia que je suis prêt à vous envier. »

Il tourna les yeux vers Giojà, couchée près de la statue sur le gazon, appuyée sur son coude. Maryx le comprit.

« Vous vous trompez, mon ami, lui dit-il avec un léger froncement de sourcil. Il y a encore des *divæ virgines* devant qui nos mœurs de décadence ont à s'incliner. »

Giojà écoutait sans comprendre. Elle faisait rarement des questions. Elle réfléchissait. Il y a peu de femmes qui puissent rester silencieuses et laisser parler Dieu, dit-on. Elle le pouvait. En récompense elle entendait de belles choses et en manquait souvent de mauvaises.

Hilarion se mit à rire.

« Les sculpteurs sont toujours froids, dit-il. Je me demande pourquoi il n'y a pas sur eux d'histoires comme sur les peintres et les poëtes. Ils n'ont ni Laïs ni Laura, pour l'histoire du moins. Je suppose que le marbre vous glace tous.

— Laïs au puits, et Laura à la messe! appelez-vous

cela de la passion ? demanda Maryx avec un peu de mépris.

— Il y a dans la tradition peu d'histoires plus jolies que celle de la rencontre de Laïs et d'Apelles près de la fontaine sur l'Acrocorinthe, dit Hilarion sans faire attention. Je m'étonne qu'un artiste n'ait pas encore choisi ce sujet. Mais on la confond toujours avec la fameuse Laïs d'Alcibiade; et c'est malheureux. La belle enfant trouvée par Apelles et dont il avait entrepris l'éducation fut tuée, à cause de sa beauté même, par la jalousie d'une femme, sur les marches du temple de Vénus Aphrodite, avant que la pauvre Laïs eût eu le temps de profiter des leçons de son maître.

— Ce n'était pas une grande perte, répondit Maryx. Elle avait quitté le puits trop volontiers. Ainsi vous ne tenez pas à votre Féronia ?

— J'aime mieux une de vos statues. Celle-ci n'appartient pas à la bonne époque. Vous, au moins, vous avez encore la foi.

— Je le voudrais. La foi, quelle qu'elle soit est la vie de l'art. Quand Athéné et Zeus cessèrent d'exciter le respect dans l'âme des hommes, la sculpture et l'architecture perdirent leur grandeur; quand la Madone et son Fils perdirent le mystère et la divinité qu'ils possédaient aux yeux des premiers peintres, l'âme disparut du bois et de la toile. Maintenant, quand nous faisons une Vénus, ce n'est qu'une courtisane; quand nous peignons Jésus, nous n'en faisons qu'un enfant à la mamelle ou un prisonnier abattu. Nous avons besoin d'inspiration. Nous devrions en trouver dans tout ce qui est vraiment beau; mais nous ne savons pas bien ce qui est beau, peut-être. Ce qui nous domine, c'est la passion de la nature, de la

mer, du ciel, de la forêt, de l'orage, du soir, de l'aurore. Peut-être que lorsque nous aurons été complètement imprégnés de cette passion, nous arriverons
encore à la grandeur ; mais la fausseté et le cynisme
de notre vie moderne sont contre elle maintenant. La
tristesse et le sarcasme peuvent encore produire un
grand Lucrèce et un grand Juvénal, et le mépris peut
faire un puissant Aristophane, mais ils ne font ni un
Praxitèle, ni un Apelles ; ils ne peuvent même pas
faire un Raphaël.

— Même un Raphaël ! Vous êtes dédaigneux.

— Oui, même un Raphaël. Raphaël était le dessi-
nateur le plus merveilleux et le plus ravissant des
poëtes ; mais il y a eu des peintres plus grands que lui
par l'imagination et plus nobles dans la conception de
l'art. Ses tableaux charment le regard, ils ne touchent pas l'âme. C'est sa vie merveilleuse qui nous
éblouit. Il eut le bonheur de se faner dans sa fleur
comme une grenade épanouie, et d'être pleuré par
Rome tout entière ! Rien de plus ravissant qu'une telle
vie, si ce n'est une telle mort !

« Non ; *celui qui a passé par la porte de la
désillusion est mort deux fois.* Raphaël ne passa
jamais par la porte fatale du désenchantement. Et
pourtant je ne suis pas sûr que le Dominiquin, au
fond du cœur, ne fût plus vraiment artiste que lui.

« Le Dominiquin dans son crépuscule orageux eut
de grandes visions, bien qu'il ne sût qu'imparfaitement leur donner un corps.

« Il essayait encore du moins de faire grand, tandis
que nous, nous n'essayons plus.

« Tout ce que nous créons qui vaille quelque chose,
et c'est bien peu, est empreint du cachet du doute et

de la mélancolie, non une mélancolie fade ou un doute insolent, mais bien la tristesse incommensurable d'une âme perdue comme un vaisseau sans gouvernail sur une mer inconnue.

— C'est que nous avons réfléchi davantage.

— Peut-être.

— Cela montre au moins que nous ne sommes pas présomptueux. Nous avons cessé de nous croire les protégés des dieux et les héritiers de l'éternité. Nous savons que nous ne sommes que les atomes d'un rayon de lumière qui n'est fait que de gaz vides, comme les feux follets.

— Ce n'est pas cette pensée-là qui nous inspirera de grandes choses. Si Alexandre s'était cru un atome au lieu de se croire le fils d'un dieu, il n'aurait jamais changé la face du monde. La négation n'est jamais la mère de l'héroïsme ; elle peut produire une indifférence qui l'imite assez bien, puisque Pétrone mourut ici aussi serein qu'un des martyrs de l'Église, mais cette indifférence est stérile, surtout dans l'art.

— Vous parlez d'or, interrompit Hilarion qui semblait plus préoccupé de déchiffrer les pensées de Giojà que de juger les théories de Maryx.

— Il n'y a pas de plus grand signe de la faiblesse des arts de nos jours, reprit Maryx, que la manière dont ils se font des emprunts l'un à l'autre, se méfiant de leur force séparée : les musiciens, dans leurs compositions en clair-obscur ; les peintres, dans leurs symphonies en gris et en rouge ; les poëtes, dans leurs études à la sépia ou dans leurs motifs en brun et en blanc : tout cela est faux et sans réalité, maladif et factice, et la sculpture n'échappe pas à la contagion. Falconet a sonné son glas funèbre quand il a dit :

« Nos marbres sont presque de la couleur. »

— Ce n'est pas la faute des artistes : le monde se fait vieux, l'art n'a plus qu'une faible prise sur ses sens émoussés. Pensez aux poëtes lesbiens et thébains récitant leurs strophes et leurs antistrophes sous les cyprès, au clair de la lune, couronnés des oliviers de la victoire, tandis qu'une nation tout entière les écoutait avec délices, à la lueur des étoiles. De nos jours, Pindare, Myrnedes ou Sapho ne pourraient qu'imprimer un livre, que quelques délicats feuilletteraient et laisseraient bien vite de côté.

— Oh ! les poëtes ne sont pas ceux qui ont le plus perdu au change. Ils ont perdu les foules attentives des fêtes populaires et la couronne d'olivier : leur rôle est-il moins beau ? Il y a encore quelque chose de grand dans le silence et la solitude au milieu desquels un homme travaille de nos jours, sans aucun signe, jusqu'au moment où ses pensées, comme une bande d'oiseaux qu'on vient de mettre en liberté, s'envolent sur toute la terre, parmi les peuples, bien reçues partout, et portant des semences jusque dans les coins les plus humbles et les plus reculés. D'ailleurs le monde n'était pas si différent alors de ce qu'il est aujourd'hui : les critiques grondaient et ricanaient jusqu'à ce que les victimes se pendissent de désespoir, « et des chants tendres et tristes se vendaient avec un visage pâle ». Les plaintes de Pindare le prouvent. Non, si j'étais poëte, je me contenterais du temps présent. Au lieu d'Egine et de l'Hymette pour théâtre, vous avez le monde entier.

— Et moi, de même si j'étais sculpteur, je serais satisfait. Au lieu de l'Olympe, vous avez une connaissance complète de l'anatomie comparée. Ne vous plaignez pas. Mais voyons, maintenant, faites-moi donc un peu connaître votre statue animée que voilà ; elle est, je le vois, comme Sapho, l'élève des Grâces et de la Persuasion, mais elle est bien silencieuse! »

Giojà leva ses beaux yeux sérieux sur Hilarion.

Autrefois celui qui enseigna à Phœbus l'art de chanter lui enseigna en même temps celui de charmer et celui de guérir. Hilarion avait aussi l'art de charmer, mais il n'avait jamais demandé à Phœbus comment guérir.

« Nous vous conterons son histoire et nous vous montrerons ses œuvres, » dit Maryx

Le soleil s'était couché ; un vent froid soufflait du Soracte et les brouillards s'élevaient de la mer.

« Il fait un peu froid, dit Hilarion. Rentrons ; nous trouverons dans la maison des roses et des rafraîchissements, et de plus un jeune garçon qui ne joue pas mal de la flûte ; je l'ai amené avec moi.

Il se tourna vers elle, comme c'était son droit, puisqu'il était chez lui. Giojà se leva, et toujours silencieuse, presque timide, le suivit en s'appuyant sur le bras qu'il lui offrait.

Je pensais à la jeune fille au puits sur l'Acrocorinthe dont il avait parlé, qu'Apelles avait trouvée tirant de l'eau et qu'il avait conduite, l'aryballos de terre sur sa jolie tête, au banquet des peintres de la cité des belles femmes.

« Vous riez parce qu'elle rougit? dit Apelles. Ne craignez rien, je la rendrai aussi habile dans toutes les ruses de l'amour que celle qui, parfumée et les cheveux bouclés, s'en va en tunique légère adorer Aphrodite Malaenis. »

Ce n'était pas de cela que j'avais peur ; et de plus,

je savais bien que mon Ariane de la mer n'avait en elle rien de l'une ou l'autre Laïs.

Néanmoins, j'aurais voulu qu'Hilarion ne fût pas revenu, et j'étais heureux que la tombée de la nuit fût une excuse pour abréger notre visite. Il nous laissa partir avec de nombreuses expressions de regret et avec un sourire.

Giojà était encore plus silencieuse que d'habitude.

« Quel genre de poëmes compose-t-il ? me demanda-t-elle dans l'ombre de l'escalier, comme je la reconduisais à sa porte.

— Il écrit comme Henri Heine nous dit qu'Aristophane écrivait : le chant des rossignols est gâté chez lui par le babil des singes perchés dans l'arbre en fleurs de son imagination.

— Voulez-vous me donner ses vers à lire ?

— Vous ne savez pas lire sa langue.

— Je puis apprendre.

— Bonsoir, mon enfant, Palès est fatiguée ; vous devez l'être aussi.

— Ne pourrait-on le déterminer à renvoyer les singes, dit-elle, et à ne garder que les rossignols? »

Elle avait la main sur le loquet de la porte. La lumière sombre de la vieille lampe qu'elle portait lui éclairait le visage.

« Il vaut mieux ne pas se mêler de ses goûts, ajoutai-je. Bonsoir, mon enfant.

— Bonsoir ! »

Elle rentra et rêva, je le crains, d'un Apollon Soranus, qui avait le visage d'Hilarion; et des doux rossignols du printemps qui chantaient les chants du ciel ; et des singes et des serpents sortant des cavernes sacrées du Soracte, qui sifflaient et étouffaient les sons des chants.

Je n'avais pas agi très-sagement. Je l'avais laissée en proie à une douce et vague pitié pour Hilarion, d'autant plus tendre qu'elle ne pouvait comprendre en rien le mal dont il souffrait : le mal moral d'Apollon Soranus, qui, à travers sa douce musique et ayant sur sa tête les rayons célestes, soufflait pourtant sur les hommes des miasmes impurs et les faisait sécher et mourir.

XIII

Le jour suivant, j'avais plusieurs commissions à faire, et, entre autres, je me rendis au vieux palais Spada pour y porter des bottes à un portier, et je regardai, pour la centième fois peut-être, la statue de Pompée, qui nous oblige en quelque sorte à rester devant elle et à réfléchir, quand on songe au sang qui coula à ses pieds.

Si César n'était pas sorti ce jour-là, et s'il avait écouté l'avis qui lui était donné par le rêve de Calphurnie, le sort et la face du monde auraient peut-être été changés. Non, après tout; car à sa mort Octave lui aurait toujours succédé. Auguste avait trouvé une Rome de brique et laissa une Rome de marbre. En revanche, il avait trouvé les hommes virils et les laissa avilis, et le monde mange encore les graines de lotus qu'il sema au hasard.

La liberté et la vieille Ovilie de bois, qui ressemblait à un parc à moutons, valaient mieux que les majestueux et inutiles Septa d'Agrippa, alors qu'on se riait de la liberté et que le courage s'énervait sur les genoux des courtisanes.

En pensant à César et au césarisme qui ne disparaîtra jamais complètement de cette terre, parce qu'il est enraciné dans l'indolence et dans la lâcheté chroniques de l'humanité et dans le besoin du commandement qui possède les hommes, je traversai la place de Capo di Ferro et passai devant une cuisine voûtée où l'on faisait cuire des pains et des pâtisseries, que l'on vendait au dehors sur le trottoir; j'entendis le maître boulanger qui battait et grondait le petit mitron.

Je vais toujours au secours des petits pâtissiers, en souvenir de Claude Lorrain; j'entrai donc et délivrai l'enfant à l'aide de quelques mots raisonnables, mais bien plus à l'aide de quelques sous, plus puissants encore. On peut être un génie et pourtant brûler un biscuit. Alfred le Saxon le fit bien, lui qui était à Rome alors qu'il n'était qu'un enfant de sept ans, aux cheveux blonds. Je voudrais que Julius et Bramante eussent laissé debout la vieille basilique, n'eût-ce été seulement qu'en souvenir de ce bel enfant du Nord qui était venu si loin en pèlerinage, de l'île des Barbares.

Je passai par le sale marché aux légumes du Campo dei Fiori, où autrefois les flammes portèrent « vers les mondes qu'il avait rêvés » le grand maître de la libre-pensée. Je continuai ma route en entendant toujours les sanglots de reconnaissance du petit mitron et en pensant à Claude Lorrain, et en me disant combien il était étrange qu'un être trop stupide pour mettre un gâteau au four et trop maladroit pour le mettre sur une assiette quand il était cuit, eût pu avoir comme lui le sentiment du coucher et du lever du soleil! C'est merveilleux! car, quoi qu'on en dise, Claude était un grand peintre, bien qu'il fût artificiel et que, si quelque chose pût nous faire détester un

temple classique, c'est lui qui le ferait ; mais il était
grand peintre, on ne peut en douter, et il n'aurait pas
été artificiel, si seulement il avait voulu travailler
dehors ; mais, bien qu'il aimât s'asseoir au grand air
pendant des heures entières, il rentrait toujours pour
peindre, et c'est ce qui lui a nui. Tout en pensant à
Claude et à cette heure dorée et fugitive que celui qui
ne pouvait dorer un biscuit savait si bien rendre sur ses
toiles, je traversai le champ de la Fleur, où pas une fleur
ne croît, tant ce champ a vu et voit encore de morts,
et mes pensées s'envolèrent au temps où, sur ces
pierres, un garçon épicier récitait et improvisait devant une foule étonnée, et je songeais aussi que les
savants helléniques changèrent son nom en celui de
Metastasio.

« Vous voilà encore à rêver en plein jour, Crespin,
dit une voix que je connaissais. C'est votre coutume¶
et vous n'avez pas tort ; nos rêves sont bien la meilleure part de notre vie. »

C'était la voix d'Hilarion. Il traversait la place, le
regard souriant et un peu moqueur, comme toujours.

Il m'accueillit avec affabilité, et, se détournant de
son chemin, marcha près de moi. Il n'avait rien de
cet orgueil qui eût fait rougir certains hommes d'être
vus en compagnie d'un vieux savetier affublé d'un
tablier de cuir. A vrai dire, il était trop fier pour
éprouver un pareil sentiment : ce qu'il lui plaisait de
faire était sa loi et celle des autres, ou du moins
devait l'être ; de plus Hilarion, qui en pratique était
le plus tyrannique de tous les maîtres, était en théo-
rie le plus démocratique de tous les penseurs. A ses
yeux les hommes étaient tous égaux, à cause de leur
peu de valeur.

Qu'il était beau ! On ne pouvait faire autrement que de l'admirer, comme on admire un diamant dont l'éclat éblouit. C'était une beauté réelle, mélancolique et tendre, sans être efféminée : il avait la stature du Gladiateur du Vatican, et les traits de mon Bacchus de la galerie Borghèse. Je comprenais comment les femmes aimaient Hilarion, simplement parce qu'il les regardait et qu'elles ne pouvaient faire autrement. Je l'aimais aussi, moi, bien qu'il y eût en lui des choses et des pensées qui souvent me le rendaient odieux, et que quelquefois même il me semblait que le tuer serait bien faire.

« Si seulement vous eussiez réellement aimé une femme ! lui avais-je dit quelquefois. Et il avait souri.

— Une femme ! dit-il ; en amour le pluriel vaut mieux que le singulier. »

Voilà tout ce qu'il savait. Lui qui pouvait écrire sur Sapho et Sopistra, et sur la grande passion, dans un langage brûlant, connaissait aussi peu l'amour qu'un mouleur en plâtre connaît l'art de Phidias.

A ses yeux les femmes étaient de jolies panthères que l'on caresse avec d'autant plus de plaisir à cause des griffes cachées sous leurs pattes de velours. Elles lui apparaissaient toutes comme Lilas : plus ou moins fragiles, mais ne valant guère plus les unes que les autres la peine d'être pleurées.

« Qui est-elle ? me demanda-t-il sans préambule en marchant à côté de moi, au milieu des feuilles de chou qui jonchaient les pierres du Campo dei Fiori.

— Maryx vous l'a dit, lui répondis-je.

— Naturellement il ne m'a pas dit la vérité. Devant elle, comment le pouvait-il ? Contez-moi leur histoire ?

— Il n'y en a point d'autre à dire, et Maryx ne

ment jamais. Ce n'est pas ce que vous pensez. Elle‑
étudie, rien de plus... Quant à moi... »

Alors je lui racontai comment je l'avais trouvée.

« C'est fort joli, me dit-il quand j'eus fini ; et vous
et Maryx êtes la vertu même. »

Il y avait dans ces mots plus de sincérité que de
sarcasme, et pourtant il y avait assez de sarcasme
pour me mettre en colère.

« On n'a pas besoin de beaucoup de vertu pour agir
en honnête homme, lui dis-je rudement.

— Après tout, reprit-il, je ne sais si vous avez
bien agi. Vous l'avez donnée au flamine, puisque vous
l'avez vouée à l'art. L'art pour une femme ! et un art
insatiable comme celui-là surtout ! Pensez à Properzia de Bologne.

— Ce n'est pas l'art qui tua Properzia. Ce fut
l'amour et la cruauté de l'homme. Resterez-vous
longtemps ici cet hiver ? .

— Je l'ignore. La vie perd quelque chose quand
on la passe autre part qu'à Rome. Ce n'est qu'ici seulement que pour nous chaque jour renferme deux
mille ans. Maintenant dites-moi, avez-vous fait quelque nouvelle trouvaille? Quels vieux parchemins avez-
vous découverts? quel vieux Boccace ou quel saint Jérôme du moyen âge avez vous ramené pour un coup de
vin? sur quelles peintures murales avez-vous marché,
peintures mises à découvert par un trou que Palès avait
fait dans le gazon en cherchant un rat? quel ciboire.
d'ivoire sans prix avez-vous trouvé chez une vieille
femme qui y renfermait ses pilules ou ses épingles?
Ne plaignez-vous pas du fond de votre âme ceux pour
qui le vieux parchemin n'est qu'un amas de griffon-
nage et le ciboire une petite boîte d'os. Et puis d'ail-

leurs la science est le seul plaisir qu'on ne puisse épuiser. C'est la mer profonde que le petit enfant montrait à saint Augustin. Ceux qui y entrent le plus profondément en touchent à peine la surface. Si seulement l'amour était comme la science?

— Qu'est devenue Neria ? »

Neria était la chanteuse aux yeux noirs qui avait quitté Rome avec lui.

« Neria? son caractère ou le mien était insupportable. Je ne me rappelle plus lequel des deux. Neria était la maîtresse de Mars; je ne suis pas Mars, moi; j'aime la paix.

— C'est-à-dire que vous aimez à être inconstant sans qu'on vous en fasse des reproches.

—Peut-être. Tous les hommes sont ainsi, je suppose. »

Et en faisant cette réflexion, il s'arrêta dans la rue, devant une vieille stalle, attiré par les reflets d'un onyx sur lequel était gravée une figure voilée de Pudicitia, une main cachée dans sa robe.

Quelque amant romain l'avait sans doute fait graver pour sa fiancée, pour quelque douce et sérieuse créature qui avait dû mettre toute son âme dans le *ubi tu, Gaius, ego Gaia*, en traversant le seuil de sa maison, et qui avait dû vivre chez elle sans jamais ouvrir ses portes aux adorateurs bruyants de la *bona Dea* pendant les nuits de décembre, et qui ne s'était jamais adonnée aux tuniques transparentes ni n'avait bu les philtres de l'Orient, mais qui s'en allait humblement à son autel et priait Ops et Spes pour l'enfant qui n'était pas né.

« Pauvre Pudicitia! C'était peut-être la bague de l'une des Agrippine, dit Hilarion avec un léger sourire, en achetant le cachet. On avait l'habitude de

saluer par son nom toutes les plus viles impératrices.
Nous sommes restés attachés à bien des coutumes de
l'ancienne Rome. Vous rappelez-vous la première
statue de la Modestie : la statue voilée du forum
Boarium, que le peuple appelait toujours la statue de
la Fortune? On pourrait la faire servir à une jolie allé-
gorie : c'est-à dire que le bonheur d'une nation dépend
de la chasteté de ses femmes ; bien que je ne croie pas
pourtant que les Romains aient voulu dire cela. Je me
demande un peu quelles autres statues je trouverai à
Daïla. Si seulement on pouvait découvrir la Cypris
Anadyomène! Mais elle n'est jamais venue en Italie.
Que préféreriez-vous si l'on vous donnait à choisir
dans tous les trésors perdus du monde? Quant à moi,
je voudrais avoir cette copie de l'Iliade, corrigée par
Aristote, qu'Alexandre portait toujours sur lui enfermée dans une boîte d'or.

— Ou bien les trois fameuses lignes dessinées par
Apellès et Protogène, ne fût-ce que pour arrêter les
querelles éternelles des artistes à ce sujet!

— J'aurais mieux aimé les comédies de Ménandre,
ou les livres qui nous manquent de Tacite, ou bien
encore l'histoire d'Étrurie écrite par Claude; car
Claude était un savant, bien que ce fût un imbécile dans
bien d'autres choses : cette histoire, au moins, eût
pu nous donner la clef du langage.

« Par-dessus tout peut-être j'aurais choisi tout cet
amas de ravissantes choses païennes que Savonarole et
ses jeunes acolytes brûlèrent le dimanche des Rameaux
avec les miniatures enluminées de Pétrarque. Quand
on pense à tout cela, il semble vraiment juste qu'il
ait été brûlé lui-même. Pourquoi le monde pleure-t-il
tant sur son supplice? Le monde s'inquiète peu

de celui de Giordano Bruno, qui périt à l'endroit
même que nous traversons maintenant. Oui, Giordano
Bruno, était le plus noble des deux. En ces jours-là,
il fallait bien plus de courage pour refuser le crucifix
que pour l'élever entre ses mains. Savonarola était un
ascète à l'esprit étroit et qui prêchait les misérables
croyances qui ont dépouillé la terre de toute beauté.
Oui, quand on pense à tous les marbres classiques, à
toutes les peintures érotiques, et à toutes les reliques
de l'art antique que son fanatisme nous a fait perdre
pour toujours, on regrette presque les larmes qu'on a
versées sur son auto-da-fé. »

Là-dessus il me quitta et entra sous une sombre
porte, à ce qu'il disait, pour aller voir des artistes.

Il était déjà tard quand j'eus fini tout ce que j'avais
à faire et quand je me retrouvai près de Palès et de
la fontaine du mur, car on ne peut aller tout droit
son chemin à Rome. Si vous avez des yeux et des
oreilles, il est impossible que vos pieds vous portent
d'une façon monotone sur la route que vous devez
suivre; il y a toujours quelque vieil angle d'une corniche en acanthe, quelque fragment colossal de porphyre, quelque souvenir de légende monastique ou de
fête païenne, quelque idée qu'ici demeurait un poëte
et là s'élevait autrefois un temple, quelque marbre que
l'on a vu dix mille fois, et qu'on n'a pas encore assez
vu; quelque portail d'église ouvert à travers lequel on
aperçoit, à la lueur des cierges, les pierres précieuses
et les vêtements blancs briller dans l'obscurité, quelque
palmier se penchant sur le mur élevé d'un palais, venu
peut-être d'Asie avec le culte de Sol Invictus et d'As-
tarté; en un mot, il y a toujours quelque chose qui fait
qu'on se détourne et qu'on s'arrête, et qui nous fait rêver

et soupirer : car, bien qu'Hilarion ait raison en disant
que la science est le seul plaisir dont on ne se fatigue
pas et qui sache répandre une lumière divine dans
tous les coins sombres où nous marchons, la science
humaine la plus profonde n'est tout au plus qu'une
ignorance adoucie. Les plus grands savants que j'aie
connus ont toujours été les premiers à dire cela ;
naturellement, je n'en juge pas par moi-même ; car je
n'ai ramassé un peu de science que comme les pauvres
voyageurs qui voient de grandes choses par les
grilles et les portes ouvertes, en passant sur la route.

Il faisait nuit quand je revins aux aboiements de
Palès et aux chansons de mon Faune. Une bonne
femme qui vendait des fruits m'avait donné quelques
poires et des grenades, et je voulais les porter à Giojà ;
car il était rare que je pusse donner quelque chose,
et je savais qu'à cette heure-là elle était toujours
chez elle ; car elle se couchait et se levait en même
temps que les oiseaux. Quand j'eus monté l'escalier
et ouvert sa porte, la lampe était allumée, mais la
fenêtre était restée ouverte et laissait voir le ciel encore
teinté de la nuance jaune pâle du jour évanoui, et çà
et là parsemé d'étoiles. Sur la table, devant elle,
étaient de grands livres sur lesquels reposaient ses
bras ; elle avait la joue appuyée sur sa main ; elle
levait la tête, et la lumière de la lampe tombait sur
son visage. Hilarion lui parlait, appuyé contre la
fenêtre.

Je me sentis colère, ce qui était bête, et il me
sembla qu'on nous faisait tort à moi et à Maryx, ce
qui était plus bête encore.

« Mon cher Crespin, je vous attends depuis une
heure, » dit-il ; et je sentis bien qu'il mentait, car il

savait où j'avais été et connaissait fort bien mes habitudes errantes et vagabondes. Dans la chambre on voyait de grands lis et des fleurs rouges de cactus, et d'autres fleurs rares à cette époque de l'année : naturellement c'était lui qui les avait apportées. Ce n'est pas qu'il y eût quelque chose de mal à cela.

« Elle est parfaite votre Ariane, me dit-il quelque temps après, quand nous fûmes ensemble dans la rue. Du moins elle le sera. A présent, elle n'est pas tout à fait éveillée; elle a l'âme tout occupée de ses marbres. Est-ce que Maryx n'a pas d'yeux ?

— Maryx a de l'honneur. »

Hilarion se mit à rire.

« Mon cher Lupercus, que vous êtes sérieux ! Ainsi vous lui avez donné votre chambre, votre Hermès et tous vos trésors ? Vous ne m'aviez pas dit cela.

— Comment l'avez-vous découvert, alors ?

— Oh ! ce n'était pas difficile. Peut-on vivre au coin d'une rue et espérer que son secret sera gardé ? Elle possède un vrai génie, et c'est malheureux.

— Pourquoi, puisque c'est tout ce qu'elle possède ?

— Est-ce là tout ? Maryx et vous êtes aussi cruels que le *Pontifex Maximus* quand on laissait éteindre le feu sacré. Pour une femme l'art est une chose aussi triste que le temple de Vesta. Recueillir la graine sacrée, tirer l'eau sainte de la fontaine et veiller au feu de l'autel, tout cela ne valait pas une heure de joie. Les Romains le savaient bien : leur Vénus Felix était toujours représentée avec un enfant dans les bras. »

Puis il monta sur son cheval, qui l'attendait, et s'en retourna dans l'ombre à Daïla. Je revins chez elle, pour un instant seulement.

« Que pensez-vous de lui? » lui demandai-je.

Elle hésita un moment, et il me sembla la voir rougir un peu.

« Il est beau, dit-elle doucement, beau comme une statue. » Elle pensait d'abord à la forme.

« L'homme le plus beau que vit jamais le monde fut Héliogabale, lui dis-je, et après lui c'était Saint-Just. »

Elle me regarda avec surprise, les mains perdues parmi les lis et les fleurs de cactus.

« Je croyais qu'il était votre ami. »

Je compris le reproche et me sentis tout honteux.

« Il est grand aux yeux du monde, n'est-ce pas? me demanda-t-elle.

— Oui, d'une certaine façon. Ce n'est pas comme Maryx. La renommée d'Hilarion est comme la fleur du cactus, glorieuse, brillante, lumineuse, née sur une tige nue et qui ne porte pas de fruit : c'est la renommée de mots qui brûlent sans éclairer. »

Elle mit les fleurs toutes ensemble avec tendresse.

« Il dit de bien belles choses, et je crois qu'il n'est pas heureux. Regardez : avez-vous jamais vu de fleurs pareilles, même ici? Maryx dit qu'on ne doit pas essayer de reproduire des fleurs dans le marbre, qu'il faudrait tout autant essayer d'imiter la rosée et les vagues; autrement on pourrait faire une tête de la *Dea Syria* couronnée de ces cactus.

— Oui, ce seraient les vrais symboles de la religion qui personnifiait la corruption de Rome. »

J'étais fâché, et bien à tort : les cactus m'avaient toujours paru les symboles de la corruption.

Elle avait laissé les fleurs et s'était remise à dessiner. Maryx lui avait appris que le dessin doit être la base de la sculpture, comme le squelette est la base de la beauté de la forme animale, et jusqu'à ce qu'elle l'eût satisfait par son crayon, il avait refusé de la laisser travailler dans l'argile.

« Dites-moi tout ce que vous savez sur lui, » dit-elle.

Je ne voulus d'abord pas lui répondre ; mais elle ne se laissa pas rebuter : sous ses manières douces et sérieuses, elle avait une résolution obstinée. Je lui parlai de lui à regret, car j'avais bien peu de chose à lui dire qu'elle pût entendre ; mais je l'avais toujours aimé, et il avait été plein de bontés envers moi et envers d'autres : ce fut de sa bonté que je parlai avec justice, sachant que j'avais été maussade et injuste. Ensuite, cédant à ses instances, sans pouvoir bien en comprendre la cause, je m'approchai d'un vieux buffet posé contre le mur, où je gardais quelques livres im-primés en lettres gothiques et d'autres, et là je trou-vai un livre qu'il avait écrit, et lui lus deux ou trois de ses poëmes, les traduisant à mesure que je lisais, bien que je sentisse que je nuisais singulièrement aux dithyrambes languides et harmonieux de son génie.

Elle m'écoutait dans un complet silence, dessinant au fusain et à la craie, à la lueur de la lampe, sous la statue d'Hermès. A la fin, je fermai le livre, mécontent de moi-même de lui avoir cédé.

« Il est tard, pour vous du moins. Mettez votre travail de côté, » lui dis-je et je regardai ce qu'elle faisait.

Elle avait dessiné la tête d'Hilarion, et la ressem-blance était aussi parfaite que possible. Elle l'avait couronné de fleurs de cactus comme un dieu syrien.

« Cela pourrait représenter Antinoüs, et c'était un

esclave et un suicidé ! » lui dis-je méchamment, car je ne voulais admettre ni la perfection ni là grâce du travail.

« Oh non ! répondit-elle en élevant la lampe pour m'éclairer. Ce serait plutôt un Agathon. C'est à Agathon qu'il doit ressembler. C'était bien bon de votre part de me lire ses poëmes. Voulez-vous m'en lire d'autres demain ? » Je n'ai été qu'un imbécile, me dis-je à moi-même, trébuchant dans l'escalier pour aller voir si rien n'était arrivé à mon échoppe.

XIV

Hilarion m'avait invité à aller déjeuner avec lui le lendemain. Je m'y rendis en passant par la campagne, par des sentiers bordés de chèvrefeuille, où passent les charrettes traînées par des bœufs. La terre est ravissante à l'aurore, mais bien peu la voient alors, et ceux qui la voient ne sont que des laboureurs, dont les yeux ne peuvent apercevoir cette paix profonde, cette fraîcheur et cet indicible sentiment de repos qui alors sont répandus comme une bénédiction sur la terre. Il me semble que si l'on contemplait plus souvent le lever de l'aurore, on se promettrait plus souvent aussi de sanctifier le jour naissant, et qu'on n'en laisserait pas passer dans l'inaction les plus belles heures.

J'avais dans ma poche ce volume mutilé des Aldes que je voulais porter à Hilarion ; car il aimait toutes ces curiosités et les connaissait à fond. Le thym exhalait ses parfums à mes pieds ; les chèvres paissaient les longues plantes grimpantes sous les arches brisées de l'aqueduc ; de grands bœufs aux cornes longues comme des rameaux passaient en faisant tinter les clochettes suspendues à leur cou ; le soleil se levait tout enflammé; les oiseaux chantaient dans les massifs de bruyère et d'aubépine; de petites souris se sauvaient devant mes pas là où les roues du char triomphal de Sylla avaient passé, et Palès chassait les rats là où gens après gens de la grande nation romaine gisaient : générations sur générations.

Mais je ne pouvais jouir de tout cela : j'étais inquiet et comme possédé d'une crainte vague. Je le trouvai dans le grand jardin entouré de murs qui s'étendait derrière sa villa. Il était couché dans un hamac de soie suspendu entre des troncs de magnolias, et son joueur de flûte jouait assis sur le gazon. Une paix profonde régnait autour de lui; les roses d'automne étaient tout en fleurs, et les massifs d'oliviers de la Chine embaumaient l'air comme l'encens du temple de quelque dieu hindou.

Tout près de là se trouvait un grand mur couvert de pêchers et surmonté de glycine, de valériane et de câpriers sauvages; près du mur s'élevaient des rangées de grands tournesols un peu tardifs : le mur les empêchait souvent de voir le soleil, et c'était touchant, à mesure que le jour s'avançait, de voir leurs pauvres et majestueuses têtes, couleur d'ambre, se tourner avec effort pour saluer leur dieu, et ne rencontrer que les pierres et les toiles d'araignées et les feuilles des pêchers, qui formaient une barrière inexorable.

Ils nous ressemblaient tant, ces pauvres tournesols ! à nous qui essayons de voir la lumière et ne rencontrons que des briques, des toiles d'araignées et des guêpiers ! Mais les tournesols ne se trompent pas comme nous; ils ne prennent jamais un tesson de bou-

teille ou la lueur d'une lanterne pour la splendeur
d'Hélios, et ils ne s'en contentent jamais, comme nous
le faisons.

« Si ce mur m'appartenait, dis-je à Hilarion, je l'a-
battrais pour les tournesols, quoique après qu'il serait
abattu tous les pauvres hélianthes mourraient sans
doute gelés.

— Comment ! vous sacrifierez mes pêches pour ces
plantes ? Vous devriez être poëte, Crespin, vous êtes
assez imprévoyant pour cela. Goûtez un peu à ces
pêches. Celle-ci est une Madeleine blanche, et celle
que vous voyez là-bas une Pucelle de Malines. Êtes-
vous connaisseur en fruits ? Moi je le suis quand je
suis en France; mais ici vous n'avez pas de jardinage
en grand ; tout croît trop facilement. Votre agricul-
ture est comme votre esprit. Voulez-vous entendre
jouer l'enfant ? » ajouta-t-il en s'étendant à son aise au
milieu du feuillage bronzé des rameaux de magnolias.

L'enfant se mit à jouer d'une façon ravissante.
Hilarion l'écoutait les yeux fermés.

« Si quelque chose pouvait nous faire croire à
l'immortalité, ce serait la musique, dit-il quand les
sons divins se furent évanouis. Ce que j'ai écrit de
mieux l'a été au son de la musique : la pensée devrait
être comme la pierre de Thèbes. Que les vieux mythes
sont vrais dans leurs allégories !

— Où avez-vous trouvé ce jeune garçon ?

— Dans mes petites îles des côtes de la Grèce, et je
lui ai donné le nom d'Amphion.

— Et qu'allez-vous en faire ?

— Je le garderai avec moi tant qu'il me plaira.

— Et après ?

— Je ne pense jamais à l'avenir. Ne pas avoir à

penser à l'avenir, c'est le seul avantage qu'a le riche
sur le pauvre.

— Le moment présent suffit-il?

— Non, peut-être. Mais c'est ce que nous avons de
meilleur. Vous ne savez pas choisir vos pêches. Prenez
ce Teton de Vénus. Maryx viendra-t-il aujourd'hui ?

— Je crois que non. Il est tout occupé de quelque
grande idée qu'il n'a encore exprimée que dans l'argile. »

Hilarion sourit.

« Ou dans la chair. Je désire de tout mon cœur que
ce soit dans l'argile. Tout ce qu'il fait est grand. Il
appartient à une époque tout autre que la nôtre. On
pourrait croire qu'il s'est assis aux pieds d'Homère.
Et avec cela, il est si peu gâté par la renommée et si
indifférent à la louange !

— Vous êtes tout aussi indifférent, je crois.

— Oh non! je suis assez faible pour être content de
ce que le peuple vient arracher les feuilles de mes
myrtes, parce qu'ils m'appartiennent. Maryx ne peut
comprendre cela. Il n'est content que quand sa propre
conscience lui dit que ce qu'il a fait est grand. Il ne
fait pas attention ; il ne sait même pas que la foule le
regarde dans les rues. A mon avis, il doit y avoir
dans le marbre un charme qui rend les sculpteurs plus
nobles que les autres hommes. Leur vie a été en
général singulièrement pure. Regardez Michel-Ange,
Flaxman, Canova, Thorwaldsen ! A propos, j'ai fait
mettre la Féronia dans le grand vestibule. Elle fait
très-bien là. On a trouvé de vieilles poteries étrusques,
et l'on va creuser plus profondément; il est très-pro-
bable que les tombes sont sous tout cela. Je ne
puis jamais comprendre la destruction complète de

l'Étrurie. Et vous? C'était une confédération si puissante. Après tout, elle ne fut pas tant détruite que
transmise à d'autres, car tout ce que Rome posséda
de mieux était étrusque. Vous n'êtes pas de mon avis
parce que vous croyez aux Quirites? C'est vrai; ils
étaient forts; mais ils n'avaient pas d'autre art que la
guerre. Permettez-moi de vous donner une pêche!
vous ne savez pas choisir. Le meilleur temps pour
manger des fruits, c'est le matin; les oiseaux le savent
bien! Seulement nous, nous nous gâtons le palais avec
du vin. »

Il me remplit les mains de pêches et me fit entrer
pour déjeuner et m'asseoir à sa table : car, quoique fier
dans bien des choses, il ne l'était pas en cela; il loua
mon Alde, et décida que ce n'était pas une imitation
de Lyon; il parla ensuite des premiers imprimeurs et
des rares copies qui nous restent de ce qu'ils ont im-
primé, et de tout ce qui existe sous le soleil; il parlait
en rêveur, et pourtant en savant, d'une manière à
moitié étourdie qui lui était naturelle et qui possédait un charme provoquant qui séduisait en faisant
éprouver un plaisir étrange, mais qui irritait pourtant,
car ce plaisir n'était, après tout, que changeant et in-
certain.

Pendant tout ce temps, il n'avait pas parlé une
seule fois de Giojà, et cela m'inquiétait; car Hilarion
était homme à parler le moins de ce qui l'occupait
le plus : si ses manières étaient franches et insou-
ciantes, son esprit ne l'était pas. A la fin, à tort ou à
raison, je lui parlai d'elle.

« Avez-vous vu la *Nausicaa?* lui demandai-je.

— Non, une statue ou un tableau? antique ou
moderne?

— La dernière œuvre de Maryx.

— Oh! la *Nausicaa* qui était à Paris au printemps. J'oubliais. Naturellement je l'ai vue. Une ravissante statue ! Mais je ne sais pas trop si l'original n'est pas plus beau encore.

— Vous l'avez reconnue alors?

— Mon bien-aimé Lupercus, est-ce que je suis aveugle ! »

Cela me mettait en colère de m'entendre donner ce nom : il me semblait que nous n'étions que des niais à ses yeux, et il souriait dédaigneusement. Je me sentis pressé de parler et de dire à Hilarion ce que j'avais sur le cœur.

« Vous avez été la voir hier soir ! Je voudrais bien que vous ne le fissiez pas. Je lui ai lu vos poëmes, et je n'ai été qu'une bête. Elle m'a dit que vous ressembliez à Agathon d'Athènes. Quelle autre jeune fille penserait à cela ? Me comprenez-vous ? Je ne lui suis rien ; je ne suis qu'un vieillard à qui elle a demandé son chemin en arrivant à Rome, et je suis assez vieux pour être son grand-père; pourtant, je ne sais pourquoi, il me semble que je lui appartiens, parce que je ne puis oublier mon rêve de la galerie Borghèse, et que cela m'inquiète, parce que, dans ce rêve, l'Amour riait, et il rit toujours quand il a fait du mal. Et puis maintenant elle est si calme : elle n'a besoin de rien, elle est à l'abri de tout danger et tout va bien. Elle possède aussi un vrai génie, on le voit facilement dans ce qu'elle a fait. Si on la laisse à elle-même, elle sera heureuse, grande même, je crois, comme cette Properzia dont nous parlions hier. Vous dites qu'elle est encore endormie; oui, c'est vrai, elle dort et voit les dieux. Ce serait un crime de la réveiller, ce serait

une cruauté, et qui pourrait dire ce qu'elle y perdrait?
Vous possédez tant, vous ; vous avez le monde entier.
Laissez-la en paix ; passez votre chemin ; pensez à elle
comme à un enfant endormi, rien de plus, et n'allez
plus la voir. »

Je parlais follement sans doute, mais ce que je disais
semblait le toucher. Nous étions assis dans une des
grandes salles peintes ; les anges de Jules Romain dé-
ployaient leurs ailes sur nos têtes ; de brillants rayons
de lumière mettaient çà et là à découvert les richesses
éparses dans cette salle : les bijoux, les marbres, les
mosaïques, les bronzes, les vases ; un de ces rayons
tombait sur les yeux d'Hilarion ; ils étaient troublés
et adoucis, et exprimaient la pitié, presque la honte.

« Je n'y avais pas pensé, » me dit-il.

Et je sus alors toute la folie de l'erreur que j'avais
commise.

« Ce serait un crime peut-être, dit-il avec tristesse.
Toute la vie n'est qu'un crime, il me semble : soit de
nous envers les dieux, ou des dieux envers nous ; je ne
sais trop lequel des deux. Mais je n'avais pas pensé à
cela. J'ai assez d'embarras, beaucoup trop même, et je
ne sais pas trop pourquoi vous êtes si inquiet. Qu'ai-je
donc fait? Je lui ai porté quelques fleurs, et suis resté
avec elle une heure à peu près, voilà tout.

— Une heure a suffi pour remplir une éternité avant
aujourd'hui, murmurai-je, sachant que j'étais impru-
dent et déraisonnable. Ce n'est pas ce que vous avez
fait, mais ce que vous pouvez faire. Elle n'a pas de
mère. Elle est seule au monde.

— Elle a Maryx! reprit Hilarion avec un sourire
qui ne me plut pas.

— Vous vous trompez si c'est à cela que vous pensez. Maryx est son maître, rien de plus. Je suis bête, je le sais, et vous allez trouver que je parle trop librement ; mais j'ai peur : vous êtes si capricieux et si inconstant.

— Est-ce ma faute ! dit-il avec un soupir.

> Hatte Gott mich anders gewollt,
> Er hatte mich anders gebaut.

Je ne vois pas ce que Dieu peut répondre à cette accusation de Goethe. Elle est sans réplique. Alors vous voulez que je laisse votre Ariane à Maryx ?

— Non, je veux que vous la laissiez à l'art et à elle-même. Maryx ne fait attention qu'à son génie.

— J'ai meilleure opinion de lui. Maryx est un grand homme, mais il est homme après tout. Quand il a modelé sa Nausicaa, n'était-il que sculpteur ? n'était-il pas un peu amant ? Cette statue n'est pas idéale, c'est la jeune fille elle-même. Une fois dans sa vie, Maryx s'est borné à copier. Il doit le savoir.

— Eût-il pu mieux faire ?

— Je n'ai pas dit cela. Mais quand nous nous contentons d'imiter le réel, sans rêver mieux, sans rêver autre chose, nous ne sommes plus artistes, nous sommes amants.

— Alors c'est dans l'intérêt de l'art que vous êtes infidèle !

— Suis-je donc pire que les autres ? dit-il sur un ton de plaisanterie.

— Vous êtes plus cruel, » répondis-je.

Il se tut. Il savait bien que j'avais raison.

« Du moins vous êtes cruel quand vous êtes fatigué, et vous vous fatiguez bien vite. »

Hilarion se mit à rire.

« Mon cher Crespin, que d'amertume! Je n'ai aucune prétention à l'art. Pas un des poëtes de l'antho-
logie n'y prétendait, et si je suis quelque chose, je ne
suis qu'un d'entre eux. Elle m'a appelé Agathon, alors?
Jamais on ne m'a accordé un plus flatteur éloge que
celui-là. »

Je me rappelai alors en effet l'Agathon de la fleur
et du symposium, Agathon d'Athènes, qui avait été
appelé par excellence : le Beau! Fou que j'étais de
lui avoir conté cela!

« Cette pauvre Giojà! repris-je; elle a la tête pleine
des hommes du passé. Elle vivait toute seule avec
ses vieux livres, et son père lui en parlait. Elle ressemble à Julien, elle croit toujours que les dieux vont
donner des signes. Pour elle le passé est ce qu'hier
est pour nous autres.

— Dites-lui que le passé, qu'elle croit si grand, ressemble à la statue de Sérapis que les hommes adorè-
rent pendant des siècles, et qui, lorsque les soldats
l'abattirent, n'était, après tout, qu'un colosse creux,
renfermant toute une colonie de rats qui se sauvèrent
à droite et à gauche. — Mais, mon ami, vous ne buvez
rien : goûtez-moi ce tokay; il vient de mes vignobles
du Danube, et est doux comme du lait. Vous avez
perdu votre gaieté, Crespin; vous n'eussiez pas dû vous
endormir dans la galerie Borghèse : cela vous a ébloui.
Autrefois vous étiez gai comme un grillon caché dans
le blé.

— Promettez-moi... » lui dis-je, et je m'arrêtai, car
il semblait absurde d'avoir l'air si inquiet d'une chose
qui était peut-être bien loin de ses pensées.

Hilarion se leva en riant.

« Oh non! je ne promets rien. Je n'ai pas beaucoup

de scrupules, mais comme j'ai celui de tenir ma parole, je ne la donne jamais. Pourquoi auriez-vous
peur de moi? Maryx n'est pas un enfant et je ne suis
pas Agathon : ce qu'elle découvrira bien vite, si peu
qu'elle me voie; je ne suis même plus jeune maintenant. »

J'étais impatient et chagrin. Il le vit et me toucha
l'épaule d'un geste amical.

« Venez voir quelques tableaux que j'ai rapportés
de France. Ce sont des paysages. Maryx a raison: le
paysage est la seule forme originale de peinture que
nous possédions de nos jours. Elle n'est pas encore
épuisée et peut se développer à l'infini. Ruysdaël,
Rembrandt et tous les autres ont peint de grandes
scènes, mais c'est à nos peintres qu'il a été donné de
mettre une pensée dans les rayons de soleil inondant
un champ de blé, et de faire deviner toute une vie de
labeur dans un ciel sombre du soir suspendu sur la
terre brune d'un coteau labouré. Sans doute cette idée
moderne de faire répondre la nature à toutes les pensées humaines comme une harpe éolienne est morbide et exagérée; mais elle a de la beauté et une certaine vérité. Nos âmes tendres se réfugient dans la
campagne maintenant, comme autrefois elles se réfu-
giaient dans les cloîtres. »

On vint l'appeler pour aller voir quelques nouveaux
trésors qu'il avait achetés en revenant chez lui, et
moi, je sortis pour aller chercher le joueur de flûte
qu'il appelait Amphion et que nous avions laissé assis
près des tournesols.

C'était un bel adolescent, au visage ovale, avec de
grands yeux bleus pleins de cette douceur pathétique
et de cette expression rêveuse que l'on rencontre dans

les yeux des bœufs. Vous riez ! eh bien ! regardez les
yeux de vos bœufs, quand vous les rencontrerez
venant à travers les champs, courbés sous le joug, et
dites-moi si vous ne trouvez pas une tristesse profonde, et comme une rêverie de l'existence dans leurs
lumineux regards. Pauvre enfant ! Il avait dix-huit
ans peut-être, et avait vécu dans une des petites îles
de la mer Égée, où les habitants ne forment qu'une
famille, vivent de la culture de la terre, couchent dehors sous les étoiles, hommes, femmes et enfants, et
sont à peine changés depuis les siècles des « Œuvres
et Jours ».

Il avait couru pieds nus, sauté dans la mer, coupé
les foins, sommeillé sur son lambeau de tapis, sous le
vaste dôme étincelant des cieux, et avait été heureux
jusqu'à ce qu'un voyageur, abordant dans son île, l'avait
entendu jouer à ses chèvres et aux jeunes paysannes
et avait étalé de l'or devant ses parents éblouis, puis
par un mot ou deux avait rempli sa tête de rêves et
l'avait emmené dans le grand monde des villes, pour
être écouté pendant quelque temps et oublié ensuite.
Hilarion était bon envers lui, son caprice étant tout
nouveau ; il l'avait fait revêtir richement du costume
national, et avait recommandé à ses gens de lui
donner tout ce qu'il lui fallait mais Hilarion seul
pouvait parler le grec moderne; et le pauvre enfant
était bien isolé.

Il me regarda avec la timidité d'un chien égaré. Je
savais dire quelques mots de sa langue, et peu à peu
j'appris de lui sa courte histoire.

Il n'était pas heureux : il soupirait pour sa liberté,
son vagabondage pieds nus, sa petite barque sur la
mer, la fraîche cabane de sa mère, fermée aux rayons

du soleil, parfumée de l'haleine de la vache et de l'odeur des herbes sèches; mais il n'osait pas le dire. Il aimait Hilarion, mais il le craignait.

« Depuis quand êtes-vous avec lui? lui demandai-je, là où je l'avais trouvé assis, près des tournesols.

— Il est venu dans notre île au printemps.

— Et depuis vous avez vu des villes merveilleuses alors?

— Oui, dit l'adolescent d'un air fatigué, des foules, des foules, toujours des foules. Un jour un grand personnage, un empereur, vint le voir. Il me fit jouer devant lui. Cela m'était égal. L'empereur m'appela près de lui, me donna une belle bague et me dit que je pourrais faire une fortune. Qu'est-ce que c'est qu'une fortune? Dans notre île, celui qui a six chèvres est riche.

— Je crois que vous serez riche si vous retournez à vos chèvres en les aimant. »

Il ne me comprit pas.

« Elles ne me reconnaîtraient pas peut-être, Praxides les a prises quand je suis parti.

— Les animaux n'oublient pas, mon enfant. Oublier, c'est le privilège de l'humanité. Et vous voudriez vous en aller? »

Il regarda à droite et à gauche, d'un air effrayé.

« Oui, dit-il, je voudrais bien m'en aller; mais ne le lui dites pas. Ici je suis plus heureux que je ne l'ai été autre part; au moins on est à l'air. Mais dans cette grande ville qu'on appelle Paris, c'était comme si j'étais enfermé dans une boîte. Je ne pouvais jouer d'abord dans tout ce bruit et cet éclat; il se fâcha; mais ce n'était pas ma faute. Un jour j'entendis des chèvres bêler dans la rue; il me sembla que mon

cœur allait se briser ; je courus à ma flûte, c'était une
amie. Alors les vieilles chansons et les danses me
revinrent à la mémoire. »

Pauvre petit Amphion !

« Vous ne savez pas lire? » lui dis-je.

Il secoua la tête négativement.

« Pas même la musique?

— Est-ce qu'on lit la musique? Moi, je croyais
qu'elle était dans l'air.

— Vous devez être bien triste?

— Pas quand il se souvient de moi. Mais ce n'est
pas souvent. Et puis je voudrais pouvoir retirer ces
souliers; il me semble que je suis estropié.

— Nous le sommes tous, et nous avons même estropié
nos chevaux pour nous tenir compagnie. »

Le jeune garçon était silencieux, mordant dans une
pêche, de ses petites dents blanches et éblouissantes.
Je me sentais tout triste pour lui.

Les grands chanteurs deviennent millionnaires, les
petits finissent par être commis de bureau, et ce
pauvre petit Amphion, si mal nommé, qui jouait à
vous faire venir les larmes aux yeux, n'avait pas de
génie, mais, comme l'oiseau, possédait un ravissant
instinct de la mélodie simple et innocente. Et il eût
été impossible de faire un commis de ce jeune Grec
qui soupirait pour la mer, pour le vert gazon et pour
les danses du soir à la lueur des étoiles. Il ne savait
pas lire; il était ignorant au plus haut degré, et
pourtant il m'intéressait.

Ce n'est pas ce que l'homme sait, c'est ce qu'il est
qui nous intéresse.

Musset dit, je crois, que les notes de tous les
hommes se ressemblent toutes : ce sont les pensées

qu'ils ont dans l'esprit, et qu'ils ne disent jamais, qui sont des poëmes épiques, des idylles, des thrènes et des sonnets d'amour. Il dit encore que chaque mortel porte en lui un monde tout entier, un monde inconnu qui vit et meurt en silence.

C'est de ce monde intérieur que je cherche à avoir un aperçu; quoique, à mon grand regret, il faut bien que je dise que je ne crois pas que beaucoup le possèdent, et qu'il y en a bien peu, à mon avis, dont l'esprit ne soit pas aussi vide qu'une citrouille qu'un petit mendiant a vidée.

« Laissez-le venir avec moi; c'est triste pour lui ici, et il n'a personne à qui parler, dis-je à Hilarion un peu plus tard.

— Bien volontiers, pourvu qu'il revienne à temps ce soir pour jouer devant la duchesse.

— Il y sera, » lui répondis-je; et j'emmenai Amphion avec moi dans la voiture de l'un des marchands de vin qui s'en retournait sans vin à la cité, et qui n'était chargée que de fleurs pour les jardiniers. Amphion parla à peine tandis que nous volions dans la campagne. Une fois seulement il me regarda, les yeux brillants de plaisir.

« C'est comme la mer, » me dit-il. Il était arrivé le soir et n'avait rien vu de tout cela.

Il était midi quand j'arrivai près de ma fontaine : j'avais à travailler tout le reste du jour, et le jeune garçon devait s'en retourner dans la voiture du marchand de vin, au coucher du soleil. Je le conduisis chez Giojà : elle était quelquefois chez elle à midi, et je l'y trouvai.

« Voilà un jeune Grec que je vous amène, » lui dis-je; et je fis entrer Amphion dans la chambre, avec sa triste et ravissante figure, qui eût pu appartenir à Italus, et son joli costume blanc tout galonné d'or.

« Voilà un jeune Grec que je vous amène, répétai-je. Il est tout seul et très-malheureux ; vous connaissez un peu sa langue ; vous ferez une bonne œuvre en lui parlant.

— Êtes-vous vraiment Grec ? lui dit mon Ariane avec cette politesse grave qui chez elle n'était jamais familière, mais un peu réservée, comme celle d'une jeune reine.

— Oui, je suis Grec, » lui répondit Amphion, qui, debout devant elle, la contemplait avec respect.

Le visage de Giojà s'éclaira.

« Alors vous avez entendu chanter les vers d'Homère. Dites-moi : les récite-t-on encore toute la nuit, comme autrefois, autour des feux de garde quand il y a du danger, et en temps de paix sous les oliviers ? Dites-le-moi.

— Qu'est-ce qu'Homère ? » dit le pauvre Amphion.

Giojà le regarda avec une surprise qui était bien près du mépris.

« Pourquoi l'avez-vous amené ? dit-elle. Il me demande qui était Homère !

— Mon enfant, lui dis-je, Amphion n'est qu'un petit paysan d'une des îles de la côte grecque ; j'ai visité ces îles, et là les habitants ne s'occupent que de leurs troupeaux, de leurs foins et de leurs moissons. Il racontent des histoires quand vient la nuit, c'est vrai ; mais maintenant ce ne sont plus celles d'Achille et d'Ulysse, ce sont celles des voleurs des montagnes du continent, ou des soldats qu'il leur faut loger, ou des amours que le prêtre doit bénir, ou bien encore le récit de ce qui vient d'arriver. Soyez bonne

envers lui. Vous pouvez vous faire comprendre de lui,
bien que vous ne sachiez que le grec des poëtes. Et
lui, il vous jouera quelque chose. »

Amphion, qui ne pouvait comprendre ce que je
disais, comprit le mépris exprimé par les yeux lumineux qui le contemplaient, et sentit que c'était honteux de ne pas savoir qui était Homère.

Il s'approcha avec une grâce timide et craintive,
s'agenouilla devant elle et baisa le bas de sa robe.

« Je ne sais pas lire, dit-il... je ne suis qu'un pauvre
paysan. Mais, si vous voulez me laisser jouer, je vous
dirai ce que je ressens ; vous êtes comme le soleil
levant sur notre mer : nos jeunes filles sont belles,
mais pas comme vous. »

Giojà se mit à rire, ce qui lui arrivait rarement.

« Il vient du pays d'Hélène, et il me dit que je suis
belle ! Oui, volontiers, ajouta-t-elle en faisant signe à
Amphion de se lever, vous pouvez me jouer quelque
chose si vous voulez pendant que j'achève mon travail, et ensuite je vous parlerai d'Homère. »

Il avait sa flûte démontée dans sa veste. Il la portait toujours sur lui : c'était une flûte d'argent qu'Hilarion lui avait donnée.

Il s'assit sur le plancher comme il le faisait sur son
lambeau de tapis, à l'ombre d'un platane dans sa patrie,
pendant les nuits étoilées, et les yeux fixés sur elle
comme sur un être venu d'un autre monde, il commença à faire entendre ses touchantes mélodies au
pied de la statue de mon Hermès.

Je les quittai et retournai à mon échoppe et à Palès,
qui grondait d'avoir été laissée seule pendant si longtemps.

C'étaient deux enfants ensemble, et c'était pour

elle un intérêt plus frais et plus sain que les poëmes
d'Hilarion.

Une heure après, quand je remontai pour voir s'ils
étaient amis, j'ouvris la lourde porte doucement, afin
de ne pas les déranger. Amphion était assis sur le
plancher, sa flûte posée sur ses genoux, et Giojà, assise
sur le vieux siège de chêne élevé au-dessous de mon
Hermès, lui racontait les funérailles de Patrocle, et
comment les vents se jouaient dans le palais de Zéphyr
jusqu'à ce que la rapide Iris vînt les chercher, et comment ils s'élevèrent et poussèrent devant eux les
nuages à travers la mer de la Thrace, jusqu'à ce qu'ils
eussent forcé les flammes à s'élever et à dévorer le
corps du héros, et les boucles dorées de son ami, et le
miel et les chevaux, et le riche bois arrosé du vin que
pendant la nuit tout entière Achille versa d'une coupe
d'or jusqu'au lever de l'aurore.

Le visage pâle d'Amphion rayonnait : ses yeux
étaient pleins d'attente. Rien ne fatigue comme un
conte deux fois raconté, dit Homère, et pourtant lui
nous a dit des contes qui, répétés pendant trois mille
ans, sont toujours nouveaux et toujours les bienvenus.

Giojà, aux yeux de qui tout ce qu'elle racontait était
aussi vrai qu'il est vrai que le soleil est suspendu bien
haut dans les cieux, ne voyait pas Amphion ; elle ne
voyait que le rivage de la Thrace, les flammes vacil-
lantes, les vagues de la mer, la paix que le jour naissant apportait.

Je refermai la porte sans bruit, ne voulant pas les
déranger ni interrompre la douce cadence des vers
grecs auxquels sa voix donnait un certain accent latin
qui n'était pas sans grâce ; et ce fut à regret que j'allai
une heure plus tard chercher le jeune Grec pour lui

dire de retourner, comme il l'avait promis, à Daïla.

« J'allais lui parler d'Ulysse, dit Giojà avec regret. Jugez un peu : il a un frère nommé Ulysse, et pourtant il ignore...

— Ce sera pour un autre jour, » lui répondis-je. Le visage d'Amphion était coloré, il paraissait heureux.

« Puis-je revenir ?

— Oui. Voulez-vous encore retourner à vos chèvres ?

— Non, » répondit-il en souriant.

« Je n'aime pas les héros, me dit-il en descendant. Et pourquoi a-t-il brûlé son ami ? Je ne comprends pas cela. Mais ne le lui dites pas, à elle. Le son de sa voix est si doux ! Et cela me suffit. »

Je commençai à me demander s'il n'eût pas mieux valu le laisser à son chagrin et à sa solitude, mangeant ses pêches près du mur et des tournesols. Mais j'avais plutôt pensé à elle qu'à lui. Il me semblait qu'il était bon de l'intéresser à quelque chose de nouveau plutôt que de laisser son esprit se concentrer sur un seul point. L'adolescent valait mieux qu'Apollon Soranus.

Maryx passa devant moi dans l'escalier.

« Giojà est-elle ici ? me demanda-t-il. J'ai un plaisir pour elle ; du moins, je ne sais si elle trouvera que ce soit un plaisir ; elle ressemble si peu aux autres, qu'on ne sait jamais ce qu'elle pensera. On veut la voir ce soir au palais Caprasola.

— Dans ce grand monde ! murmurai-je, car c'était chez les plus orgueilleux de nos princes.

— N'en est-elle pas digne ? me répondit Maryx avec un peu d'impatience et de mépris.

— C'est le contraire. Sont-ils dignes d'elle ?

— On a vu ses statues de terre et ses dessins, et on

veut la voir : cela lui fera du bien ; elle vit trop seule.
Pourrons-nous la décider à y aller ?

— Mais dans quel costume?... Elle n'en a pas qui
puisse convenir...

— J'y ai pensé. J'ai fait acheter il y a huit jours,
par Ersilia, quelque chose qui suffirait. Mais voudra-
t-elle venir? Voilà ce que j'ignore.

— Hilarion doit-il être au palais?

— Sans doute.

— Dites-le lui. Elle ira alors. »

L'expression du visage de Maryx changea un peu
et ses sourcils se contractèrent.

« A-t-il déjà tant d'influence?

— Avez-vous besoin de moi ? » nous demanda Giojà
à cet instant. Son corps élancé s'appuyait dans l'ombre
sur la rampe, la lampe qui brûlait toujours devant la
madone éclairait son doux visage et la faisait ressembler à une toile de Titien. Il lui dit pourquoi il
était venu. Elle ne lui répondit rien.

« Êtes-vous contente ou fâchée? voulez-vous venir,
oui ou non ? dites-le, lui demanda-t-il vivement et
avec quelque désappointement.

— Je ne sais pas; j'irai si vous voulez.

— Oh! mon enfant. C'est la plus magnifique maison de Rome ! Et puis quel honneur ! » dit Ersilia qui
lavait dans un baquet dans une espèce de niche pra-
tiquée dans le mur de l'escalier.

Maryx se tenait debout, pensif et embarrassé.

« Cela vaudrait mieux, je crois, dit-il, s'adres-
sant moitié à lui-même, moitié à moi. C'est être
injuste envers elle, c'est égoïste de l'enfermer
comme une colombe dans une tour ! qu'en dites-
vous ?

— Je le crois. Et puis les éperviers peuvent venir dans la tour !

— Le père de sainte Barbara avait bâti une tour pour l'y enfermer et l'empêcher de recevoir l'Évangile du Christ dit, Ersilia. Mais tout cela ne servit à rien ; vous savez bien. L'Évangile vint la trouver. Il n'y a pas de tour si haute que les anges ne puissent y atteindre...

« Je vais m'essuyer les mains dans un instant pour aller chercher les robes. Laissez-la profiter des honneurs et du plaisir quand elle le peut. Cela se rencontre si peu souvent. »

Fatale soirée ! Nous avions pourtant cru bien faire. Les dieux se moquèrent de nous.

C'était une nuit de bonheur pour Ersilia, qui depuis quelque temps avait été en quelque sorte mise en pièces par ses voisins à cause d'une jeune fille étrangère.

« Elle va aller voir des princes, » dit-elle fièrement à toutes les bavardes. Et elle l'habilla avec une tendresse que personne n'aurait jamais pu soupçonner en elle en regardant ses grands yeux noirs, si prompts à s'allumer de colère.

Mais une heure après Ersilia m'appela d'une voix aigre du bout du pont, criant d'une manière à faire revenir Porsenna, si, comme autrefois, il s'était tenu de l'autre côté du fleuve.

Je m'empressai de répondre à son appel.

« Jugez un peu, cria Ersilia, la figure enflammée de colère. Jugez un peu ! elle ne veut pas les mettre. Il n'y a pas moyen de la faire céder. Avez-vous jamais vu pareille perversité ? Venez lui parler. Des étoffes magnifiques qu'une impératrice pourrait porter! J'ai toujours dit qu'elle n'était pas naturelle. Le marbre l'a rendue comme lui. A-t-on jamais entendu parler d'une jeune fille qui n'aime pas la toilette ? »

« Qu'y a-t-il, Giojà ? lui demandai-je quand je fus monté.

— Je ne veux pas les porter, dit-elle simplement. Je n'avais pas compris. Si je ne puis y aller comme je suis, je n'irai pas. Ces vêtements doivent coûter bien de l'argent, et je n'en ai pas !

— De l'argent ! cria Ersilia. Bien sûr ! De l'argent ! Ils ont coûté assez d'argent pour servir à la dot d'une honnête fille ; ça je le sais bien, car il n'épargne rien. Comment pouvez-vous les regarder et dire que vous ne voulez pas les mettre ? Jésus ! Maria ! Mais c'est impie !

— Pourquoi ne voulez-vous pas les mettre ? » demandai-je tranquillement à la jeune fille.

Les larmes lui vinrent aux yeux.

« Je serais bien fâchée de lui faire de la peine. Il est si bon et si généreux ! Mais je ne puis les payer. Je ne veux pas les prendre. Non, je ne le veux pas.

— Mais, mon enfant, il est impossible que vous alliez dans une maison semblable sans être convenablement...

— Alors je n'irai pas, je ne tiens pas à y aller. Qu'est-ce que cela me fait ? Seulement je suis fâchée si mon refus doit lui causer de la peine. »

« Peut-on entrer ? » dit Hilarion, debout à la porte, sans m'apercevoir. Il faisait un peu sombre et les lumières commençaient à briller sur les bords tortueux de la rivière. En me voyant, il sourit de ce sourire provoquant qui signifiait beaucoup ou rien, et qui avait dû faire à bien des femmes plus de mal qu'un coup ou une malédiction.

Giojà rougit vivement en l'apercevant, d'une rougeur qui s'étendit jusque sous les ondes des cheveux qui couvraient son front. Elle était silencieuse.

Les vêtements blancs choisis par Maryx se trouvaient là, avec des bijoux d'or étrusques qu'il avait trouvés dans de vieilles tombes qu'il avait fait ouvrir à ses frais dans les épaisses broussailles qui entourent Véies.

« De quoi s'agit-il? Puis-je le savoir? »

Il parlait comme s'il le savait déjà depuis longtemps.

Giojà le regarda, tandis que la couleur s'évanouissait de son visage.

« C'est parce que je ne veux pas porter... tout cela. C'est lui qui m'a envoyé toutes ces choses : il est si bon! Mais pourquoi irais-je chez ces princes? Je ne désire pas voir les grands, s'il est vrai qu'ils le soient. Toutes ces étoffes sont ravissantes sans doute, mais presque les derniers mots que m'a dits mon père étaient : « Sois libre, aie les mains vides, mais sans tache, ne prends rien. » Je ne puis rien prendre, même quand c'est lui qui me le donne. »

Hilarion la regarda attentivement. Il n'en demanda pas plus. Il avait la prompte compréhension du poëte et savait recueillir des faits de mots incohérents.

« Vous avez raison sans doute, lui dit-il, comme s'il avait tout entendu depuis le commencement. Et pourquoi iriez-vous dans ce monde frivole et turbulent qui s'appelle le grand monde? Vous ne feriez qu'y perdre. L'artiste y perd toujours quelque chose. Ceux

qui y réussissent sont comme les enfants chinois emprisonnés dès leur jeunesse, croyant que la distorsion
à laquelle on les soumet est une beauté. Hermès, que
voilà, est un meilleur compagnon que le monde. Qu'en
dites-vous, Crispin?

— Ce que j'en dis? c'est qu'il faut lui laisser faire
ce qu'elle veut, lui répondis-je brusquement, car sa
présence m'irritait. Je ne puis dire qu'elle a tort, personne ne peut le trouver! Mais une bagatelle comme
celle-là! il me semble qu'elle aurait bien pu la recevoir
de Maryx sans fierté : c'est dur pour lui, qui pensait
lui faire plaisir, croyant avec raison qu'il n'est pas
bon pour elle de rester ici toute seule à rêver à des
statues brisées et à des dieux évanouis! Ce n'est pas
de son âge.

— Cela vaut mieux que l'air vicié de salles pleines
de monde et que de vains compliments.

— Emportez-les, » dit-elle en désignant d'un geste
à Ersilia les jolis vêtements dédaignés.

Ensuite elle éleva ses bras avec un soupir de satis-
faction, comme quelqu'un qui vient de se débarrasser
de son fardeau. « Je ne veux pas aller voir tous ces
gens, ajouta-t-elle ; je les vois passer et ils ont l'air
insipide ; ils n'ont pas changé sans doute depuis que
Juvénal a écrit sur eux. Et que veulent-ils de moi?

— Je vais vous le dire, dit Hilarion. Le génie ef-
fraye le monde. C'est comme la coupe d'argent pour
Œdipe, qui parle d'une grandeur évanouie et du pouvoir des dieux : le monde, qui, comme Œdipe, est
vieux et aveuglé par des crimes sans nom, ne peut
supporter le reproche que cette coupe renferme, et
veut la fouler aux pieds dans la poussière. Me comprenez-vous? En tout cas je trouve que vous avez

raison de ne pas aller dans le monde. Gardez la coupe d'argent pour vous, et ne laissez pas d'autres lèvres que les vôtres la toucher, puisqu'elle vous est venue des dieux. »

Sa voix était pleine d'une certaine émotion en disant ces derniers mots, et d'une émotion qui n'était pas affectée. Il était toujours sincère dans ses élans, et celui du moment était ardent, et tendre, triste même.

La figure de la jeune fille s'illumina d'un sourire. Les paroles qu'elle venait d'entendre étaient à son oreille comme une musique amie. Elle ne répondit pas par des mots. Avec Hilarion elle me semblait timide, et semblait perdre ce maintien calme et indifférent qui caractérisait ses rapports avec d'autres.

« Nous sommes si sérieux, et vous êtes si jeune ! dit-il encore, secouant la tristesse qui l'avait un moment oppressé. De plus, vous avez perdu une nuit de plaisir, il faut que nous vous en dédommagions. Crespin, vous avez l'air aussi triste que Pasquin à la recherche d'une épigramme. Réveillez-vous, voyons ! Cherchons un peu comment nous pouvons dédommager Giojà. Puis-je vous appeler Giojà ?

— Oh oui ! c'est mon nom, » lui répondit-elle simplement ; car elle n'avait jamais connu que les mœurs simples du peuple, et elle ne connaissait rien des cérémonies de la vie du monde.

« C'est un nom ravissant et qui a une ravissante signification, reprit Hilarion. Ah ! j'y pense ! vous aimez la musique, naturellement, car la musique renferme tous les arts et possède quelque chose que les autres arts n'ont pas. Voulez-vous venir en entendre avec moi ? Ma loge est toujours prête, et vous pouvez

venir habillée comme vous l'êtes, avec votre voile si
vous voulez; vous pourrez écouter et en goûter les
charmes sans être vue, si cela vous fait plaisir, et
Crespin viendra aussi.

« On donne la *Flûte enchantée* ce soir, et il n'y
a pas de magicien comme Mozart, bien que, quoi qu'on
fasse, on ne le rende que bien imparfaitement ici.
Venez, cela vaudra mieux pour vous que les regards
de la foule.

— Mozart ! »

Elle avait entendu sa musique dans les églises;
mais elle ignorait ce dont il parlait, n'ayant jamais
été dans un théâtre.

« Oui, la *Flûte enchantée*, en un mot la musique
la plus parfaite du monde. Autrefois les dieux descendaient sur la terre et venaient parler tout bas
à l'oreille des poëtes. Vous vous rappelez Bacchus
éveillant Eschyle au milieu des vignes et lui com-
mandant d'aller écrire l'*Orestie*. De nos jours, les
dieux ne parlent tout bas qu'aux musiciens! ils
laissent les poëtes marcher à tâtons comme ils peuvent. C'est la faute des poëtes sans doute... Eh bien!
voulez-vous venir? Vous verrez, vous vous sentirez
à la fois triste et joyeuse; et n'est-ce pas là le résumé
de la vie humaine? Ne jamais avoir entendu de
grande musique, c'est comme si l'on vivait sans avoir
vu Rome.

— Je viendrai, dit Giojà, et elle me regarda : C'est-
à-dire je viendrai si vous croyez que Maryx ne sera
pas fâché. Croyez-vous qu'il le sera?

— Ma chère enfant, lui répondis-je, il voulait vous
faire plaisir, et il verra qu'il n'a pu réussir, et qu'un
autre a eu plus de chance. Mais c'est là ce qui arrive

à un si grand nombre d'entre nous, que cela ne mérite
pas même de pitié. »

Car j'étais irrité et impatienté, et en ce moment je
détestais Hilarion, bien qu'il ne fît rien de mal, rien
que de se tenir là sous le buste d'Hermès, pâle et beau
comme les statues qu'elle aimait, avec les ombres de
la nuit l'enveloppant doucement, et sa voix mélodieuse résonnant au milieu du silence dans des dis-
cours fantastiques et vagabonds qui plus que tous
autres étaient sûrs d'absorber l'attention de la jeune
fille, puisqu'ils ressemblaient à ses rêves.

Il en arriva à ce qu'il voulait : Hilarion était un
de ces hommes qui en arrivent toujours à leurs fins.
Elle hésita d'abord un peu, craignant de causer de la
peine à son maître, mais à la fin céda et sortit avec
lui dans la nuit, qui était devenue froide et étoilée, si
bien que Rome paraissait être pavée d'argent et
taillée dans l'albâtre, comme elle paraît toujours
quand elle est éclairée par les rayons de la lune.

Je les suivis comme un chien. Les chevaux étaient
là ; mais la nuit était magnifique, et ils s'en allèrent
à pied, s'arrêtant çà et là à mesure que la lune donnait plus de lumière et que les ombres s'épaissis-
saient. Giojà savait ce qu'était Rome la nuit. Après
le coucher du soleil, quand j'avais fini mon travail,
j'avais bien souvent parcouru avec elle les avenues
qui entourent l'amphithéâtre de Flavien et les rues
tortueuses qui ont pour centre le puissant dôme d'A-
grippa, ou bien d'autres quartiers que je connaissais depuis mon enfance, et qui maintenant, dans ma
vieillesse, me rappelaient un million de souvenirs.
Maryx aussi était venu bien souvent avec nous.
Après avoir passé une journée tout entière dans son

atelier, il avait l'habitude de parcourir Rome, que, comme Ampère, il connaissait par cœur, et les plus nobles idées qui lui avaient servi pour ses œuvres lui étaient venues, lorsqu'il s'était assis au milieu du profond silence des Thermes, qui n'était interrompu que par les chauves-souris et les hiboux qui volaient entre les murs rouges et mélancoliques où le barde du Nord composa son grand Prométhée.

J'étais habitué à toujours voir Maryx auprès d'elle. Cela m'ennuyait de voir la tête gracieuse d'Hilarion se pencher vers elle au lieu de celle de Maryx; il me semblait que c'était pécher contre l'absent.

C'était une des soirées ordinaires à l'Opéra, et le théâtre d'Apollon était presque vide et n'était que faiblement éclairé, selon nos habitudes d'économie dans nos salles de théâtre. Et quelle est la musique qui ne nous semble pas plus douce à là lueur incertaine du crépuscule?

Pour bien entendre la musique, il faut être assis dans l'ombre et le silence, et ne rencontrer que le regard de l'être aimé. La nouvelle école qui croit que la musique demande à être accompagnée d'éclat et de l'effet théâtral insulte tristement au plus divin de tous les arts.

La grande loge d'Hilarion, située tout près de la scène, était dans l'ombre; je m'assis en arrière, car je ne voulais pas les quitter, et personne ne pouvait voir Giojà, enveloppée qu'elle était dans ses sombres vêtements.

Tout d'abord cette grande salle à peine éclairée et presque vide, dans laquelle ne résonnaient que les premières notes de l'orchestre, lui sembla étrange; mais quand la musique l'inonda de flots d'harmonie,

elle retint sa respiration, toute ravie, ainsi que l'exprimaient ses grands yeux tout grands ouverts et lumineux comme les étoiles. Lui ne faisait que la contempler sans lui parler.

L'exécution de l'opéra était loin d'être parfaite ;
mais il est impossible, même pour des chanteurs sans
talent, de détruire complètement l'harmonie de la
Flûte enchantée, et quand la musique cessa après le
premier acte, la jeune fille était pâle comme ses
statues, et des larmes coulaient lentement sur ses
joues.

« Ne vous ai-je pas dit vrai? lui dit Hilarion de sa
voix douce et caressante. N'êtes-vous pas à la fois
triste et joyeuse? »

Elle lui sourit à travers ses larmes.

« C'est le passé! murmura-t-elle, c'est l'avenir! Oh!
pourquoi ne m'a-t-on jamais amenée ici?

— Je suis heureux qu'il m'ait été donné de le faire.
Maryx, je crois, n'aime pas la musique. Mais pourquoi vous détournez-vous?

— Je ne veux pas les voir, répondit Giojà; ils en
détruisent le charme. » Elle voulait parler des acteurs.
« Pourquoi, ajouta-t-elle, ne peuvent-ils chanter sans
être vus.

— J'aimerais mieux cela aussi, lui dit Hilarion ;
mais alors ce ne serait plus un opéra.

— Qu'est-ce que cela ferait! » répondit Giojà, qui
était toujours complètement indifférente à ce grand
raisonnement que, parce qu'une chose a été une
fois faite d'une certaine manière, elle doit l'être toujours.

Alors elle redevint silencieuse et haletante. Quant
à moi, elle avait oublié mon existence. Elle avait

pour ainsi dire oublié Hilarion ; seulement de temps
en temps ses yeux brillants de larmes qu'elle ne cherchait pas à retenir, comme des grenadilles couvertes
de rosée, se tournaient vers lui comme vers celui qui
lui avait fait goûter de si profondes délices.

« Vous êtes contente ? » murmura-t-il doucement.

Elle lui répondit comme dans un rêve :

« Cela ressemble à Homère ! »

A la fin de la pièce, la musique passionnée la trou-
bla et la fit rougir et pâlir, et rendit sa respiration
plus oppressée. Elle ne pouvait comprendre ce qu'é-
prouvaient ces amants dans les flammes, heureux de
mourir ensemble ; mais une émotion étrange avait
détruit le calme plastique qui la rendait toujours si
grave et si sereine.

Quand tout fut fini et que nous eûmes quitté le
théâtre sombre et abandonné, elle ne dit pas un mot.
Hilarion ne lui parla pas non plus. Il comprenait que
les mélodies qu'elle avait entendues l'enveloppaient,
que, pour elle, elles étaient dans l'air, dans les étoiles,
dans les bruits des rues même, et il laissait la passion
inconnue dont elle avait entendu les premières notes
s'emparer d'elle à son insu. Il était passé maître dans
cet art.

Nous continuâmes silencieusement notre route par
la rue Tordmona et nous passâmes devant la maison
de Raphaël. De temps en temps une ombre passait
près de nous touchant une guitare, et une branche
d'oranger couverte de fleurs et de fruits nous cares-
sait le visage ; au coin d'une rue était posée une bière
autour de laquelle brûlaient des torches et des hommes
étaient en prière ; quelqu'un venait de mourir : on
dit qu'à chaque instant du jour quelqu'un meurt...

Les grandes fontaines mélodieuses se faisaient entendre, comme si les eaux s'efforçaient toujours,
mais en vain, de laver les crimes de la cité, des siècles
de crimes innombrables dont l'origine se perd dans
le roulement sourd du char de Tullia. Tullia! nom
vil! il n'y a que celui de Tarpéia qui peut-être soit
plus vil encore. Les Sabins firent bien d'écraser du
poids de leurs boucliers de bronze la beauté dégradée
de Tarpéia, de cette créature qui vendit Rome pour la
première fois.

Toutes ces pensées diverses s'agitaient dans mon
esprit, tandis que je me rendais chez moi.

Il était tard.

Arrivé à la porte, j'allais l'envoyer seule en haut
et dire adieu à Hilarion; mais il ne voulut pas qu'il en
fût ainsi, et il faisait toujours ce qu'il voulait.

« Conduisons-la saine et sauve à Hermès, » me
dit-il.

Et quand nous fûmes arrivés chez Hermès, je vis
pourquoi il avait voulu monter.

Pendant notre absence, il avait fait préparer une
surprise pour elle : un feu clair brillait dans l'âtre ; un
léger souper nous attendait ; il y avait des fleurs partout ; la vieille lampe de bronze brûlait seule, et à
travers la fenêtre ouverte on voyait toute la beauté
du fleuve éclairé par les rayons de la lune.

Giojà poussa un petit cri de plaisir et de surprise.
Maryx l'avait entourée de tous les soins matériels
que peuvent donner la force et la grandeur d'âme,
mais il ne pensait pas à des bagatelles de ce genre.
L'effet théâtral n'était pas dans son caractère.

« C'est une folie ! Il est minuit. Elle ne mange jamais rien à cette heure. Il faut qu'elle se lève au point

du jour! » dis-je en grommelant, car je me sentais stupide, colère et mal à l'aise.

Hilarion se mit à rire.

Il n'en fit qu'à sa tête. Il était si gai, si gracieux, si charmant, si aimable, qu'il était impossible de lui résister, et après tout, quel mal y avait-il?

Et pourtant je ne pouvais manger et ne voulus pas boire. Mais mon air morose lui était indifférent ; ce n'était pas pour moi que ses pêches étalaient leurs couleurs fraîches comme des joues d'enfant, ni que ces roses-thé se pressaient autour de ses astias aux pétales étoilés.

Il avait obtenu ce qu'il voulait, et maintenant il était assis à la lueur adoucie du foyer, tandis que la lune nous contemplait à travers les barreaux de la fenêtre et semblait nager dans des flots d'argent.

La jeune fille ne disait presque rien, mais je sentais bien que si on lui avait demandé en ce moment si elle était contente, elle eût répondu : « Je suis heureuse ! »

Enfin elle se leva, prit un petit livre et le lui donna.

« Lisez-moi quelque chose, » lui dit-elle.

C'était un volume de ses sonnets.

Il sourit en silence, contemplant la jeune fille avec un plaisir rêveur.

Il se mit à lire, sa mémoire s'éveilla, et le livre se ferma peu à peu dans ses mains à mesure qu'il lisait.

Ce qu'il avait choisi était un fragment d'un poëme sur Sopistra, cette femme qui avait été visitée par deux esprits sous la forme de deux Chaldéens, qui lui avaient donné un pouvoir immense et une science surhumaine; elle pouvait aussi voir tout ce qui se passait dans toutes les contrées éclairées par le soleil, et avait été élevée au-dessus de toutes les faiblesses et de tous les malheurs de l'humanité, excepté deux : l'amour et la mort.

C'était un grand poëme, le meilleur peut-être qu'il eût composé, mais aussi le plus terrible, car il renfermait tout le désespoir du génie et toute l'ironie de l'enfer.

Sopistra habitait seule avec les étoiles, au milieu des palmiers et des cascades; elle était fière et passait ses jours dans la paix, et quand la nuit tombait, la terre se déroulait devant elle comme un parchemin écrit, et elle lisait dans les âmes des millions d'êtres humains, et voyait tout ce dont le jour avait été témoin : le lion se couchait à ses pieds; la gazelle accourait à sa voix; les aigles lui disaient les routes secrètes pour arriver aux planètes, et le rossignol lui parlait dans ses chants de jeunes amants souriant dans leur sommeil; elle égalait les dieux en science et, comme eux, elle lisait dans l'avenir. Elle était satisfaite.

Un jour, un voyageur fatigué vint lui demander un peu d'eau pour étancher sa soif et laver ses blessures. Elle lui en donna, et, en lui en donnant, lui toucha la main, et peu à peu tous les dons magiques qu'elle possédait la quittèrent, et les Chaldéens ne revinrent plus.

Dans l'immensité de l'univers, elle n'entendit plus qu'une voix, et ses yeux ne virent plus ni le soleil ni la terre, car ils ne voyaient plus qu'un seul visage; et elle n'eut plus de pouvoir sur l'esprit des hommes ni sur les créatures de la terre et de l'air, car elle avait laissé tomber sa couronne dans la poussière et était devenue esclave, et pour elle cet esclavage était plus doux que ne l'avait jamais été sa force; mais ce ne fut que pour un temps : car le voyageur, quand ses blessures furent guéries et qu'il eut étanché sa soif, se fatigua de la solitude, se leva et disparut, et elle resta seule dans le silence du désert. Mais les Chaldéens ne revinrent plus.

Quand les derniers mots se furent éteints dans le silence, le silence demeurait ininterrompu. On entendait le murmure du fleuve contre les piles du pont, et le petillement des flammes qui brûlaient dans le foyer.

Enfin, Hilarion se leva brusquement.

« Bonne nuit! dit-il, et que les Chaldéens soient avec vous! » Et il toucha les boucles soyeuses de son front avec un geste familier que ni Maryx ni moi ne nous étions jamais permis envers elle.

Giojà ne bougea pas : son visage était comme en extase, pâle, ému et infiniment tendre; elle leva les yeux vers lui sans rien dire.

« Voilà comment vous gardez votre promesse, » lui dis-je faiblement quand nous fûmes sur l'escalier; et je m'arrêtai, me rappelant qu'il n'avait pas voulu donner sa parole.

Hilarion sourit.

« Je n'ai rien promis. Je ne fais jamais de promesses. Nous sommes trop les jouets du hasard pour oser répondre de l'avenir. Et après tout, qu'ai-je fait? qu'y a-t-il de si dangereux dans la *Flûte enchantée ?*

— Vous êtes plus cruel que les Chaldéens, » lui dis-je.

Hilarion sortit dans l'ombre de la nuit.

« Je ne sais pourquoi je lui ai lu ce poëme, dit-il presque avec regret; c'est un malheur peut-être. J'ai

assez de l'amour, croyez-moi; et puis, ajouta-t-il avec
un rire qui me déplut, elle a Maryx! »

Puis il s'en alla dans l'ombre de la via Peltinari, le
pas de ses chevaux, fatigués d'attendre, résonnant
vivement sur le pavé.

Il s'en allait voir sa duchesse, qu'il haïssait presque,
mais avec qui il ne voulait pas rompre ses coupables
relations, car elle avait ces yeux de flamme et ce cœur
de roc auxquels les hommes blasés sont heureux d'essayer de rallumer leurs passions éteintes.

X V

Le lendemain matin, Giojà se rendit comme de coutume à l'atelier. Maryx était appuyé sur la balustrade de la terrasse, comme il avait l'habitude de le faire souvent à cette heure ravissante du matin, quand les brouillards s'étendent encore sur les courbes que décrit le Tibre, et que pourtant les clochers, les tours, et toutes les glorieuses ruines se détachent sur le ciel éblouissant.

Maryx s'avança à sa rencontre.

« Mon enfant, lui dit-il, pourquoi avez-vous changé d'idée hier soir ? N'était-ce pas un peu soudain ?

— Oui, lui répondit-elle. Quand j'ai vu les robes, je me suis rappelé que je ne pouvais les acheter, et je n'ai pas voulu les mettre. C'était si bon de votre part. Êtes-vous fâché ? »

Les yeux expressifs de Maryx parurent plus noirs et se voilèrent. Il fit un geste d'impatience.

« Une pareille bagatelle ! N'avez-vous donc pas assez de confiance en moi ? Ne suis-je donc pas assez votre ami, moi qui suis votre maître ? »

Giojà se taisait Elle lui prit la main et y porta ses lèvres.

« Vous êtes plus que mon ami, et s'il me fallait souffrir pour vous servir, je le ferais. Mais cela n'aurait pu me servir à rien, et m'aurait fait honte ! »

Il rougit légèrement, son regard s'adoucit; il retira sa main avec une espèce d'impatience confuse.

« Dieu me garde que vous éprouviez de la honte à cause de moi. Mais refuser d'accepter une bagatelle ! on croirait que vous vous méfiez de moi !

— Comment le pourrais-je ? »

En disant ces mots, elle le regarda avec la douceur et la franchise d'un jeune enfant.

« Comment pourrais-je n'avoir pas confiance en vous? en vous? répéta-t-elle tandis qu'il restait silencieux. Je ne sais ce que vous voulez dire. Mais je n'ai pas besoin de toutes ces belles choses, et je ne tenais pas du tout à y aller. »

Maryx sourit, il était rassuré.

« Alors, mon enfant, c'est différent, lui répondit-il. Je trouve que vous avez raison. L'artiste perd plus qu'il ne gagne en allant dans le monde. Seulement, comme le monde vous était ouvert, il était juste que vous eussiez votre choix. Il faut bien l'avouer, j'ai été un peu désappointé; je m'étais fait une fête de vous voir marcher dans ces grandes salles, mais je suis satisfait du choix que vous avez fait; seulement il faut me promettre de garder l'or étrusque. Je voulais vous le dire hier soir ; mais quand je suis allé vous chercher, croyant vous trouver prête, vous étiez couchée; il n'y avait pas de lumière à votre fenêtre.

— Mais Ersilia ne vous a-t-elle pas dit ?

— Quoi? Oui. Elle a passé sa tête hors de sa fenêtre et m'a crié que vous n'aviez voulu ni sortir ni

mettre les vêtements ; ensuite elle a refermé sa fenêtre, et voilà tout! Je n'ai pu apprendre rien de plus.
Que lui aviez-vous dit de me dire?

— Rien ! J'avais oublié.

— Oublié de laisser pour moi quelque joli mes-
sage pour adoucir votre refus? dit Maryx avec un
sourire. Cela ne fait rien, mon enfant. De douces
paroles qui passeraient par la bouche de cette bonne
âme deviendraient rudes. Avez-vous bien dormi,
jeune philosophe? Toute païenne que vous êtes, je
commence à croire qu'après tout vous avez en vous
quelque chose de sainte Ursule ou de sainte Dorothée.»

Giojà devint toute rouge, puis pâle :

« Je ne dormais pas, dit-elle, je n'étais pas chez
moi, j'étais allée avec lui, et ensuite il est revenu
avec moi. »

Maryx, qui s'appuyait négligemment sur le bord de
la terrasse, jetant les fleurs de jasmin au milieu des
cactus et des aloès qui s'épanouissaient sous ses pieds,
se leva soudain et la regarda.

« Avec qui? Où avez-vous été? De qui parlez-
vous?

— De lui!

— Qui?

— Je suis allée avec lui, dit-elle bien bas, ayant une
idée vague qu'il serait mécontent et qu'elle avait mal
fait. C'était pour entendre la musique de Mozart.
Pourquoi ne m'y avez-vous jamais conduite? Il me
semblait tout comprendre : tout ce qui était sombre
pour moi s'éclaircissait; je comprenais pourquoi la
femme ne sentait pas les flammes et ne craignait pas
la mort. Ensuite il est revenu avec moi, et il avait
fait un jardin de la chambre; Hermès était couvert

de roses, il était fort tard ; il me lut un de ses poëmes,
celui qu'il a composé sur Sopistra, que les génies
chaldéens avaient élevée au-dessus de toute souffrance, excepté de celles de la mort et de l'amour... »

Elle s'arrêta soudain à ce mot, sans savoir pourquoi sans doute.

Maryx était silencieux. On eût dit un homme qui
vient de recevoir un coup que son courage lui défend
de rendre. Ses lèvres s'ouvrirent comme pour parler,
mais il se retint.

« Allez travailler, mon enfant, dit-il après une
pause. Il se fait tard. »

Ce fut tout. Giojà le regarda avec un peu d'hésitation et de regret.

« Êtes-vous fâché ? » lui dit-elle avant de s'en aller.
Mais il l'avait quittée et était descendu parmi les
aloès. Là il me rencontra, et je montai avec lui les
pentes escarpées de ses jardins.

« Elle était avec Hilarion, dit-il brusquement.

— Oui ; mais il n'y pas de mal à cela, » lui répondis-
je, et je lui racontai comment s'était passée la soirée.
Il m'écouta en regardant bien loin du côté du palais
Farnèse, qui brillait des reflets de l'or et du bronze
sous les rayons du soleil du matin.

Un chagrin profond se peignait sur son visage ; mais
il ne dit rien. Il était trop généreux pour blâmer une
femme qui lui devait tant ; et Maryx, si éloquent
quand il s'agissait de l'art, et si prompt dans la dis-
cussion et dans la dissertation, ne disait que peu de
mots quand il sentait profondément.

« Puisqu'elle a eu un peu de changement et de
plaisir, peu importe qui les lui ait donnés, dit-il
enfin, quand j'eus fini. Sans nul doute, il sait mieux

amuser les femmes que moi. Et quant au reste, ni vous ni moi ne sommes ses gardiens. »

Et il fit un mouvement comme pour se rendre dans la direction de Rome.

« Vous n'allez pas à l'atelier? me hasardai-je à lui demander; car il avait l'habitude d'y passer au moins toutes les heures de la matinée.

— Non, j'ai des affaires là-bas, » me répondit-il; et il disparut bientôt à ma vue dans les détours des allées de cyprès qui descendaient en pente vers la vallée.

Je compris alors qu'il ne voulait pas que j'allasse avec lui : il était blessé, et par un instinct que l'on retrouve même chez l'animal, il voulait être seul.

Je me rendis chez lui ; car je pouvais y errer en liberté autant que je le voulais : là tout était dans un calme profond; le soleil brillait dans les vestibules ouverts; les lévriers étaient couchés sur les pavés de marbre ; les plantes grimpantes prenaient des teintes rouges sous les premières haleines de l'hiver, à travers les colonnes blanches et les arcades de porphyre, les chrysanthèmes brillaient comme de l'or ; il semblait que cette demeure dût être le séjour de la paix la plus profonde.

Je traversai les ateliers où étaient les blocs de marbre et les moules qui devaient contenir la terre, et où travaillaient les ouvriers, sous la direction du vieux chef d'atelier Giulio.

Giojà était déjà à l'ouvrage devant la plane sur laquelle, depuis quelque temps, elle modelait en haut relief.

Il lui avait laissé choisir son sujet, et elle avait choisi la mort de Penthesileia : la fille d'Arès était

couchée aux pieds d'Achille, son casque gisait près
d'elle, et ses longues tressses traînaient sur cette terre
cruelle qui s'abreuvait de son sang ; Thersite se tenait
tout près, et l'on voyait sur son visage le sourire qui
devait lui coûter la vie. Le héros se penchait vers
la jeune fille, et en arrière on voyait les guerriers, le
choc des lances, les chévaux effrayés et en désordre:
puis plus loin encore les murs de Troie.

L'argile semblait vivante : l'œuvre tout entière était
pleine d'imagination et de beauté, et la figure couchée de Penthesileia dans l'affaissement de la mort
n'eût pas été indigne du Grec du Nord, de Flaxman.

Combien est grande la magie de l'art! Combien sont
faibles auprès d'elle tous les astrologues et tous les
magiciens de la nécromancie !

Un peu de terre délayée étendue sur une planche et
touchée par la main du génie, et, ô miracle ! les com-
bats d'Homère se livrent devant vos yeux, et la vie, la
mort, la beauté de la femme, les sons de la bataille ,
tout est là devant vos yeux dans cette terre grise.

Je regardai son travail par-dessus son épaule.

« Mon enfant, lui dis-je, vous possédez cette baguette d'Aaron qui fit pousser des fleurs et des aman-
des sur des verges nues. Ne demandez pas plus. Quiconque possède cette baguette magique peut supporter
que le sort soit injuste envers lui d'une autre façon. »

Giojà soupira d'un air fatigué et, appuyant son visage sur ses mains, regarda la plane sur laquelle était
couchée sa Penthesileia.

« Est-ce bien? dit-elle d'un air de doute. Hier je le
croyais ; j'étais si heureuse ; mais maintenant...

« Eh bien, maintenant?...

— Je n'en suis pas satisfaite. Qui pourrait expri-

mer dans le marbre ce que lui peut dire dans deux
lignes de sa Sopistra ? »

Elle avait les yeux pleins de larmes ; elle ne prenait
aucun plaisir dans son travail homérique : et elle
n'aurait pu dire pourquoi.

« Que Sopistra soit maudite, ainsi que celui qui l'a
écrite ! » murmurai-je entre mes dents.

Elle obéissait pourtant à une inspiration juste en
plaçant le poëte au-dessus de tous les artistes. Il
interprète les secrets soupirs, les passions et les joies
de la vie et de l'âme, plus profondément que tout
autre artiste. Le sculpteur et le peintre n'ont que
l'expression extérieure et traitent de la nature dans
ses formes visibles et matérielles. Le chanteur, l'im-
provisateur de toutes les nations, depuis l'Hellas jusqu'à la Scandinavie, a été le premier inspiré, et ses
notes furent les premières qui se firent entendre dans
la demi-obscurité de la longue aurore du monde.

« Mais vous avez fini, dis-je à Giojà. Qu'allez-vous
faire aujourd'hui ? »

Elle repoussa les cheveux qui couvraient son front,
ces cheveux doux, soyeux et bouclés, qui étaient
comme un poids pour sa tête délicate.

« Je ne sais ; je suis fatiguée ; Maryx est-il mécontent de moi, qu'il ne vient pas?

— Il est allé à Rome. Non, il n'est point mécontent
de vous, mais il est triste peut-être.

— J'en suis bien fâchée.

— Voyez-vous, il voulait vous faire plaisir, il n'y
a pas réussi et un autre a réussi à sa place. C'est peu
de chose peut-être, assez pourtant pour blesser un
homme.

— Je me demande s'il trouverait cela bien, dit-elle,

les yeux fixés sur sa Penthesileia. Croyez-vous qu'il
y trouverait quelque grandeur et quelque beauté ?

— Maryx ? Mais vous devez bien le savoir. Il ne dit
jamais ce qu'il ne pense pas, et ne s'abaisse jamais à
flatter.

— Je ne voulais pas parler de Maryx, » dit-elle. Et
elle se détourna, puis se rendit dans une autre chambre pour chercher un passage des fragments de Pausanias.

Je la laissai seule ; ce n'était pas la peine de lui parler.
Je m'en allai causer avec la vieille femme en sabots,
qui de ses fenêtres pouvait contempler Rome, et qui
aurait voulu être à sarcler dans un champ de choux.

« La jeune fille est-elle ici aujourd'hui ? me demanda la mère de Maryx. Elle n'est pas venue me
voir ce matin.

— Est-ce qu'elle vient toujours ?

— Oui, toujours. Nous nous comprenons toutes les
deux. Pas beaucoup, c'est vrai, mais assez. J'aime à
la regarder, on croirait voir les vignes en fleur.

— Voulez-vous que je l'appelle ?

— Non, laissez-la. Germain a besoin d'elle peut-
être ?

— Vous l'aimez maintenant ?

— Oui. On aime ce qui est jeune. Et puis, elle est si
jolie, un joli visage a tant d'attrait. Croyez-vous que
mon fils l'épousera ?

— Je ne sais. Y a-t-il pensé ?

— Non pas lui ; moi seulement. Mais un homme et
une jeune fille, c'est toujours comme cela que ça finit.
Il n'est pas tout jeune, mais il est si bon et si grand.
Et pourquoi pas ? Cela vaudrait mieux pour lui : une
créature vivante au lieu de ces femmes de marbre qu'il

adore. Il est célèbre, c'est vrai, mais il n'y a personne qui attende son retour, ni que son retour rende heureux. Un homme a besoin de cela. Je suis sa mère, c'est vrai ; mais ce n'est pas beaucoup, car je suis bête, et je ne puis comprendre ni ce qu'il dit ni ce qu'il fait ; et je ne puis lui être utile : car ce que je peux faire, coudre, raccommoder, balayer ou faire la soupe, ne sert à rien, puisqu'il a des domestiques. Tout le monde l'admire et l'honore, mais chez lui, il est tout seul ! N'en dites pas un mot. L'amour n'est pas comme une fleur de fève, on ne peut le planter ni le diriger comme on veut. Il croît au hasard, et c'est Dieu ou bien le diable qui le fait croître. Que les saints me pardonnent ! »

Alors elle joignit les mains et commença à dire son chapelet. Cette petite femme si calme, si brune, ressemblait à une feuille d'hiver au milieu des splendeurs de la chambre. Ses sabots s'enfonçaient dans les tapis de Turquie, et la petite madone de plomb que, dans sa jeunesse, elle avait achetée pour quelques sous à une foire, pendait encore à son cou, plus précieuse pour elle que des perles.

Elle était bonne et eût donné une place dans son cœur à toute créature que son fils aimait ou qui aimait son fils ; elle était vieille, ignorante, comme elle disait, mais elle était droite et juste, et avait l'instinct naturel du vrai et du bien.

Incapable de comprendre la grandeur de son fils, ses œuvres et son génie lui faisaient peur, elle qui eût été heureuse de le voir heureux dans les simples joies d'une affection mutuelle.

« Mais j'ai de l'inquiétude, murmura-t-elle les mains jointes, parce que, voyez-vous, il a été bon, bien bon

envers elle, et j'ai vécu longtemps, et je n'ai presque
jamais vu de bienfait qui ne soit revenu au bien-
faiteur en malédiction. C'est Dieu sans doute qui le
veut ainsi pour que nous ne fassions pas le bien dans
l'idée d'en être récompensé. » Et elle continua de dire
son chapelet, sans se douter du terrible sarcasme que
contenaient les mots qu'elle venait de prononcer.

Je la quittai avec tristesse, et descendant la colline, je passai devant les cascades Pauline, puis par la
voie d'Aurélien je me rendis à mon échoppe du Ponte
Sisto, pour reprendre mes travaux du jour.

Depuis ce matin-là une triste contrainte tomba sur
nous tous et fit ombre sur la vie franche et intime
qui nous avait fait passer le temps si heureusement.

Maryx ne disait rien, et rien ne paraissait changé
dans la manière de vivre de Giojà ; pourtant il y avait
du changement : « il y avait cette petite fente dans le
tronc » qui, au premier orage, fait craquer et se briser
l'arbre qui s'élevait si noble quelques jours auparavant.

Quant à moi, je restais assis tous les jours, à travailler sous les vents, qui commençaient déjà à être très-
froids, et les voisins disaient que j'étais devenu maussade.

Palès, quand elle oubliait d'aboyer après les chats ou
de faire la belle pour ses adorateurs, semblait me
dire avec reproche : «Pourquoi ne vas-tu plus avec
moi sur le mont Falcone, vagabonder gaiement sans
souci, comme autrefois? »

Mais je ne pouvais adopter sa philosophie, même

en dépit de la Fortune, qui m'avait favorisé en ce temps-là ; car dans un rouleau de vieux vélin que j'avais acheté pour faire des doublures de semelles, j'avais trouvé un fragment de manuscrit d'un *Tractatus in Matthæum* de saint Jérôme, écrit par un scribe italien, et sur lequel on voyait encore les fleurs qui en avaient décoré les pages.

« Vous auriez dû vivre dans ces temps-là, Crespin, me disait Hilarion, qui, si je l'eusse voulu, m'en eût volontiers donné un rouleau de billets de banque. Quel moine vous auriez fait ! Il me semble vous voir épelant les manuscrits grecs, faisant collection de miniatures pour les évangiles de la bibliothèque, ayant l'œil sur les vêpres et sur l'office, et soignant les artichauts et les herbes odoriférantes ; causant en latin avec Erasme quand, par hasard, il se serait trouvé sur votre passage, et demandant à tous les artistes qui travaillaient pour la chapelle de vous faire quelque saint ou quelque diable pour votre cellule, qui, certes, aurait eu une fenêtre à vitraux coloriés, entourée de vigne grimpante. Vous sentez votre XVIᵉ siècle ! Il n'y a rien de plus dur que d'être né dans un siècle trop avancé pour nous. »

Mais je ne pouvais plaisanter avec lui, car il venait de la maison du pont, à cette heure du crépuscule à laquelle Giojà avait toujours fini son travail. Il était inutile de s'y opposer, car il en eût ri ; et après tout, comme l'avait dit Maryx, nous n'étions pas ses gardiens ; et comment pouvions-nous lui faire insulte en lui disant de ne pas aller la voir ?

« Avez-vous vu sa Penthesileia ? lui demandai-je.

— A l'atelier ? Oui.

— Et qu'en pensez-vous ?

— C'est merveilleux, comme tout ce que fait Ma-ryx : noble, pur et classique.

— Maryx ! il n'y a rien fait, il n'y a pas touché. Elle a tout composé sans aide aucune et a tout exé-cuté. A quoi pensez-vous ?

— Mon cher Lupercus, ce n'est pas là l'œuvre d'une femme, d'une jeune fille surtout, d'une enfant ! Comment pouvez-vous croire cela ?

— Je le crois, lui dis-je avec colère, comme je crois que le soleil est dans le ciel. Comment supposer que Maryx et elle le diraient si cela n'était pas vrai ? Cette idée seule est une infamie. Je vous dis que cette œuvre est la sienne aussi bien que les points que j'ai cousus à ce soulier sont les miens.

— Vous vous échauffez, mon cher, et il n'y a rien d'infâme dans ce que j'ai dit. En tout cas, alors, c'est l'idée de Maryx qui a en tout guidé sa main. Quel mal y a-t-il à cela ? Je ne croirai jamais qu'une fille de son âge ait pu concevoir et exécuter seule une pareille œuvre !

— Le lui avez-vous dit ?

— Naturellement non ! Je ne dis jamais la vérité aux femmes.

— Eh bien ! essayez de lui dire ce que vous m'avez dit de sa Pentheseleia, et elle vous haïra, lui dis-je.

— Vraiment ! répondit-il avec un léger sourire, dites-le-lui, alors, si vous voulez ! »

J'allai la trouver un peu plus tard : quelques bûches brûlaient dans l'âtre ; elle se tenait assise devant elles, dessinant dans les cendres avec un morceau de bois à demi consumé. Son visage était coloré ; son regard était absorbé et humide.

Je ne l'avais jamais trouvée inoccupée, elle pour

qui le passé était si plein d'inépuisables richesses et l'avenir si ouvert au perfectionnement qu'à ses yeux l'étude était ce que le jeu est pour les enfants.

« Vous ne savez pas ce que vient de me dire Hilarion ? lui dis-je brusquement. Il prétend que ce n'est pas vous qui avez fait votre Penthesileia. Il est sûr que c'est l'œuvre de Maryx. »

Elle rougit, puis tressaillit légèrement comme sous une impression.

« Il a tort, répondit-elle simplement. Mais il est naturel qu'il pense ainsi, et ce qu'elle renferme de bien appartient bien plus à mon maître qu'à moi. C'est bien vrai ! »

Je sentis mon sang bouillonner dans mes veines, car je savais que c'était pour cacher sa souffrance qu'elle s'enveloppait de cette patience.

« Je croyais que vous étiez la fille des dieux, lui dis-je. Mais je vois bien maintenant que vous n'êtes qu'une mortelle, ma chère Giojà.

— Pourquoi dites-vous cela ?

— Parce que vous souffrez l'injustice, l'insulte même avec patience, dès que vous aimez celui qui vous fait tort. »

Elle regarda, toute pensive, dans les cendres rouges du foyer ; elle était émue.

« S'il me connaissait mieux, il ne douterait pas de moi. Ce n'est pas sa faute. Il a dû vivre avec des gens faux. Mais il ne devrait pas douter de Maryx : il le connaît depuis si longtemps, et Maryx ne ment jamais. Du reste il ne dit cela sans doute que pour m'éprouver !

— Et vous lui pardonnez ? »

Elle resta un moment silencieuse.

« Il n'y a rien à pardonner, reprit-elle. C'est un malheur pour lui de douter ainsi, s'il doute réellement.

— Vous avez l'âme bien généreuse, mon enfant, » ajoutai-je, et je sortis.

Je la laissai assise à la lueur sombre des cendres et aux teintes fauves du coucher du soleil de cette soirée d'hiver. J'avais à moitié descendu l'escalier, quand elle m'appela.

« Êtes-vous sûr qu'il ne croit pas que je l'aie faite ?

— J'en suis sûr ; il ne croit en rien ; c'est son habitude : un grand nombre d'hommes que la Fortune a gâtés sont ainsi faits. Qu'importe ?

— Mais si je faisais quelque chose de plus beau ?

— Mon enfant, suivez vos inspirations, sans vous inquiéter de ses doutes ou de son approbation. Vous coupez les ailes à votre génie si vous songez tant au jugement qu'on portera sur votre œuvre. Si vous voulez pourtant avoir l'opinion de quelqu'un, prenez celle de Maryx : c'est un juge compétent et juste. »

Elle ne paraissait pas m'entendre : ses yeux brillaient à la lueur jaune de la lampe de la madone.

« Je voudrais faire quelque chose de plus grand ; alors il faudrait bien qu'il crût, » se dit-elle tout bas.

« Si seulement il s'en allait ! » dis-je à Palès et au Faune de la fontaine.

Mais on était au commencement de l'hiver, alors que les collines se couvrent de nuances de pourpre, là où l'herbe et les fleurs sont mortes, alors que la neige nouvellement tombée couvre le Soracte, et que les cyclamènes croissent dans les creux où gisent les cités ensevelies. Au printemps et en hiver, Hilarion aimait Rome, et l'eût aimée même s'il eût cessé d'aimer sa duchesse aux grands yeux impérieux. Je le rencontrai quelques jours plus tard ; il m'aborda.

« Eh bien, dit-il avec un sourire dans ses yeux bleus, si brillants et pourtant si froids, m'avez-vous fait haïr de Giojà?

— Non! lui répondis-je brusquement; mais elle vous plaint sincèrement d'éprouver les tristes tourments et la bassesse du doute : ce dernier mot, ce n'est pas elle qui l'a dit, c'est moi. Vous êtes bien à plaindre en effet, avec toute votre expérience du monde et de la vie, de ne pas pouvoir comprendre ce que c'est qu'une âme grande et pure. On n'en rencontre pas souvent, c'est vrai, dans ce monde, mais il y en a une là-bas où la lampe brûle sous mon Hermès. »

Hilarion était silencieux. On eût pu croire qu'il avait honte.

Il me dit bonsoir doucement, et je vis qu'il n'allait pas du côté du pont : il savait écouter et prendre en bonne part mes brusqueries, et reconnaissait la vérité même quand elle le condamnait : c'était une des qualités que lui avait données la nature, et que le monde et ses adulations et son orgueil n'avaient pu déraciner.

« Si seulement il pouvait partir! » dis-je encore à Palès et au Faune de la fontaine.

FIN DU PREMIER VOLUME

1392. — Paris. Imp. Laloux fils et Guillot, 7, rue des Canettes.